Editora **Charme**

AMOR
ON-LINE

AUTORA BESTSELLER DO
PENELOPE WARD

CB005754

Copyright © 2018. LOVE ONLINE by Penelope Ward
Direitos autorais de tradução © 2023 Editora Charme.

Todos os direitos reservados.
Nenhuma parte desta publicação pode ser reproduzida, distribuída ou transmitida sob qualquer forma ou por qualquer meio, incluindo fotocópias, gravação ou outros métodos mecânicos ou eletrônicos, sem a permissão prévia por escrito da editora, exceto no caso de breves citações consubstanciadas em resenhas críticas e outros usos não comerciais permitido pela lei de direitos autorais.

Este livro é um trabalho de ficção.
Todos os nomes, personagens, locais e incidentes são produtos da imaginação da autora. Qualquer semelhança com pessoas reais, coisas, vivas ou mortas, locais ou eventos é mera coincidência.

1ª Impressão 2024

Produção Editorial - Editora Charme
Modelo da capa - Eddy Putter, Touche Models Amsterdam
Fotógrafo - Nicole Langholz
Adaptação de Capa e Produção Gráfica - Verônica Góes
Tradução - Alline Salles
Preparação e Revisão - Equipe Editora Charme
Imagens internas - AdobeStock

Esta obra foi negociada por Brower Literary & Management, Inc.

CIP-BRASIL. CATALOGAÇÃO NA PUBLICAÇÃO
SINDICATO NACIONAL DOS EDITORES DE LIVROS, RJ

W232a

Ward, Penelope
    Amor on-line / Penelope Ward ; tradução Alline Salles. - 1. ed. - Campinas [SP] : Charme, 2024.
    320 p. ; 22 cm.

    Tradução de: Love online
    ISBN 978-65-5933-153-6

    1. Romance americano. I. Salles, Alline. II. Título.

24-87712
    CDD: 813
    CDU: 82-31(73)

Meri Gleice Rodrigues de Souza - Bibliotecária - CRB-7/6439

www.editoracharme.com.br

Tradução - Alline Salles

AMOR ON-LINE

AUTORA BESTSELLER DO NEW YORK TIMES

PENELOPE WARD

Amor On-line

CAPÍTULO 1

Ryder

Beber. Assentir. Sorrir. Repetir.

Eu era mestre em fingir me importar durante conversas com pessoas falsas.

Essa loira estivera fazendo um trabalho muito bom fingindo que estava interessada em *mim*, aí ela teve que introduzir uma história sobre sua última audição para a Warner Brothers. Foi então que comecei a cancelá-la.

Só conseguia pensar em como seria bom me deitar nos lençóis mais tarde e desmaiar sozinho na minha cama — não com a dita loira. Com ninguém daquele lugar.

Ela piscou sedutoramente.

— Então, enfim, quando quiser ver minha demo, eu adoraria saber o que acha...

Pronto. Essas conversas sempre terminavam do mesmo jeito, com um pedido de favor.

— Sim, claro. É só mandar para minha assistente Alexa.

Eu não tinha assistente.

Usava o nome Alexa para me divertir porque me lembrava do app inteligente.

— Pode me dar licença? — perguntei, passando por ela.

Uma maneira infalível de garantir que eu nunca visse suas coisas era me pedir diretamente no meio de uma conversa que era para ser sobre outra coisa.

As pessoas eram muito corajosas.

De fora, provavelmente, todo mundo pensava que eu tinha a vida perfeita, o mundo na palma da mão — um cara bonito com mais dinheiro do que precisava e que dava as melhores festas em Beverly Hills, com mulheres caindo aos meus pés a todo lugar que ia.

Sou filho de um dos maiores produtores de filmes de Hollywood, então todos os iniciantes desta cidade me enxergavam como uma linha direta a Sterling McNamara.

Devia parecer que eu tinha tudo, já que morava sozinho em uma casa de dez milhões de dólares, com paredes de vidro com vista para a montanha. Mas o que as pessoas não percebem é o quanto é exaustivo nunca ser visto por quem você realmente é, somente pelas coisas que tem ou por suas conexões. É exaustivo de verdade. E, para ser sincero, ultimamente, tenho estado *entediado* — realmente entediado com a vida. Quando tudo é entregue de bandeja a você, não precisa se esforçar para nada empolgante, não há expectativa para nada.

Não é que eu não goste de tudo que recebi. Tenho um ótimo emprego trabalhando no estúdio do meu pai. Amo meu pai e respeito o quanto ele trabalhou para chegar onde está. Mas, às vezes, parece uma maldição, uma sombra da qual não consigo me livrar. Com frequência, me pergunto se eu estaria melhor se não tivesse aceitado as oportunidades dadas a mim, se tivesse me afastado e começado do zero. No entanto, não poderia fazer isso com meu pai. Ele sempre presumiu que eu fosse assumir seu papel um dia. Foi para isso que ele sempre trabalhou. Suas decisões profissionais são com base nesse cenário — para garantir um lugar para mim, para me preparar para quando ele, em certo momento, parar. Sou seu único filho.

Também foi difícil pensar em desistir dessa oportunidade, então segui o fluxo.

Minha casa fedia a álcool e perfume. Olhei em volta para as cinquenta pessoas ou mais se reunindo na sala de estar, a maioria eram mulheres seminuas e os homens tentando dormir com elas.

Quem são essas pessoas?

Era provável que eu soubesse o nome de três na sala inteira. Todo o resto estava ali, principalmente, pela bebida grátis e, no fim da noite, metade estaria caindo de embriaguez na minha piscina ou desmaiada na sala até minha empregada, Lorena, expulsá-los pela manhã com — olha isso — um sino.

Não há nada mais engraçado do que ouvi-la, do conforto da minha cama, tocando aquela coisa e gritando em espanhol para os retardatários darem o fora de casa. *"¡Larguense de mi casa!"*

Lorena é engraçada pra caramba e não está nem aí para o que as pessoas pensam dela. Ela é minúscula, mas uma fortaleza inigualável. Seu cargo pode ser de empregada, no entanto, ela governa mesmo a casa. Leva essa tarefa muito a sério. E agradeço por ela cuidar tão bem.

Saí da sala lotada para pegar uma cerveja Sapporo para mim, a qual eu mantinha na geladeira, e não no bar. Em vez disso, passei direto pela cozinha, entrando no meu quarto.

Quando a porta se fechou, suspirei demoradamente de alívio. Os sons da festa agora estavam abafados, mal dava para ouvir.

Paz e silêncio.

Isso.

Era isso que eu queria.

Nem pensar que eu voltaria para lá esta noite.

Tinha chegado ao ponto em que ficar deitado na minha cama e bater uma sozinho era mais atraente do que transar com uma mulher de verdade. Porque minha mão não era interesseira — não esperava nada de mim. Então eu poderia simplesmente dormir logo depois. Conseguiria qualquer mulher da casa esta noite, e era exatamente por isso que eu não tinha interesse algum em nenhuma delas.

Naquela noite, tudo que eu queria era gozar para poder dormir. Ultimamente, estava com problemas para dormir. Pensamentos sobre Mallory estavam invadindo meu cérebro de novo e me impedindo de conseguir relaxar. Não poderia me deixar cair nesse ciclo de culpa esta noite.

Então, eu sabia que precisaria de uma ajudinha.

Sem me importar com a festa rolando do lado de fora, tranquei a porta e peguei meu laptop.

Minhas costas se afundaram no travesseiro assim que entrei no meu site pornô confiável e procurei as opções do menu. Publicidades surgiram por toda a tela, com paus gigantes por todo lado.

Do que estou a fim esta noite?

Mulheres mais velhas.

Loiras.

Asiáticas.

Oral.

Anal.

Nada tinha me atraído.

Na parte de baixo da tela havia uma seleção de *cam girls*. Sempre passava totalmente reto dessa opção. A ideia de competir com outros homens para interagir ao vivo com uma garota nunca tinha me interessado. Eu preferia não ter que lidar com minha fantasia pornô conversando comigo. Havia formas mais eficientes de gozar.

Não havia realmente nada que uma *cam girl* fizesse que eu não conseguisse em um vídeo previamente gravado sem ter que ficar desembolsando dinheiro para ver, no máximo, uma parte do seu mamilo. Embora eu tenha certeza de que há alguns caras solitários que são alvos fáceis para algo assim, porque eles precisam de atenção, mesmo que seja falsa.

Não, obrigado.

Eu estava prestes a pular essa seção como normalmente faço até uma das imagens das *cam girls* chamar minha atenção. A capa era uma foto dela tocando violino.

Um violino.

Dei risada.

Que porra é essa?

Será que eu tinha encontrado a versão feminina do músico Yo-Yo Ma do mundo pornô?

Montana Lane. Esse era o nome dela.

Um violino. Justo quando pensei que já tivesse visto de tudo. Se eu quisesse ouvir música, iria para a orquestra — não para um site pornô. Sem contar que eu preferia sexo "sem cordas", ou amarras, se é que você me entende.

Essa foi ruim, mas não consegui me conter.

Contudo, essa coisa toda me deixou curioso. Então fiz o que qualquer cara entediado evitando uma casa cheia de pessoas faria: cliquei no vídeo.

Famosas últimas palavras.

Lá estava ela, ao vivo e a cores em tempo real. Diferente da foto, não havia nenhum violino à vista.

Dei risada sozinho. *Propaganda enganosa!*

Em vez disso, ela estava totalmente vestida e... cantando. Bem, totalmente vestida era um termo relativo nesse caso, já que seus peitos estavam explodindo da blusinha rosa-claro, seus mamilos como chumbinhos grossos através do tecido. Mas ela estava coberta.

Fechei os olhos e ouvi sua apresentação acústica por um momento.

A voz dela.

A voz dela era incrível — sussurrada e totalmente afinada. Hipnotizante. A música soava familiar e, quando percebi qual era, meu corpo congelou.

Ela estava cantando *Blue Skies*, de Willie Nelson.

Não pode ser.

Meu coração bateu forte no peito. Era a música que minha mãe costumava cantar para mim quando eu era criança. Minha mãe morreu alguns anos atrás de um câncer raro. Ela também a cantou para mim pouquíssimo tempo antes de morrer. Eu não estava esperando me conectar com minha mãe em um vídeo de *cam girl*. No entanto, estava acontecendo — nem pensar que eu conseguiria me livrar disso agora.

Montana estava bem envolvida, fechando os olhos para se concentrar em acertar todas as notas. E foi impecável.

Muitos minutos se passaram enquanto eu ouvia sua voz suave e rica. Me acalmou de um jeito que poucas coisas o faziam ultimamente. De um jeito estranho, pareceu que minha mãe estava comigo. (Embora rezasse para que minha mãe fosse embora antes que eu começasse a bater uma.)

Montana Lane era naturalmente linda de uma forma que a maioria das mulheres em L.A. não era. Ela não estava usando uma gota de maquiagem e, ainda assim, sua pele estava impecável na câmera. Também dava para ver que seus seios não eram falsos. Eles baixavam e balançavam naturalmente conforme ela se movimentava. E seu cabelo era de um tom de marrom que não era tingido — uma cor suave, como areia. Era bem comprido — abaixo da cintura — e fino, quase lembrando uma hippie dos anos 1960.

Parecia que ela era de outra época ou algo assim. Seus braços finos eram tonificados. Ela era quase magra demais, com exceção dos seios fartos. *Mas aqueles olhos*. Seus olhos eram de um tom bem claro de verde, e brilhavam através da tela. Era como se eu conseguisse ver além deles — com certeza, eu estava tentando bastante. *Caramba*. Aquela foto do violino definitivamente não fazia jus a ela. Essa garota era maravilhosa.

Quando ela, finalmente, parou de cantar, subiram comentários na tela, um após o outro.

LordByron114: Incrível!

SpyGuy86: Sua voz é tão linda quanto você.

FranTheMan10: Você é uma deusa do caralho, Montana.

A maioria era respeitosa. Claro que havia alguns que não eram.

Rocky99: Bravo. Agora nos mostre seus peitos.

Nos mostrar seus peitos?

Falei para a tela.

— Vá se foder, babaca.

Essa garota tinha acabado de cantar com o coração, e esse cara estava pedindo para que ela mostrasse os seios? Reconheço que era por isso que muitos daqueles caras estavam ali — talvez até eu —, mas foi desrespeitoso naquele momento.

Tudo no site era baseado em dinheiro. Usuários estavam pagando tokens a Montana para exigir atos diferentes. Havia um menu enorme no fim da página que resumia a precificação: cinquenta tokens e ela cantava uma música. Cem e a blusinha saía. Duzentos e ela tirava a calcinha. Trezentos e ela se masturbava.

Caralho.

Pensar nisso fez meu pau se mexer.

Quinhentos por uma "conversa" particular. Claro. Aposto que haveria bastante *conversa* acontecendo naquele cenário.

Eu queria muito perguntar a ela por que havia escolhido aquela música antiga. Fiquei curioso.

Apesar de ser grátis para assisti-la, se eu quisesse interagir, precisava me cadastrar no site.

Após digitar meu e-mail para o cadastro, escolhi o usuário *ScreenGod90*, uma homenagem às minhas raízes de produtor de filme e ao meu ano de nascimento. Então comecei a digitar.

ScreenGod90: O que a fez escolher *Blue Skies*?

Montana estava respondendo a pergunta de outra pessoa, dando um conselho para um cara de como dar prazer à mulher dele. Eu não tinha certeza se ela sequer havia visto minha pergunta. Estava sumindo, perdida em um monte de frases de várias pessoas.

Aposto que ela me notaria se eu lhe desse dinheiro. *Dãã*. O dinheiro fala, Ryder. Demorei um pouco para me acostumar com como tudo isso funcionava. A qualquer momento que alguém lhe dava tokens, fazia um som *cha-ching*, e aparecia uma notificação na tela.

Fui até o banco de token e comprei cem. *Que porra era essa?* Eu não apostava, então essa era minha versão similar.

Dei vinte a ela para começar e fiz minha pergunta de novo.

ScreenGod90: O que a fez cantar Blue Skies?

Ela olhou para o lado e pareceu estar lendo os comentários, então olhou diretamente para a câmera — para mim.

— Oi, ScreenGod.

Isso fez meu corpo enrijecer. Engoli em seco e senti meu rosto esquentar. Nossa, isso foi esquisito pra cacete. Vê-la olhando diretamente para mim, conversando comigo pela tela, foi como tomar uma droga. Tudo que ela tinha feito foi falar oi para mim. Naquele instante, com base na minha reação, uma parte de mim sabia que era bem possível que eu me tornasse viciado nessa sensação... viciado nela.

— Essa é uma ótima pergunta. Por que escolhi essa música?

Ela fechou os olhos como se realmente se concentrasse na resposta, então disse:

— Essa música sempre me deixou arrepiada. Passa um ar de otimismo eterno. A letra... ela é tão simples, ainda assim, comunica o quanto a vida pode ser ótima quando as pessoas estão apaixonadas. Tudo fica iluminado e brilhante, apesar de você estar vivendo no mesmo mundo que poderia ter sido cinza antes de encontrar a pessoa com quem está destinado a ficar. A vida é uma questão de perspectiva. Já passei por céus azuis e acinzentados. Mas acho que essa música me dá esperança de que virão céus azuis de novo.

Adorei essa resposta.

Muito depois de ela ter ido para a pergunta de outra pessoa, eu ainda fiquei encarando intensamente seus lábios.

E, a partir daquela noite, fui totalmente fisgado.

Amor On-line

CAPÍTULO 2

Ryder

Eu havia pegado uma mesa do lado externo no The Ivy. Como sempre, havia paparazzi acampados do outro lado da rua.

Apesar de aquele lugar sempre estar cheio de gente que eu conhecia ou que queria evitar, me lembrava da minha infância. Meus pais costumavam me levar lá quando eu era criança. Eles preferiam a parte interna ao pátio. A mobília antiga e colorida interna me fazia pensar na minha mãe de um jeito estranho porque ela tinha gosto parecido. Ela sempre pedia o creme de milho, então eu fazia a mesma coisa toda vez que ia ao The Ivy. O espírito da minha mãe parecia estar bastante por perto ultimamente.

Então me sentei no pátio, rodeado pela cerca branca de piquete enquanto esperava meu amigo, Benjamin, mais conhecido como Benny. Crescemos juntos, e nossos pais já tinham sido sócios. Agora o pai de Benny estava aposentado, mas também esperava preparar seu filho para uma vaga no estúdio. Mas Benny não queria participar da produção de filmes. Em vez disso, ele era dono de uma distribuidora de maconha em Venice Beach. Como Benny gostava de dizer, ele adorava *"arrancar as ervas das mentiras"* e aproveitar a vida. Às vezes eu queria ter a coragem dele — para simplesmente ligar o "foda-se".

Finalmente, Benny apareceu. Ele coçou sua barba comprida ao se sentar à minha frente e disse:

— Você está um lixo.

— Não tenho dormido muito bem.

Ele abriu o cardápio.

— Alguma coisa em mente?

— Não é nada.

— Cara, sabe que pode conversar comigo, certo? Só porque eu posso repetir de volta para você não significa que não esteja ouvindo.

Benny tinha um hábito estranho — algo que fazia desde criança. Às vezes, ele precisava repetir silenciosamente a última parte do que quer que a pessoa com quem estivesse conversando disse antes de responder. Igual quando você está assistindo a um ator ruim, e consegue vê-lo abrindo a boca em silêncio durante as frases de suas coestrelas? Isso sempre me fazia lembrar de Benny.

Resolvi ser transparente.

— Ultimamente, estou pensando muito em Mallory.

Benny falou sem emitir som o que eu acabara de lhe contar — *Ultimamente, estou pensando muito em Mallory.*

— Eu sei — ele disse. — Fiquei sabendo.

Ficou sabendo? Semicerrei os olhos.

— Ficou sabendo do quê?

— Ela vai se casar. É disso que está falando, certo?

Aquelas palavras pareceram cortar meu peito. Fiquei muito confuso. Ele falou *casar*, não falou?

— Casar?

— Sim. Pensei que fosse por isso que estava chateado. Vi no Facebook dela. Ela postou uma foto da mão com o anel e do... — Ele pareceu perceber, pela minha cara, que essa notícia era um choque para mim. — Ai, merda. Você não sabia.

De repente, meu apetite desapareceu.

— Não. — Encarei o nada. — Não sabia, não.

Minha ex, Mallory, e eu ficamos juntos por quatro anos. Apesar do término ter sido há quase dois anos, eu não conseguira parar de pensar nela. Ela havia me bloqueado há um tempo de ver qualquer de seus posts nas redes sociais. Me bloquear foi o último recurso na destruição do nosso relacionamento tumultuado, porém apaixonado.

Eu sabia que ela estava saindo com alguém. Só não sabia que era tão sério.

Benny estava me encarando.

— Você está bem, cara?

Eu dissera a mim mesmo que havia aceitado o término. Mas esse foi o primeiro momento em que percebi que ainda devia ter esperança de que ficássemos juntos de novo um dia. Foi a primeira vez que realmente entendi que não iria acontecer. Parecia uma morte de certa forma, a qual talvez eu precisasse sentir para superá-la por completo.

Meu peito pareceu vazio.

— Sim, estou bem. — Quando o garçom apareceu de novo, eu pedi: — Pode trazer outro Macallan?

Ele assentiu e foi pegar minha bebida.

Benny arrancou um pedaço de pão e colocou na boca.

— Espero que não ligue, convidei Shera, a garota com quem estou saindo, e a amiga dela para almoçar com a gente.

Minha sobrancelha se ergueu.

— A *amiga* dela? — Isso só poderia significar uma coisa.

— É. Ela queria te conhecer. Não é atriz. Acho que não quer nenhum favor desse tipo. Acho que só quer transar com você, para ser sincero, para poder contar às pessoas que dormiu com Ryder McNamara.

— Que ótimo.

Quando encarei o horizonte, ele deu um tapa na mesa, fazendo alguns talheres saírem voando.

Jesus.

— Ainda está chateado com o negócio da Mallory? Cara, foda-se ela! Esqueça isso. Ela te botou para correr. Faz dois anos. Agora ela está com um... zé ninguém. Supere essa merda.

Não dava para culpar Benny por tentar racionalizar comigo. Ele nunca soubera de toda a história do que aconteceu entre mim e Mal... do porquê assumi a culpa pelo que houve entre nós, apesar de ter sido ela a terminar. Eu nunca tinha compartilhado a história completa com ninguém. Talvez ele se sentisse diferente se soubesse a verdade.

O garçom trouxe meu uísque, e bebi de uma vez.

Duas garotas se aproximaram da mesa.

Uma ruiva alta acenou.

— Oi. Desculpe o atraso.

Benny colocou a mão em volta da cintura da ruiva.

— Ryder, esta é Shera. E esta é a amiga dela... qual é o seu nome mesmo?

Ela respondeu para ele, porém olhou direto para mim.

— Ainsley.

Ainsley.

Conforme o terceiro Macallan fez efeito, de repente, me sentia muito autodestrutivo.

Ainsley, acho que você vai ter sorte hoje.

Voltei para casa naquela noite sentindo que precisava de um banho.

Eu acabara indo para o apartamento de Ainsley e transado com ela de maneira raivosa enquanto imaginava que ela era Mallory. Ela também tinha cabelo escuro, então foi fácil de visualizar. Eu era um babaca. Me arrependi, mas não dava para voltar atrás.

No entanto, ela não pareceu se importar nada, nada. Nós dois gozamos forte, e ela ficou com um sorriso enorme no rosto. Depois, como sempre, imediatamente eu só quis ir para casa. Nunca me senti bem em foder-e-cair-fora, mas o sexo só era legal no momento. Quando acabava, o desejo imediato de ir embora sempre se instalava.

Felizmente, essa garota não tinha expectativas, então nem precisei fingir. Entrei fácil, saí fácil. Ainda assim, quanto mais velho eu ficava, mais esse cenário parecia horrível. Aos vinte e oito anos, eu tinha começado a querer mais do que só uma foda rápida. Não achava que iria encontrar a pessoa certa por aí.

Mas voltando, meu banheiro tinha somente chuveiro. Estava mais para um cômodo molhado com azulejo de vidro decorado que mudava de cor dependendo do nível do calor. Era minha parte preferida da casa.

Conforme a água caía em mim, comecei a pensar de novo sobre a bomba que Benny tinha soltado mais cedo. Meu relacionamento com Mallory passou diante dos meus olhos como um filme em alta velocidade. Então uma lágrima escorreu do meu olho.

Porra.

Ao longo de todo o término, e tudo que havia acontecido antes, eu nunca tinha chorado — até agora. Na verdade, não conseguia me lembrar da última vez que havia chorado — provavelmente foi no funeral da minha mãe. Admito que foi apenas uma lágrima, mas era uma porra de uma lágrima.

Esfreguei o rosto e jurei deixar isso acontecer — deixar isso ser o fim da minha culpa e o fim do ruminar do que aconteceu com Mallory. Precisava acabar. Eu precisava seguir em frente tanto quanto ela precisava de um recomeço. Ela merecia isso. Eu tinha que superar.

Fechando a água, expirei de forma longa antes de me secar.

Ainda enrolado somente na toalha, deitei na cama e peguei meu laptop. Um rastro de água escorreu pelo meu abdome.

Eu tinha falado para mim mesmo que não iria voltar àquele site de *cam girl*. Mas, mesmo assim, meus dedos clicaram e, de alguma forma, acabei na sala de bate-papo de Montana Lane. Usei a desculpa de que só ia ver o que ela estava fazendo.

E lá estava ela, parecendo bastante animada como sempre. Como ela conseguia ficar sentada naquele quarto, conversar com todas aquelas pessoas e parecer que realmente se importava era um mistério para mim. Mas ela tinha esses caras na palma da mão. Eu me flagrei sorrindo para ela e literalmente me dei um tapa na cara.

O quarto atrás de Montana sempre era bem bagunçado, com vários adereços espalhados. Hoje vi o violino dela no fundo, junto com um boá de plumas e alguns vibradores. Havia luzes brancas de Natal penduradas nas paredes e ela tinha feito uma marquise com cortinas transparentes. Ela estava na cama com as pernas cruzadas. Seus peitos se balançavam conforme ela se movimentava.

Tocou o som *cha-ching* de homens jogando tokens no pote.

Trinta tokens: James450 quer ver Montana Lane mostrar os peitos.

Todos eles conspiravam juntos, tentando dar dinheiro suficiente para fazê-la tirar a camiseta. Os sons de token estavam disparados naquela noite.

Cha-ching. Cha-ching. Cha-ching.

Não demorou muito para totalizar o número mágico.

Ela estava no meio da conversa quando deve ter percebido que o limite tinha sido atingido. Montana ergueu sua camiseta pela cabeça, deixando livres seus peitos naturais e lindos. Ela tinha lidado com isso de forma tão casual, como se já tivesse feito centenas de vezes.

Entretanto, esse não era simplesmente qualquer momento para mim. Era minha primeira vez vendo-a sem blusa. *Jesus.* Um alerta teria sido legal. Engoli em seco, despreparado para o quanto seu corpo era incrível. Nunca tinha visto seios iguais aos dela, tão grandes — levemente baixos, mas não caídos. Seus mamilos eram de um rosa-médio e do tamanho de metade de uma moeda. Essa garota era o resumo da beleza natural.

Parecia errado ficar secando-a, como se eu estivesse invadindo sua privacidade. Isso não me impediu de encarar. Meu pau inchava conforme eu a assistia massagear seus mamilos com a ponta dos dedos. Ela começou a massagear lentamente os seios. Minha boca encheu de água.

Et tu, Ryder?

Sim. Sim, caralho.

Ela se deitou e continuou a massagear os peitos. Tudo ficou quieto. Maravilhado, inclinei a cabeça para o lado a fim de ter uma visão melhor. Me recusava a sucumbir ao desejo de me masturbar.

Que esquisitão.

Dei risada pela forma patética de como eu estava hipnotizado. *Aposto que o gosto dela é tão bom quanto parece.*

Alguns minutos depois, Montana se sentou e deu um olhar provocador para a câmera antes de vestir a camiseta de volta.

Um misto de decepção e alívio me atingiu. Por um lado, fiquei dolorosamente chateado por meu show pornô grátis ter terminado. Por outro, me perguntei que direito eu tinha de me masturbar com isso. Me sentindo protetor, fiquei meio que feliz por ela ter parado de se mostrar, embora tivesse certeza de que ela já fizera coisas bem piores.

Dei mais do que os tokens exigidos para pedir uma música.

ScreenGod90: Preciso dormir esta noite. Pode cantar uma canção de ninar para mim?

Ela olhou para a câmera.

— Você de novo, ScreenGod? — Era como se ela estivesse sorrindo direto para mim. — Algum pedido especial?

Houve aquela agitação que sentia quando ela falava diretamente comigo. O que tinha nessa garota? Ou era eu? Será que eu era fodido da cabeça?

ScreenGod90: Quero que você escolha.

Montana fechou os olhos por muitos segundos antes de começar a cantar uma música que eu não reconhecia. Mas era linda.

Quando terminou, eu digitei.

ScreenGod90: Qual é o nome dessa música?

— Chama-se *Fly Away*, de Poe. Eu a considero muito especial. Você gostou?

Me perguntei o que ela quis dizer com isso, por que era significativa para ela.

ScreenGod90: Adorei. Obrigado.

Imediatamente, soube que eu a pesquisaria mais tarde.

Conforme ela seguiu, interagindo com os outros homens, não pude deixar de me perguntar quem essa garota realmente era, como ela foi parar no negócio de webcam. Somente com base em seu gosto musical, imaginei que havia muito mais nela do que isso.

O *cha-ching* continuou soando, e vi que alguém tinha colocado tokens suficientes para uma conversa particular. Ela se desculpou com todos os outros visualizadores por precisar sair temporariamente, e a tela ficou preta quando ela desapareceu.

Bem, que merda, hein?

Coloquei o laptop de lado e mexi no meu celular enquanto esperava que ela retornasse. Pesquisei a letra da música que ela tinha cantado. Parecia ser sobre perda. Ela havia dito que era especial para ela. Então isso me deixou mais curioso sobre a história de Montana.

Quinze minutos depois, quando ela finalmente voltou, parecia... diferente. Eu não conseguia identificar o que era. Ela simplesmente não parecia estar em seu normal sorridente.

— Certo, pessoal, tenho que parar por hoje — ela disse.

É isso? Ela voltou para falar que tinha que ir? Parecia cedo.

A decepção se instalou quando percebi que não estava pronto para ficar sozinho com meus pensamentos naquela noite. Preferia assistir a essa linda mulher e esquecer tudo.

— Estarei de volta amanhã à noite na mesma hora, lá pelas nove. Espero ver todos vocês de novo. — Ela soprou um beijo para a câmera.

Pareceu que ela se esticou para apertar um botão que era para cancelar seu vídeo ao vivo. Mas ainda estava lá. Então pareceu se afastar.

Que estranho, algo não parecia certo.

Não parecia que ela *sabia* que a câmera ainda estava ligada.

Minha pulsação acelerou conforme continuei assistindo-a.

Montana se deitou encolhida em posição fetal na cama e enterrou o rosto nas mãos. Assisti, horrorizado, enquanto percebia que ela estava chorando. Aí entendi — ela não fazia ideia de que ainda conseguíamos vê-la. Não fazia a menor ideia.

— Você está aparecendo! — gritei como um idiota, como se ela conseguisse me ouvir.

Resolvi dar alguns tokens a ela, torcendo para que o *cha-ching* a alertasse para o fato de que as pessoas ainda estavam assistindo.

Funcionou. De repente, ela olhou para cima e se apressou até o computador, então tudo ficou preto.

Puta merda.

Fiquei sentado sem palavras. A garota estivera sorrindo, rindo, brincando por horas, parecendo feliz. Mas, no segundo em que pensou que a câmera estivesse desligada, tudo isso mudou, como noite e dia.

Doeu em mim de uma forma que eu nem conseguia descrever, como se eu estivesse, sem saber, contribuindo para sua tristeza.

Porra.

Será que éramos mesmo tão burros para não conseguir enxergar que era tudo uma encenação? Fechei o laptop.

Enquanto estava deitado na cama, pensamentos sobre Montana me assombravam. O que tinha acontecido durante aquela conversa particular? Será que tinha sido isso que a deixara chateada?

Eu me levantei, reabri o laptop e fui até a página dela, embora soubesse que ela não estava ativa.

Havia um endereço de e-mail para o qual clientes poderiam enviar mensagem para ela off-line a fim de marcar conversas particulares.

O que está fazendo, Ryder?

Entrei em uma conta de e-mail que mal usava, uma que não estava ligada ao meu nome de nenhum jeito. Eu mantinha a conta para merdas de sites que eu sabia que me enviariam spam. Apesar de sentir que poderia não ser da minha alçada, digitei.

Oi, Montana,

É o ScreenGod90, o cara nerd de música. Espero que eu não esteja passando dos limites ao escrever para você assim. Fiquei em dúvida se escrevia ou não. Só quero ter certeza de que você está bem. Sei que deixou a câmera ligada sem querer esta noite depois da sua apresentação. Te vi chorando, e você parecia muito triste. Então, fiquei pensando em você. O objetivo desta mensagem é apenas garantir que esteja bem.

Sinceramente,

ScreenGod90

Soltei a respiração, imaginando que as chances de ela responder eram quase nulas. Mas enviar e-mail para ela tranquilizou um pouco minha consciência, e minha fadiga do dia, em certo momento, venceu conforme caí no sono.

Na manhã seguinte, o sol forte entrava pelas janelas da cozinha enquanto eu estava sentado à mesa com meu café e verificava meu celular.

Fiquei surpreso ao ver uma resposta no e-mail de Montana Lane.

Oi, ScreenGod,

Agradeço muito por ter escrito para mim. É, foi uma infelicidade. Não percebi que ainda estava ligada. Foi um instante. E passou. Eu só estava me sentindo muito mal o dia todo, aí desmoronei. Não teve nada a ver com a conversa. Não quero que ache isso. Enfim, obviamente, não queria que as pessoas me vissem chorar. Sinto muito por preocupar você. Me sinto muito melhor hoje.

Obs.: Gosto muito dos seus pedidos musicais. Obrigada por querer me ouvir cantar.

Beijos,

Montana

Fiquei ali sentado pensando se respondia ou não, por bastante tempo. Finalmente decidi:

Querida Montana,

Fico muito feliz em saber que está se sentindo melhor.

Contanto que continue cantando, vou continuar pedindo. Sua voz é tão linda quanto você.

Abraços,

ScreenGod

Imediatamente, pensei melhor nas minhas palavras. Sério? *Sua voz é tão linda quanto você?* Com todos os homens que davam em cima dela diariamente, eu realmente achava que aquilo era original? Embora fosse como eu me sentia, talvez devesse ter guardado isso para mim.

Só seja um seguidor bonzinho e quieto, Ryder.

Dei risada. Isso era maluquice — até onde eu iria, ultimamente, por uma distração.

De repente, senti cheiro de sabão de lavar roupas. Lorena entrou na cozinha com um monte de roupas em uma cesta. Ela deve ter percebido minha expressão.

— O que é tão engraçado?

Balancei a cabeça.

— Você não quer saber.

Ela continuou semicerrando os olhos e olhando para mim enquanto dobrava as roupas. Resolvi contar a ela a verdade sobre minha obsessão pela *cam girl*. Lorena conseguia lidar com praticamente qualquer coisa, apesar de ser bastante conservadora. Eu adorava chocá-la.

Depois de eu passar cinco minutos contando toda a história, ela disse:

— Então ela é, tipo, uma modelo nua?

Dei risada.

— Sim. Uma modelo nua. Ela tira a roupa de vez em quando. Apesar de você talvez não acreditar em mim, não é por isso que a assisto.

— Por que você está fazendo isso?

Esfreguei os olhos e dei risada.

— Não faço ideia. Tédio, eu acho?

Lorena apontou para mim.

— Esse é o problema. Você tem todas essas *putas* se jogando em você o tempo todo. Nada mais te interessa. Agora vai mudar para pornô e prostitutas.

Ergui o dedo indicador.

— Ei, só para você saber, eu nunca fiquei com uma prostituta. Também não planejo ficar. Não que haja algo de errado com isso. Mas não preciso pagar por isso, se é que me entende.

— Está pagando para essa *cam girl*, não está?

Bom argumento.

— É, mas isso é diferente... eu acho. É só diversão inocente. E só pago para ela cantar para mim. — Dei risada, percebendo como isso soava maluco... pagar uma garota para cantar para mim.

— Ela canta?

— Dentre outros talentos especiais, sim. Na primeira noite em que a vi, ela estava cantando *Blue Skies*. Minha mãe costumava cantar essa música. Então isso me fez surtar. Foi assim que ela chamou minha atenção inicialmente.

— Isso e os peitos grandes dela.

Quase cuspi meu café.

— É. São legais também. *Bem* legais. — Pigarreei. — Enfim, era como se fosse o destino eu ouvir essa música ou algo assim. E no meio-tempo... descobri que gosto de assisti-la.

Ela parou de dobrar a roupa por um instante.

— *Mijo*, você precisa ir na direção oposta do que está fazendo. Pare de ficar com as prostitutas e com esse pornô e encontre alguém que seja uma boa pessoa, com quem possa se envolver. Alguém que vá cuidar de você... como uma das minhas sobrinhas.

Ai, cara. Lá vamos nós.

Me encolhi.

— Sem querer ofender, mas tenho praticamente certeza de que a última sobrinha com quem você queria me juntar tinha mais pelo facial do que eu. Garota legal, mas ela tinha uma *barba*.

Lorena estava rindo, porque *sabia* dessa merda quando me fez encontrá-la.

— Ok, talvez não Adriana — ela disse. — Mas tenho muito mais. Vinte sobrinhas. São muitas para escolher. Sei que você gosta das bonitas.

— Bem, ajuda se eu não tiver vontade de interromper o encontro e comprar um barbeador para fazer a barba dela, sim.

Ela deu risada, mesmo à custa da sobrinha, porque ela sabia que era verdade. A garota tinha bigode.

— E quanto à minha outra sobrinha, Larisa? Ela sempre pergunta de você desde que te levei à igreja daquela vez. Aquela lá tem um rosto muito bonito.

Larisa tinha tentado fazer oral em mim em um salão da igreja com a cortina fechada depois de me conhecer há trinta minutos. Eu detestava arruinar a imagem perfeita da sobrinha para Lorena, então nunca havia contado. Eu gostava de mulheres agressivas — mas não *tão* agressivas.

— Ela, definitivamente, tem um bom rosto — brinquei, sem saber se ela entenderia.

Ela jogou um pano de prato que estava dobrando em mim.

— Sabe, falei para sua mãe, antes de ela morrer, que iria cuidar de você.

Uau.

— Nunca fiquei sabendo, Lorena. Ela pediu para você fazer isso?

— Bem, não, mas falei para ela que iria, e isso a deixou muito feliz. Então, sinto uma responsabilidade. Sabe? — Parecia que ela estava começando a chorar.

Lorena tinha sido empregada dos meus pais. Ela sempre foi parte da família, de verdade mesmo, não só da boca para fora. Quando saí de casa aos dezoito anos, minha mãe pediu que ela trabalhasse para mim, sabendo que Lorena me manteria na linha. Não fiquei feliz no começo; não queria ser supervisionado por ninguém. Mas, conforme eu ficava mais velho, comecei a gostar de ter alguém por perto que cuidava de mim, principalmente depois que minha mãe morreu.

Ao mesmo tempo, Lorena sabia que eu também cuidava dela. Ela nunca me pedia extras, mas não havia nada que eu não fizesse por ela. Realmente a considerava uma segunda mãe e era grato por ela se preocupar comigo e cuidar do meu bem-estar. Meu pai, que só queria o meu melhor, sempre tinha sido desatento ao que acontecia na minha vida — e ele se tornou ainda mais assim depois da morte da minha mãe. Ele acabara mergulhando ainda mais do que nunca no trabalho. Não poderia dizer que o culpava.

Então, enquanto meu pai estava alheio, Lorena tinha visto tudo. E ela não me julgava. Esteve lá quando eu estava arrasado após o término com Mallory. Desde então, tinha visto inúmeras mulheres fazerem a caminhada da vergonha para fora do meu quarto. Apesar do que sentia quanto às minhas atitudes, ela sempre garantiu que meus lençóis sujos fossem limpos. Assim como nunca me falou merda a menos que eu pedisse sua opinião.

E aí, cara, ela falava pra caramba.

Amor On-line

CAPÍTULO 3

Ryder

Eu disse a mim mesmo que não iria à página de Montana Lake de novo, porém era mais fácil falar do que fazer. Quando estava sozinho à noite, inevitavelmente, clicava lá "só para ver o que ela estava fazendo". Sair virtualmente com ela tinha se tornado uma experiência familiar e reconfortante. Tinha pedido para ela cantar para mim uma ou duas vezes, mas, na maior parte do tempo, eu assistia como um espectador silencioso.

Ela nunca tinha feito mais do que mostrar seus seios na câmera durante os chats públicos. Mas ela desaparecia por bastante tempo, e eu sempre me perguntava o que estava acontecendo durante aquelas sessões particulares.

Eu havia visitado sua página por cinco noites seguidas. Mas aquela noite era diferente. Pela primeira vez, resolvi arriscar uma coisa.

Nem sabia o que estava procurando, só que a queria apenas para mim por um tempo.

Coloquei tokens suficientes e pedi uma conversa particular. Minha testa ficou coberta de suor. *Você está sendo idiota*, pensei, sem conseguir acreditar que estava realmente nervoso por interagir com ela no privado.

Ela se despediu do público e desapareceu por alguns segundos. Então tive acesso à sala de conversa particular antes de ela aparecer na tela de novo.

Montana acenou.

— Oi, ScreenGod. Como você está? Pensei que nunca fosse pedir.

Digitei.

ScreenGod90: Oi. Como isso funciona exatamente?

— Bom, você sabe que pode conversar comigo nesta sala, ou até ativar sua câmera se quiser que eu o veja. Mas, certamente, não precisa me mostrar seu rosto. Só ligue seu microfone para eu poder te ouvir. Assim podemos conversar, e você não precisa mais digitar. Esse é um dos benefícios da sala particular. Se preferir não falar, também pode continuar digitando. Tudo bem.

Eu não sabia que poderia realmente *conversar* com ela nem que tinha a opção de mostrar como eu era. *Caralho.* Isso definitivamente não aconteceria. Eu precisava me manter oculto. Mostrar a ela meu rosto era arriscado. Ela não podia descobrir quem eu era. O motivo todo por eu estar atraído por esse cenário era o anonimato.

Mas deixá-la ouvir minha voz não era prejudicial. Encontrei o botão para ativar o microfone e cliquei nele.

— Consegue me ouvir? — questionei.

Ela sorriu.

— Sim. Ai, meu Deus, sim. Oi. — Montana pareceu completamente animada.

— Oi. — Eu sorri. — Certo... legal. Obviamente, nunca fiz isso.

— Sua voz é mais grave do que imaginei, ScreenGod. Não era o que eu esperava.

Espere.

Como assim?

— O que estava esperando? — perguntei, engrossando ainda mais minha voz.

— Por algum motivo, pensei que você fosse um homem tímido e de fala mansa. Sua voz é linda e grossa. Você tem uma voz *muito* bonita.

Ótimo. Ela pensou que eu fosse soar como uma garota. Belo trabalho, Ryder.

— Obrigado. Você também. Quero dizer, não grossa. Mas uma voz bonita.

— Entendi o que quis dizer.

— Principalmente quando canta. Obviamente, você já sabe que amo sua voz — eu disse.

Ela arrumou as pernas para sentar com elas cruzadas, ajeitando-se na cama.

Parecia confortável comigo.

— Sim. Ainda estou perplexa por você só querer que eu cante. Mas presumo que queira este tempo particular por *outros* motivos. O que gostaria que eu fizesse por você?

Humm... porra. Eu era tão ingênuo assim? Ela tinha presumido que eu a tivesse chamado para a sala particular para favores sexuais virtuais. Admito que teria adorado ter uma experiência dessa com ela no momento — eu estava com um puta tesão —, mas não consegui pedir para que ela fizesse nada. Só me sentia nojento.

— Só queria conversar com você, na realidade. — Tecnicamente, era a verdade.

Ela arregalou os olhos.

— Sério?

— É.

— A maioria das pessoas não me chama aqui só para conversar.

— Bem, eu não sou a maioria.

— Já percebi isso no pouco tempo que te conheço, ScreenGod. Você, definitivamente, não é como a maioria dos caras que vêm à minha página.

Olhei para o relógio.

— Quanto tempo nós temos?

— Vinte minutos. — Ela olhou para verificar seu celular. — Bom, quinze agora.

— E depois?

— Bom, tipicamente, pode me dar mais dinheiro se quiser estender o tempo ou eu volto à conversa em público.

— Certo.

Montana inclinou a cabeça e me encarou através da tela.

— Então, sobre o que queria conversar? — Apesar de ela não conseguir me ver, parecia que conseguia.

— Estou meio que paralisado agora, para ser sincero. Normalmente, isso não acontece comigo.

— Tudo bem. — Ela sorriu. — Não há regras. Não precisa dizer nada comprometedor.

— Acho que eu queria você só para mim por um tempinho, queria sua atenção... ou algo assim. Te acho incrível. Você me fascina.

Ela pareceu perplexa de verdade por esse comentário.

— Por quê?

— Não estou me referindo à sua aparência. Estou falando sobre todo o resto.

— Você está me deixando traumatizada, ScreenGod.

— O quê? — Com certeza, não foi essa minha intenção. — Por quê?

— Comparado a todo mundo, você não parece muito interessado em mim fisicamente.

Tive que rir disso.

— Está brincando?

— Bem, você não me pediu nenhuma vez para tirar a camiseta e tal. Ou não me acha atraente ou pode ser que você seja um cara até que decente. Ainda estou tentando descobrir. — Ela deu uma piscadinha.

— Acredite em mim, meus pensamentos sobre você não são totalmente puros. É só que... o que me atraiu em você inicialmente não foi somente sua aparência. Foi que você pareceu diferente. Na verdade, foi sua foto de capa com o violino que despertou minha curiosidade, em primeiro lugar.

Ela jogou a cabeça para trás, gargalhando.

— Ah, provavelmente, mais assusto as pessoas com isso do que as atraio, certo? Não sei por que a escolhi. Pensei que, talvez, me separasse do resto das garotas, mas aposto que também dissuade algumas pessoas. — Ela gargalhou. — Ei, tenho uma pergunta. O que tenho em comum com meu violino?

— Ãh... Não sei. O quê?

— Nosso fio, no meu caso, da calcinha fio-dental. — Ela deu risada, e seus peitos balançaram. Juro que aquilo era terapêutico para mim.

— Legal. — Dei risada. — Enfim, acho a coisa do violino incrível. Eu adorava ver a Naked philharmonic. Onde aprendeu a tocar?

Ela inspirou fundo.

— Minha mãe era professora de música. Ela tocava alguns instrumentos e me ensinou a tocar violino.

— Ah. Interessante. Faz sentido agora. É o único instrumento que você toca?

— Sim.

— Sua mãe sabe no que você trabalha? E que está incorporando música de forma tão criativa nisso?

Sua expressão ficou sombria. Ela pausou, depois disse:

— Não. Ela se foi. E rolaria no túmulo se soubesse disto.

Bom, certo. Esta conversa acabou de tomar um sentido depressivo.

— Oh. Hum... Sinto muito.

— Tudo bem. Ela morreu quando eu tinha vinte anos.

Isso, definitivamente, causou um efeito em mim.

— Minha mãe... também é falecida — contei a ela. — Ela morreu há alguns anos. Então...

— Sinto muito. — Só encaramos nossas telas, nos conectando com nossas perdas em comum por um tempo até ela perguntar: — Quantos anos você tem?

— Vinte e oito.

— Então você tinha quantos anos? Vinte e cinco quando ela morreu? É jovem demais para perder a mãe... como eu. Me identifico.

— Quantos anos *você* tem? — perguntei a ela.

— Vinte e quatro.

Eu não a tinha convidado para aquela sala para conversar sobre assuntos pesados. Não sabia se conseguiria suportar isso no momento. Definitivamente, precisava mudar de assunto.

— Então, e o que são todos esses adereços atrás de você? Parece um circo aí. Não te vi usar nem sequer metade deles.

— Está entre o circo e *Acumuladores*, certo? — Ela deu risada. — *É louco.* São coisas que as pessoas me pediram ao longo do tempo. Nunca se sabe quando vai precisar de alguma coisa. Mas as únicas coisas que são usadas com frequência são os vibradores.

— Bom, é, nunca se sabe quando vai precisar de um boá de penas ou de óculos gigantes.

— Não é? — Ela gargalhou. — Provavelmente eu deveria me desfazer de algumas coisas. Acumulei bastante.

— Há quanto tempo tem feito isto... com a câmera?

— Há um ano e meio mais ou menos.

Me acomodei na cama, me sentindo mais tranquilo a cada segundo.

— Você se lembra da primeira noite?

Ela soltou a respiração e deu risada.

— Ai, meu Deus. Sim. Eu estava muito nervosa. Ficava verificando a iluminação, trocando de roupa... pensando que todas essas coisas importavam. Mas, assim que entrei ao vivo, percebi bem rápido que ninguém dá a mínima para esses detalhes.

— Então, você simplesmente... ficou on-line e arrasou?

Ela sorriu.

— Bom, primeiro bebi um drinque. Bem forte.

— Posso imaginar.

— Me lembro de olhar o número de pessoas na sala, esperando que ele subisse... foi muito lento, primeiro. Havia pouquíssimos espectadores. Quase desliguei tudo antes de sequer começar. Tipo, tem tanta competição por aí. Não sabia se alguém iria sequer aparecer. Mas, assim que as coisas continuaram, me acostumei bem rápido. Ouvi e vi de tudo até hoje.

— Imagino que nem tudo tenha sido bom.

Ela pareceu ficar tensa.

— Não. Algumas coisas que as pessoas falam... podem ser brutais.

Meu sangue ferveu quando pensei em alguns dos perdedores que eu tinha visto no pouco tempo que estivera visitando a sala de chat dela. Eu estava fervendo só de pensar nisso.

— Eles são desrespeitosos pra caralho. Não dá para contar quantas pessoas eu já quis matar virtualmente.

— Ainda bem que o moderador, geralmente, remove esses tipos bem rápido. A regra número um é não dar corda para eles. A beleza disto é que eu faço as regras. Não preciso entreter ninguém que eu não queira. E só precisa de um clique para apertar o botão *finalizar conversa*.

Fiquei feliz em saber que ela se sentia bastante no controle.

Dei risada.

— Se ao menos a vida real fosse assim... se houvesse um botão mágico para *finalizar a conversa*.

— Exatamente. — Ela deu um sorriso largo.

— Trabalho na indústria de entretenimento — eu disse, resolvendo me abrir um pouco. — É bem cruel, e estou, constantemente, lidando com pessoas querendo me conhecer por causa das oportunidades que pensam que terão com isso. Espero uma certa quantidade de puxa-sacos, mas às vezes seria incrível se eu pudesse simplesmente escolher com quem interagir desse jeito.

— Ou só ficar off-line e desaparecer no meio da conversa. — Ela deu risada.

— Isso! Seria perfeito.

— O melhor é quando esperam conseguir me convencer, sem eu perceber, a tirar a roupa para eles sem ter que pagar... como se eu não estivesse aqui para ganhar dinheiro.

— Mas você faz um bom trabalho fazendo parecer que *quer* estar lá. Tenho que admitir.

— Não me entenda mal... Não odeio isso. Mas não estaria fazendo de graça. Entende?

— Claro. É o seu trabalho.

— A maioria dos meus clientes regulares entende isso. Adoro meus regulares... como você.

Era estranho ouvir isso.

— Acho que já sou um regular, não sou?

— Sim. Mas você não me mostra o pau. Agradeço por isso.

Estalei os dedos.

— Droga. Você acabou de arruinar meus planos para esta noite.

Nós dois estávamos rindo agora.

— Desculpe por isso. — Ela sorriu.

— Vou me lembrar: manter o pau dentro da calça. — Suspirei. — Sério? Muitos caras te mostram o pau? Pensei que eles assistissem a *você.*

— Queria que fosse esse o caso, mas vejo minha cota de paus.

— O que eles querem? Sua aprovação?

— Basicamente, sim.

— Vou te enviar um botão que você pode apertar que toca "Esse é o pau mais lindo que já vi" repetidamente. Assim, não precisa falar.

Montana soltou um bufo.

— Eu adoraria, porque é exatamente o que querem. Que eu minta e lhes diga que são os maiores, os melhores. — Ela esfregou os olhos. — Senhor.

— Essa é a parte mais assustadora de ser *cam girl*? Caras estranhos que mostram o pau?

— Não. Acredite ou não, não é. Acho que a parte mais assustadora é quando certos caras pensam que devo a eles porque me enviam presentes não solicitados ou me pagam um monte de dinheiro. Eles ficam bravos ou enciumados quando não dou atenção a eles e, às vezes, se tornam odiosos. Este site é bem seguro e, na verdade, tenho meu estado de origem bloqueado por motivos de privacidade... mas nunca se sabe.

Porra. Isso me deu arrepios. Detestava pensar em alguém tentando machucá-la.

— Então as pessoas que moram no seu estado não conseguem te ver?

— É, é para funcionar dessa forma.

Assentindo, eu disse:

— Então acho que sei que você não é da Califórnia, se consigo te ver.

Ela simplesmente sorriu. Não ia divulgar onde morava, e eu não poderia culpá-la.

Continuamos conversando por muitos minutos, e perdi totalmente a noção do tempo.

Montana suspirou de forma demorada.

— Bom, esta com certeza é a primeira vez que desabafei para um *cam fulano*.

— Um o quê?

— *Cam fulano*. É assim que chamamos os clientes.

— Tipo um fulano que sai com uma prostituta?

— É, acho que vem daí.

Olhei para mim mesmo.

— Porra, sou mais bizarro do que pensei.

Ela caiu na risada de novo.

— Não, você não é nada bizarro. Não sei como sei isso sobre você, mas sei.

— Bem, obrigado. Tento não ser bizarro.

Ela olhou para o canto do seu quarto e, depois, de volta para mim.

— Merda.

— O que foi?

— Nosso tempo acabou há dez minutos. Nem percebi. Outra primeira vez para mim.

Não queria mesmo que ela fosse embora.

— Espere — pedi.

Sem nem ter que pensar, comprei tokens suficientes para outra conversa.

Quando ela percebeu o som, disse:

— Tem certeza? É muito dinheiro para gastar em uma noite.

Se ao menos ela soubesse que dinheiro não é um empecilho para mim. Eu teria pagado qualquer quantia para continuar conversando com ela.

— Sim. Tenho certeza, se não tiver problema para você conversar mais um pouco comigo.

— Sinceramente? Não. Estou gostando mesmo de conversar com você. Por algum motivo, é diferente. Parece que estamos apenas *conversando*. Não é forçado.

Era estranho o quanto eu ficava confortável com essa garota. Essa era nossa primeira interação privada, mas parecia que tínhamos feito isso inúmeras vezes, como se eu a conhecesse desde sempre, talvez até de outra vida.

— Sei o que quer dizer — eu disse. — Eu poderia conversar com você a noite inteira. Normalmente, não me sinto assim perto das mulheres.

— Você é tímido?

— Não. Não sou introvertido nem nada assim, e devo esclarecer. Não tenho *problema* em conseguir mulheres... exatamente o contrário. Só não consigo me conectar com a maioria delas.

— Interessante. — Montana pareceu estar pensando nas minhas palavras. — Você visita outras salas do site?

— Como assim?

— Outras garotas?

— Ah. Não. Na verdade, você é minha primeira.

Ela pareceu chocada.

— Está brincando?

— Não. Achava que isso não era meu estilo. E realmente não é. Mas você é diferente. Basicamente, você me ganhou com *Blue Skies*.

— Verdade. Você pareceu bastante interessado nessa música. Me perguntou por que eu a tinha escolhido. Ela significa alguma coisa para você?

Meu coração ficou pesado de repente.

— Na verdade, minha mãe costumava cantá-la para mim.

Ela assentiu.

— Foi por isso que me perguntou sobre ela.

— Sim. Significa muito para mim, e não conseguia acreditar que você a tinha escolhido. Para falar a verdade, se não a estivesse cantando, talvez eu tivesse passado direto por você. Mas, agora que te conheci, isso parece bem difícil de imaginar.

— Amo a versão do Frank Sinatra — ela disse.

— Você quer dizer Willie Nelson?

— Bom, ele também cantou uma. Há muitas versões da música.

Me senti idiota por corrigi-la. Claro que havia versões diferentes.

Essa música era velha pra caramba. Foi por isso que fiquei tão surpreso quando ela a escolhera. Mas Montana parecia ter uma alma antiga.

Uma coisa estava clara para mim. Ela ficou muito mais relaxada comigo do que parecia diante do público maior. Me perguntei se ela estava sentindo metade do que eu estava sentindo no momento. Era um sentimento que eu não conseguia identificar muito bem. Mas era muito bom, o que quer que fosse.

Montana se aninhou na cama.

— Bom, diria que, talvez, era o destino nos encontrarmos, ScreenGod.

CAPÍTULO 4

Ryder

Seu nome verdadeiro era Eden.

Eu sempre desconfiara que o nome Montana Lane era tão falso quanto ScreenGod.

Há três semanas, conversávamos em uma sala particular por, no mínimo, uma hora toda noite. Nunca pedi a ela que fizesse nada além de conversar comigo.

Ainda não tinha ligado a minha câmera, então Eden continuava a não fazer ideia de como eu era. Preferi manter as coisas assim por enquanto. Será que um dia eu iria mostrar a ela meu rosto? Não tinha certeza. Ficava tentado, para que ela soubesse que eu não era um louco. Mas isso levaria as coisas a um nível diferente para mim, para o qual eu não sabia se estava pronto.

Eu a teria reservado pela noite inteira todas as noites se ela permitisse. Na verdade, eu tentei. Mas ela achou que não era uma boa ideia desaparecer completamente da sua audiência. Ela perderia clientes dessa forma, e eu entendia isso; não poderia culpá-la. Mas, caramba, eu ficava ansioso para nosso tempo juntos após um dia longo.

Apesar de nos abrirmos um ao outro sobre a vida e nossos dias, havia um limite sobre o que compartilhávamos. Eu ainda não sabia onde ela morava ou nenhum detalhe pessoal, como seu sobrenome. Tínhamos concordado em manter assim por enquanto.

Ela sabia que meu nome era Ryder. Ela sabia que minha comida preferida era pizza e que minha banda preferida era Pink Floyd. Sabia um monte de coisas sobre mim, mas não sabia como eu era, onde trabalhava ou meu sobrenome. Ainda assim, ao mesmo tempo, não parecia que essa falta de informação importava. Eu estava começando a sentir que conhecíamos um ao outro de maneira íntima. E isso me fez pensar — quem nós somos neste mundo nada tem a ver com nosso nome, nosso trabalho, nosso status social ou todos os rótulos que colocamos em alguém. Era possível conhecer uma pessoa sem quaisquer coisas dessas.

Provavelmente, eu nunca teria pensado nisso antes de conhecer Eden. No entanto, ela havia me mostrado que relacionamentos verdadeiros *podem* ser baseados em como duas pessoas se conectam, seus ideais compartilhados e gostos — sua química em geral. E a minha com Eden era fora do normal.

Não havia dúvida de que trabalhar em um estúdio cinematográfico poderia ser revigorante. Funcionários e membros da equipe se misturavam com celebridades indo e vindo. Era uma agitação constante de energia. Mas eu tinha me acostumado tanto a estar cercado de pessoas famosas que isso nem me perturbava mais.

Eu tinha assumido vários papéis diferentes na empresa do meu pai, a McNamara Studios. Meu pai me fez começar na base e trabalhar para subir. No ensino médio, trabalhei no portão, garantindo acesso dos talentos e executivos ao estacionamento e proibindo a entrada de outras pessoas. Também dirigia um carrinho de golfe e levava comida para o elenco e a equipe.

Em certo momento, depois de me formar na faculdade, fui para o lado da produção, auxiliar em garantir que os roteiros fossem finalizados, coordenar o processo de filmagem e manter as coisas dentro do orçamento. Acabei fazendo meu mestrado em administração na UCLA. Minha graduação era de produção de filme, porém meu pai queria que eu reunisse o conhecimento do negócio que seria necessário para administrar a empresa um dia.

Ultimamente, eu estivera passando mais tempo fora do estúdio, acompanhando meu pai em seu escritório no centro. Nesse dia em particular, ele estava ansioso para ir quando me fez sentar durante um intervalo do trabalho.

Ele colocou os pés em cima da mesa.

— Haverá uma mudança enorme, filho. Vai exigir que fiquemos mais focados globalmente. E você vai ter um papel importante nisso.

Peguei uma das balas de hortelã no pote da mesa dele e desembalei.

— Ok. Explique.

— Bem, antes você produzia um bom filme em Hollywood, divulgava em Nova York ou L.A., e era suficiente. Era tudo bem unidimensional. Não é mais assim. Tudo foi para o digital. Você sabe disto. Não preciso te dizer. Temos o mundo na ponta dos nossos dedos agora. E isso significa estar consciente do mercado global e de todas as diferentes plataformas que temos. O streaming está assumindo um papel maior em como as pessoas enxergam os filmes, mas, ao mesmo tempo, nos permite o potencial de um público muito maior.

— Ok... isto não é exatamente novidade. Explique meu papel importante nisto.

— Quero que você viaje mais, que seja nosso líder no mercado internacional. A pessoa que liderar esta empresa no futuro vai precisar desse tipo de experiência.

Franzi as sobrancelhas.

— Vai me mandar para fora?

— Só por curtos períodos. Será indispensável que você tenha experiência internacional se vai comandar este lugar.

— Onde é minha primeira parada?

— Estou pensando na Índia.

— Índia? — Provavelmente, esse era o último lugar que eu esperava.

— Sim. As vendas dos ingressos de Bollywood são astronômicas. Precisamos prestar atenção nisto. Gostaria de abrir uma filial em Mumbai, e que você liderasse isso. O que significa que vai precisar viajar algumas vezes para lá. Temos o potencial e o orçamento para sermos melhores do que Bollywood e colher os benefícios desse mercado aquecido.

— Isso já está fechado?

— Já marquei algumas reuniões. Você viaja em duas semanas. — Ele deve ter dado uma olhada na minha expressão quando adicionou: — Pela sua cara, parece que acabei de mijar no seu cereal.

— É só que... Eu não estava esperando isso.

— Imaginei que fosse ficar mais empolgado.

— Talvez se não fosse a meio mundo daqui.

Por que não estou empolgado?

Eu detestava admitir, porém sabia que a Índia era a umas doze horas dali. Estava gostando bastante da rotina noturna que tinha ultimamente e não queria interromper isso. Mas não podia falar para o meu pai que não iria ajudá-lo a assumir Bollywood porque faltaria aos meus encontros com uma *cam girl*.

Então, engoli e segui.

Não demorou para a ideia de viajar para a Índia me deixar estressado.

Eu tinha passado a tarde no telefone com um dos nossos contatos lá, a fim de conversar sobre o itinerário. Seria muita pressão em um território totalmente desconhecido. Eu só queria esquecer isso por uma noite.

Assim que me deitei na cama naquela noite, entrei na sala de Eden e, imediatamente, paguei tokens para uma conversa particular.

Seu rosto sempre se iluminava quando ela me via on-line. Ela encarava a câmera e olhava de um jeito que mostrava que sabia que eu tinha entrado. E, claro, isso provocava coisas em mim.

— Oi, ScreenGod. Pensei que nunca fosse aparecer. — Ela acenou para seu público quando se preparou para sair. — Já volto, pessoal.

Eden não conseguia abrir a sala privada rápido o suficiente, na minha opinião.

Quando ela, enfim, apareceu, pareceu preocupada.

— Oi, Ryder. Está tudo bem?

— Como sabe que tem algo diferente?

— Não sei. Deu para ouvir que sua respiração estava um pouco mais pesada. Está estressado?

— Na verdade, *estou*, mas fiquei surpreso por você conseguir captar isso só por alguns segundos de respiração.

— Bom, é tudo que eu tenho. Já que não consigo te enxergar com meus olhos, acho que fico mais atenta aos meus outros sentidos. Fico mais sensível a outras coisas... como a forma que você soa.

— Jesus. Você me enxerga tão claramente, que acho que me esqueço de que sou apenas uma voz para você.

— Isso é porque um certo alguém não quer mostrar o rosto — ela zombou.

Provavelmente Eden pensava que eu tinha medo de mostrar a ela como eu era. Não tinha nada a ver com isso. Havia apenas um certo conforto que eu sentia em poder interagir com ela dessa forma. Mas não era justo; eu sabia disso. Já tínhamos passado do relacionamento apenas de *cam girl* e *cam fulano* a esta altura. Se isso fosse continuar, eu precisaria, em certo momento, mostrar meu rosto a ela.

Eden pegou uma blusa de lã felpuda e vestiu.

— Está congelando aqui. Você não se importa, não é?

— Claro que não.

— Não que você peça para fazer alguma coisa com eles, de qualquer forma. — Ela deu uma piscadinha, e demorei alguns segundos para perceber que ela estava se referindo aos seus seios.

Ela não fazia ideia de todas as coisas que eu sonhava em fazer com aqueles peitos lindos. Na minha imaginação, eu já os tinha devorado e fodido de todas as maneiras. Mas tinha escolhido guardar esses pensamentos para mim mesmo.

— Gosto que você não espere essas coisas, aliás — ela disse. — Mas se um dia quiser... sabe que pode me pedir, certo?

Engoli em seco.

— Estou tranquilo, Eden.

Meu pau se endureceu em protesto. Só com suas palavras — *"sabe que pode me pedir, certo?"* —, eu já tinha ficado com uma ereção instantânea. Minhas bolas se enrijeceram. *Ela não faz ideia.*

Mudei de assunto, escolhendo me concentrar em sua roupa desalinhada na tentativa de acalmar minha ereção.

— Esta é a Eden de verdade? Blusas felpudas? Gostei.

— Você não sabe nem metade. Eu sou a antítese de sexy quando não estou trabalhando. Pode me encontrar de jeans, AllStar e um moletom na maior parte do tempo. — Ela deu risada. — E estou sempre com frio... tipo, congelando, independente da temperatura que esteja.

Eu adoraria poder esquentar você agora mesmo.

Relaxei no travesseiro e analisei seu rosto por um tempo.

Ela inclinou a cabeça para o lado.

— Então... vai me contar por que está de mau humor esta noite?

— Não estou mais. Você sempre melhora o meu humor.

— Isso não é uma resposta.

Soltando a respiração prolongada, eu comecei:

— Parece que vou ter que viajar para a Índia a trabalho. E não estou muito ansioso para isso.

Recentemente, eu havia dito a Eden meu nome completo e onde eu trabalhava. Não estava mais escondendo nada dela. Parte de mim queria que ela viesse me encontrar. No entanto, a transparência completa não era recíproca. Ela ainda mantinha para si muita coisa da sua vida privada.

— Índia? Ai, meu Deus, sério? Eu *adoraria* visitar a Índia. Na verdade, adoraria ir a qualquer lugar que não fosse aqui.

— Por que não pode?

Ela hesitou, depois respondeu:

— Minha vida simplesmente não é propícia a viajar.

— Por que não? Dinheiro?

Ela ignorou minha pergunta.

— Quanto tempo ficará fora?

— Algumas semanas.

— Ah. — Eden pareceu quase deprimida.

— Ei... vai sentir minha falta?

— Pode me levar com você virtualmente?

— Bom, a Índia é, tipo, a umas treze horas da Costa Oeste. Então, é provável que eu esteja trabalhando quando você estiver on-line.

Uma expressão de preocupação tomou seu rosto.

— Vamos ter que encontrar um jeito. Acho que eu não conseguiria passar três semanas sem conversar com você.

Suas palavras me fizeram pausar. Era exatamente assim que me sentia também. Como se não conseguisse mais dormir sem ouvir a voz dela.

O que estava havendo conosco?

Ela pareceu se arrepender de ser tão sincera.

— Eu não deveria ter falado isso. Acha que é estranho? Na minha área de negócios... Não posso ficar apegada.

— O que... Se acho que é estranho você estar se conectando com uma voz sem rosto?

— É. — Ela deu risada. — Deus... quando você fala assim...

— Não acho estranho, não. Talvez eu *devesse* achar estranho, mas não acho, porque também sinto essa conexão.

— Me acostumei tanto a conversar com você. Você é minha válvula de escape. Fico ansiosa por isso no fim de todo dia. Sinto que posso te contar coisas, e você não vai me julgar.

Quem sou eu para te julgar?

— Eu não tenho direito de julgar ninguém.

— Há um motivo específico para você estar dizendo isso?

Dei risada.

— Muitos motivos.

— Bem, eu gosto que você não seja perfeito. Me faz sentir melhor quanto a todas as merdas loucas que já fiz. — Ela deu uma piscadinha.

Tenho praticamente certeza de que me apaixonar por uma cam girl *é a coisa mais maluca que já fiz.*

Eden suspirou.

— Este tempo sempre passa rápido demais.

— Você sabe que minha proposta ainda está de pé se quiser ficar mais tempo. Reservo você pela noite toda.

Quase pareceu que ela estava pensando em me deixar fazer isso. Dava para ver que não queria me deixar e voltar àqueles estranhos. Era bizarro falar isso, já que eu também era um estranho virtualmente.

Então ela me surpreendeu ao dizer:

— O que acha de nos encontrarmos na sala privada depois que meu turno acabar à meia-noite? Mas não quero que você pague.

— Como assim? Não posso deixar você fazer isso.

— O site me deixa cuidar dos pagamentos se eu quiser. Gosto da sua companhia, Ryder. Não acho certo fazer você pagar quando sou *eu* que quero conversar com *você*. Me deixa desconfortável. Então, vou ter que insistir em não aceitar pagamento por nada além de uma conversa privada.

Digeri as palavras dela. Isso mudava tudo. Era a primeira vez que eu realmente acreditava que os sentimentos eram recíprocos. Ela estava me pedindo para voltar após a meia-noite porque queria *a mim*... não meu dinheiro.

— Como preferir — eu disse casualmente, embora, por dentro, estivesse surtando um pouco... de um jeito bom.

Ela expirou, soprando para sua testa, parecendo tensa, como se estivesse nervosa por me contar o que ela queria.

— Certo... então, te vejo mais tarde?

Me doeu ter que deixar que ela voltasse àqueles urubus.

— Sim. Combinado. Até depois.

Não consegui mais assistir ao show aberto. Não queria ver Eden tirando a roupa para aqueles babacas, e não conseguia lidar com algumas coisas desrespeitosas que os caras falavam para ela. Se eu soubesse onde alguns deles moravam, teria tentado ir atrás deles.

Então, em vez disso, tomei um banho quente, assisti a um episódio de *Stranger Things* e descansei até chegar a hora da nossa conversa privada.

Alguns minutos antes da meia-noite, entrei na sala dela para pegar o fim de seu turno para que ela conseguisse me conectar à sala particular.

Ela permitiu meu acesso sem eu ter que pagar. Eden parecia cansada quando acenou.

— Oi.

— É bom te encontrar aqui.

— Sim. — Ela suspirou. — Pensei que esta noite nunca terminaria.

— Ainda estou chocado por você querer voltar a falar comigo depois de um longo turno.

— Bom, não preciso fingir nada com você, então não parece uma continuação do trabalho.

— Sua recusa em me deixar pagar me surpreendeu. Acho que esta foi a primeira noite em que realmente acreditei que você gosta de conversar comigo tanto quanto eu gosto de conversar com você.

— Eu *amo* conversar com você — ela falou ao vestir a blusa e se deitar na cama.

As luzes brancas de Natal ainda estavam acesas, e todos os seus acessórios estavam espalhados.

— Não vou segurar você por muito tempo — ela disse. — Só queria ouvir sua voz antes de dormir.

Na câmera, ela sempre se doava tanto, mas a pessoa que me mostrava agora era vulnerável, carente — talvez até um pouco solitária. Me perguntei há quanto tempo alguém não se oferecia para fazer algo por *ela*.

— O que posso fazer por você, Eden?

— Como assim?

Minha voz estava mais para um sussurro.

— Me diga do que precisa.

Ela pareceu pensar, depois respondeu:

— Me conte uma história para dormir.

Uma história.

Humm...

Certo.

Ela se aconchegou no travesseiro e encarou a câmera, piscando, aguardando. Em momentos como aquele, era sempre difícil acreditar que ela não conseguia me ver.

Pensei em que tipo de história contar, então decidi inventar.

— Era uma vez, um menininho. Ele vivia uma vida muito encantada.

Cresceu em uma mansão enorme na Califórnia. Seu pai trabalhava o tempo todo e nunca estava por perto, então ele era o menino da mamãe. Sua mãe se esforçava ao máximo para ensinar a ele valores, apesar dos excessos ao seu redor. Ela cantava músicas para ele às vezes e o enchia de amor. Ele era um garoto sortudo, não valorizava as coisas. E sua vida continuou assim por muitos anos, ininterrupta.

Respirei fundo e continuei.

— Quando ele tinha vinte e poucos anos, conheceu uma garota e se apaixonou... ou foi o que pensou. Tudo em sua vida estava perfeito até sua mãe descobrir que tinha câncer. Ela lutou por um longo ano até morrer. Perdê-la acabou com ele. Então, pouco depois, ele estragou tudo com a namorada, e ela o deixou.

Fechando os olhos, pausei.

— Em um curto período de tempo, ele perdeu as únicas duas mulheres que já o tinham amado. Esse menino... agora um homem... que fora sortudo o bastante para nunca lidar com tragédia até então, ficou devastado e perdido pela primeira vez na vida. Por dois anos, nada nem ninguém conseguiu tirá-lo do seu estado permanente de vazio. Tudo em sua vida parecia superficial, desde as mulheres com quem ele dormia até os tipos superficiais de Hollywood aparecendo nas muitas festas luxuosas que ele dava. Era uma existência sem sentido. Mas tudo isso mudou uma noite em que ele clicou na foto de uma garota tocando violino.

Ela ergueu a cabeça do travesseiro como se ouvisse minha história com mais atenção.

— E lá estava ela, uma das garotas mais lindas que ele já tinha visto. Ela estava cantando. Quando ele ouviu sua voz, lembrou-se de muitos sentimentos e emoções que pensou que estivessem mortos. E sentiu coisas que nunca tinha sentido. Embora ele não entendesse totalmente o porquê, noite após noite, essa garota substituía o vazio em sua vida. Uma distração linda. E, pela primeira vez em muito tempo... ele estava feliz de novo.

Puta merda.

Os olhos de Eden estavam cheios de lágrimas. Ela colocou a mão na câmera, como se me tocasse. Coloquei minha mão na tela do computador, como se a tocasse de volta. Foi um momento incrível, que me fez perguntar uma coisa da qual esperava não me arrepender.

Obriguei as palavras a saírem.

— Você quer que eu ligue minha câmera, Eden?

Ela baixou a mão e pareceu pega de surpresa.

— Sério? Você quer ligar?

— Só se você quiser me ver. Não quero te deixar desconfortável.

Ela lambeu os lábios, parecendo um pouco surtada.

— Quero. Quero *muito*. Mas estou com medo.

Dei risada, nervoso.

— Não tanto quanto eu.

— Não porque me importo com sua aparência — ela foi rápida em esclarecer. — Só estou acostumada com as coisas do jeito que são, e sinto que te ver vai levar isto a um nível diferente. Não é necessariamente ruim, só uma coisa com que terei que me acostumar.

— É. — *Ok. Falar disso foi uma má ideia.* — Quer dizer... Não preciso ligar.

— Não! Quero muito que ligue. — Ela tinha dito rápido, provavelmente antes de poder mudar de ideia.

— Tem certeza?

Expirando uma respiração trêmula, ela assentiu repetidamente.

— Sim.

Fiquei sentado paralisado por um tempo. *Pense bem, Ryder.* Não havia volta.

Certo. Vou fazer isso.

Respirando fundo, coloquei os dedos no mouse e cliquei no ícone da câmera.

CAPÍTULO 5

Eden

Precisando de alguns segundos para me preparar, fechei os olhos no instante em que sabia que ele estava prestes a ligar a câmera.

Não sei por que eu estava com tanto medo de vê-lo. Talvez estivesse preocupada de que sua aparência fosse, de alguma forma, mudar o jeito como eu o enxergava. Detestava sequer ter esse pensamento. Não queria não sentir atração por ele fisicamente porque eu estava muito envolvida com ele de todas as outras formas. Não deveriam ser essas as formas que importavam? Eu temia que, de alguma forma, fosse me sentir diferente em relação a ele, e ele merecia mais do que ser julgado por sua aparência física.

— Pode abrir os olhos — ele avisou.

Parecia que meu coração estava batendo do lado de fora do peito.

Lá vai.

Um, dois, três...

Quando o vi bem à minha frente, fiquei boquiaberta.

Oh.

Oh, nossa.

Oh, uau.

Olhos grandes e brilhantes. Nariz perfeito. Maxilar anguloso e com barba por fazer. Lábios carnudos. Braços fortes. Simplesmente fiquei piscando porque não conseguia acreditar no que estava vendo. Ele parecia um modelo ou uma estrela de cinema. Me bateu uma onda de insegurança.

Era uma brincadeira?

Não era, não.

Era ele mesmo.

Ryder.

Ai, meu Deus.

O desejo me consumindo quase me fez sentir culpada. Mas fiquei muito aliviada por ele ser realmente tão lindo por fora quanto eu acreditava que era por dentro. Ele era quase *lindo demais*, se é que existia tal coisa.

Ele não se parecia em nada com a imagem vaga que eu havia formado em minha cabeça, que era meio que uma silhueta sem um rosto nítido, porém com uma barba castanha, tipo um hipster. Não tenho certeza do porquê o imaginei assim. Era até engraçado o quanto eu estava errada. Não era o que estivera esperando. Porque como poderia alguém tão cuidadoso, atencioso, criativo e solidário ser tão extremamente lindo que me deixava sem palavras? E agora ficou claro que sua voz sexy combinava perfeitamente com ele.

— Você é... — hesitei.

— Ai, merda. — Ele deu risada. — O que está pensando?

— Não. Não, não, não. Nada de ruim. Só não sei nem como dizer isso. Você é... lindo, Ryder. Extremamente lindo.

Ele soltou a respiração.

— E você é... *bonitona*, Eden. Muito bonitona. — Seu sorriso travesso era bastante sexy.

Dei risada.

— Sei que lindo é um termo estranho para um homem, mas você é. Todo esse tempo você esteve se escondendo de mim sendo que tem uma beleza inacreditável. Por quê?

— Acha mesmo que eu estava com vergonha da minha aparência, hein?

— Bom, estaria mentindo se dissesse que isso não passou pela minha cabeça. Me perguntei se havia alguma coisa de que você tinha vergonha. Isso sempre me deixou meio triste. Mas nunca importou para mim, porque estou conectada a você em um nível mais profundo.

— Acho que é exatamente por isso que eu não queria mudar as coisas — ele disse. — Por que mudar algo que não está quebrado?

Quando fiquei em silêncio, ele perguntou:

— No que está pensando?

Uma energia nervosa me tomou.

— Em nada. Ainda estou... simplesmente absorvendo você.

— Certo. Me avise quando terminar para que eu possa parar de encolher a barriga.

Com certeza ele estava brincando porque não havia um grama de gordura em seu corpo musculoso. Ele estava sem camisa, e sua pele era muito bronzeada e tonificada.

De certa forma, parecia que eu não sabia mais como agir perto dele. Esta nova insegurança era a única coisa que eu detestava ao saber como Ryder era. Eu tinha imaginado o cenário oposto na minha cabeça e me sentia preparada para como reagiria se ele não fosse mesmo atraente. Eu sabia que ainda iria querê-lo na minha vida independente de qualquer coisa, porque ele me fazia sentir bem. Eu não estava preparada para *esta* situação. Nenhuma vez, havia considerado a possibilidade de ficar *atraída* por ele, do meu desejo por ele, de repente, se expandir para a parte física, de eu querer passar pela tela para tocar aquele homem.

Continuei encarando-o. O cabelo de Ryder era castanho-médio, cortado de forma a emoldurar perfeitamente seu rosto simétrico. Seus olhos eram de um azul-claro cristalino. Hipnotizantes. E agora eu tinha ido de não ver nada a sentir como se ele pudesse ver através de mim com eles. Seu maxilar estava coberto pela quantidade perfeita de barba por fazer. Eu queria sentir sua barba no meu rosto e provar seus lábios.

Caramba.

Agora talvez eu nunca supere você, Ryder.

— Você está bem? — Ele sorriu. — Ainda aqui comigo?

O sorriso dele. Quando ele sorria, apareciam covinhas.

— Só estou me acostumando com você de um novo jeito. — *Me acostumando com este frio na barriga. Ele é novidade.*

Eu não sentia isso há anos. Ele tinha muita razão. As coisas eram bem menos complicadas antes de eu saber como ele se parecia. Eu tinha dito a mim mesma que não poderia acontecer nada entre mim e Ryder "na vida real". Agora minha atração por ele tornou impossível o que já era difícil.

— Agora faz sentido — eu disse finalmente.

— Ela fala! — ele brincou. — O que quer dizer?

— Uma vez, você mencionou que nunca teve problema em conseguir mulheres, que seu problema é se conectar com elas. Você poderia ter qualquer mulher que quisesse. Entendi agora. Elas devem cair aos seus pés.

— Ah, sim. Então *faria* totalmente sentido a única garota de quem estou a fim agora nem me contar onde mora. — Ele deu uma piscadinha. — É, deu certo. *Muito* certo.

Provavelmente, eu deveria ter dado risada disso, mas não dei. Isso me deixou triste.

Havia alguns dias em que eu desejava poder contar a ele tudo que precisava saber sobre a minha vida. Ele já sabia bastante, só não a coisa mais importante. Eu também não sabia tudo sobre ele, mas sabia o suficiente para perceber que nossa vida atual era bem diferente, e que nunca daríamos certo fora da plataforma. No entanto, isso não significava que eu não desejasse mais, principalmente agora.

— Então... esta é a parte em que eu danço? — ele perguntou.

Isso me fez gargalhar.

— Dança?

— É, sabe, agora que consegue me ver, posso te entreter. Podemos, enfim, ter um relacionamento mutuamente benéfico.

— Me entreter, hein? Está escondendo algum talento especial na manga? — Deus, tudo soava sugestivo agora. Era difícil não flertar com ele.

— Bom, nenhum que eu possa demonstrar daqui. — Ele mexeu as sobrancelhas.

Viu? Ele estava se divertindo com isso.

Minhas bochechas ficaram quentes. A dinâmica entre nós estava definitivamente diferente agora. Eu estava flertando descaradamente com ele e envergonhada ao mesmo tempo. Era uma mistura estranha. Em questão de minutos, eu havia desenvolvido uma queda enorme por esse homem. Parecia que eu o estava conhecendo pela primeira vez e tinha desaprendido a falar.

— Na verdade, tenho, sim, um talento que posso demonstrar — ele disse.

— Qual?

Ele se inclinou.

— Ouça atentamente, ok?

Dei risada, ansiosa.

— Ok.

De repente, estava ouvindo... grilos. Não no sentido figurado, no sentido literal mesmo. Ele tinha insetos no quarto?

— Grilos! De onde estão vindo?

Ele não respondeu e o som continuou. Então vi os lábios dele se mexendo — discretamente. Foi tão sutil que eu não tinha percebido, nunca imaginei que fosse Ryder fazendo o som.

— Você que está fazendo isso? Exatamente como um grilo!

Ele parou e caiu na gargalhada.

— É assustadoramente parecido — eu disse, rindo com a mão na boca. — É um talento muito legal e especial. Como descobriu que conseguia fazer isso?

— Uma noite, quando eu era criança, estava ouvindo uns grilos do lado de fora da janela do meu quarto, e comecei a imitar o som. Com a prática, aperfeiçoei. Na rara ocasião que meu pai tirava folga, íamos acampar em Big Bear, e os grilos apareciam à noite. Eu costumava enganar muito bem minha mãe. Ela nunca sabia se era eu ou eles.

Minhas bochechas doíam de sorrir.

— Muito fofo.

— Xiii. Fofo? Não era o que eu esperava. Talvez não devesse ter admitido isso.

— É, *sim*. Muito fofo e inocente.

— Posso ser fofo, mas, definitivamente, não sou inocente, Eden. De nenhum jeito, forma ou sentido.

Um arrepio percorreu minha espinha. Agora que eu sabia como ele era, sabia que tinha que ser verdade. Ele estava mais para um bad boy, o que era irônico porque ele tinha partes inerentemente boas.

Um pensamento engraçado me ocorreu.

— Sabe de uma coisa? Entre sua aparência e seu talento estranho, você poderia realmente ser um *cam fulano*. Seria muito popular. As mulheres esvaziaram os bolsos. Os homens também.

— É, mas aí eu teria que mostrar meu pau. Tem isso.

Caí na risada.

— Seria o oposto do problema que eu tenho.

Ele ergueu as mãos.

— Não que eu tenha vergonha de mostrar meu pau. Só quero esclarecer isso.

— Claro. Tenho certeza de que é o pau mais lindo que já vi — zombei, falando a frase com a qual tínhamos feito piada anteriormente.

— Aw, caramba... aposto que você diz isso para todos os caras.

Depois de pararmos de rir, continuei encarando-o, e ele pareceu perceber.

— Oi. — Ele sorriu.

Quase derreti.

— Oi.

— Quer que eu te deixe ir dormir? — ele ofereceu.

— Acho que não vou conseguir dormir agora. Vou ficar pensando no seu rosto. Vai me manter acordada.

Ele sorriu.

— Um pesadelo? Ou...

— Não. Longe disso.

— Agora você sabe como me sinto. Toda noite. Vou dormir pensando no seu rosto... e na sua voz. Às vezes em outras coisas. Mas, principalmente, em como você me faz sentir.

Me sentindo agitada, tinha certeza de que estava corada. Precisava encerrar a noite antes de fazer papel de boba. Precisava jogar água fria no rosto. Na verdade, tomar um banho gelado.

— Tem razão. É melhor eu ir — eu disse.

Ele ergueu a sobrancelha.

— Mesma hora amanhã?

— Sim. Mesma hora.

Nenhum de nós estava disposto a ser o primeiro a desligar. Ficamos ali sentados encarando um ao outro. Viciada pra caramba, eu não queria mesmo deixar que ele desligasse.

Sua respiração ficou mais pesada, e pareceu que ele queria me perguntar alguma coisa. Finalmente, soltou a pergunta que estivera guardando.

— Você está com alguém, Eden? Não conversamos sobre isso. Sempre presumi que fosse solteira. Talvez não seja da minha conta, mas estava querendo muito te fazer essa pergunta.

Contei a verdade a ele.

— Não estou com ninguém.

Ele sorriu, parecendo feliz por minha resposta, e isso foi doloroso para mim, porque senti que tinha lhe dado falsa esperança. Não havia como podermos dar certo, e eu estava começando a pensar que Ryder poderia querer isso.

Mas saber das minhas limitações não me impedia de querê-lo. E, certamente, não impedia meu sentimento de ciúme. As engrenagens na minha cabeça estavam se movendo desde a história que ele me contou mais cedo naquela noite.

— Quem é a garota que partiu seu coração?

Ryder pareceu despreparado para minha pergunta. Então soltou a respiração devagar.

— O nome dela é Mallory.

— Ela deve ser linda.

— Não tão linda quanto você — ele sussurrou.

Engoli em seco. Ele não fazia ideia do quanto eu precisava ouvir isso no momento, embora fosse tolice minha.

— O que houve? — perguntei.

Ele olhou para baixo por um tempo, depois respondeu:

— Ficamos juntos por quatro anos. E eu estraguei tudo. É uma longa história.

Eu precisava saber.

— Você a traiu?

— Não. Não foi nada disso.

Um suspiro de alívio saiu de mim. Estivera torcendo muito para ele não ter traído.

— Quer falar sobre isso?

— Sinceramente, agora não. Mas um dia vou te contar o que aconteceu. Ok?

— Ok.

Ele abriu um leve sorriso, e lá estávamos nós, nos encarando de novo, ambos parecendo ter esquecido que era para nos despedirmos.

— Me conte algo sobre você que eu não saiba, Eden. — Quando fiquei em silêncio, ele disse: — Sei que quer manter certas coisas privadas. Entendo. Mas estou sofrendo aqui. Preciso saber mais sobre você.

Havia tanta coisa que ele não sabia que eu poderia ter contado. Mas e aí? Sua pequena fantasia acabaria. Era isso que eu era para ele, não era? E a fantasia sempre é melhor do que a realidade.

Resolvi compartilhar alguma coisa, de qualquer forma.

— Uma vez, tive sonhos de me mudar para Nova York. Queria trabalhar na Broadway. Sempre participei de musicais no ensino médio, e era isso que eu pretendia fazer. Mas, quando minha mãe morreu, me perdi. Nunca deu certo para mim.

Ele pareceu triste em me ouvir dizer isso.

— Nunca é tarde demais para seguir seus sonhos. E você ainda é jovem. Se há alguma coisa que quer de verdade, deveria ir atrás disso.

— Não tenho mais certeza do que quero. Muita coisa mudou desde então. Mas parte do motivo pelo qual adoro cantar quando estou on-line é que meio que satisfaz a vontade de me apresentar diante de um público. O que é ridículo, eu sei, porque, claramente, o tipo de apresentação que *realmente* faço na maior parte do tempo não é nada igual à Broadway. E ninguém está aqui para me ouvir cantar. — Dei risada. — Bom, exceto você.

Seu tom era sério.

— *Não* é ridículo. Faz bastante sentido, na verdade. Obrigado por me contar. — Ele pausou. — Por que faz esse trabalho? É somente por dinheiro? Ou você gosta?

— É mais por dinheiro. Seria difícil parar de fazer isso. É mais do que consigo ganhar praticamente com qualquer outra coisa sem uma formação.

Eu tinha dito a verdade a ele antes, que trabalhava em um restaurante durante o dia e que era *cam girl* à noite. Ser *cam girl* era bem exaustivo, mental e fisicamente. Por mais que eu tivesse a opção de fazer isso em tempo integral, não conseguia imaginar mais do que algumas horas por noite. Então, sacrificava dinheiro por sanidade.

Havia uma coisa que sempre quis confessar para ele. Esse parecia o momento certo de fazê-lo.

— Você tem razão, Ryder.

— Sobre o quê?

— A noite em que me viu chorar na câmera sem querer, quando me esqueci de desligar depois da apresentação... uma coisa perturbadora aconteceu, sim, na conversa particular logo antes daquilo.

Ele soltou a respiração.

— Porra. Eu sabia.

Assenti.

— O homem que tinha pagado me pediu para me masturbar para ele. Tudo estava normal no início e, lá pela metade, mais ou menos, do nada, ele começou a me xingar, me chamando de "puta suja" e "vadia nojenta". Não foi a primeira vez que aconteceu algo assim comigo, mas a forma como ele fez, gozando com força tão de repente... como Dr. Jekyl e Mr. Hyde... me assustou muito. Fechei a conversa, mas aquilo me balançou bastante.

— Caralho. Sinto muito por você ter tido que passar por isso.

— Tenho que presumir que vou me deparar com uma certa quantidade de babacas.

O rosto dele estava vermelho.

— Não é certo isso.

— Enfim, quando seu e-mail chegou naquela noite... realmente me fez chorar, mas não de um jeito ruim. Me fez perceber que há caras bons por aí que não vão fugir de mim pelo que faço para viver. Você restaurou minha fé na humanidade, embora nem sequer tenha percebido. Eu precisava mesmo daquela mensagem.

Pareceu que Ryder não sabia se ficava feliz ou triste pelo que eu tinha acabado de admitir.

— Bom, fico feliz pelo que pude fazer por você. Fiquei preocupado de verdade, porém nem te conhecia naquela época. Não sabia que você se tornaria uma parte importante dos meus dias. Nunca poderei te recompensar por me tirar do fundo do poço em que eu estava.

Senti que eu deveria agradecer *a ele*.

— Eu não fiz nada.

— Você é um bom ser humano. Você se doa para fazer outros felizes, independente de perceber ou não. Sei que está fazendo esse trabalho pelo dinheiro. Mas coloca seu coração e sua alma nele. Escuta as preocupações das pessoas. Dá conselhos verdadeiros que vêm de dentro, e canta com todo o coração. Você sorri quando não está se sentindo bem porque é uma profissional comprometida. — Ryder encarou o horizonte. — Tenho certeza de que, se eu contasse a qualquer um dos meus amigos sobre você, eles não entenderiam. Me diriam que sou louco. Mas, se isto é ser louco, não quero ser normal, porque não consigo me lembrar de quando estive mais feliz.

Parecia que a alma dele estava falando com a minha naquele instante, porque eu também estava mais feliz do que há muito tempo. Minha vida tinha sido obscura por alguns anos, e me conectar com Ryder tinha me dado algo pelo qual ansiar todos os dias, algo só para mim e mais ninguém. Ele era realmente meu prazer culposo.

Eu sabia que ia acabar mal. Era só uma questão de tempo até ele se cansar das limitações que eu havia colocado. A vida real dele interferiria, e conversar comigo on-line seria secundário a todo o resto. O que tínhamos desapareceria. Mas, mesmo sabendo disso, eu não seria a primeira a desistir.

Amor On-line

CAPÍTULO 6

Ryder

Eles chamam de Nova York da Índia. Mumbai não era apenas o lar da produção indiana de filmes, era uma meca de compras e comércio. Agora que eu estava ali, não conseguia acreditar que estava temendo a viagem.

— Estou tão feliz que você teve um tempo para me ligar — Eden disse.

Nos últimos dias, minha agenda não tinha permitido nenhuma conversa com minha *cam girl* preferida. No entanto, finalmente, eu tinha conseguido um tempo para ligar para ela por vídeo.

— Estava com saudade de você. Tinha que conseguir um tempo. — Era tão bom ver o rosto dela. Estava ainda mais lindo porque eu não o via há um tempo, então era quase como vê-la pela primeira vez de novo.

— Tem sido estranho não conversar com você. Me conte sobre a Índia.

— A Índia é um furacão, mas estou aproveitando. Com certeza, esta viagem excedeu minhas expectativas até agora. Estou em Mumbai, que é a capital do entretenimento. É quente pra caralho aqui. Tenho um guia turístico, Rupert. No primeiro dia, ele veio me buscar de moto. Então é assim que estou passeando... de carona na motinha magricela desse cara.

— Uau. Tome cuidado.

— É, pegamos uma monção outro dia. Não foi nada divertido. O trânsito é maluco aqui. Nunca tinha visto nada igual. Vai ser um puta de um milagre se eu chegar vivo em casa.

Ela se encolheu.

— Ai, meu Deus. Não fale isso!

— Estou brincando... um pouco.

— Mas está se divertindo?

— Sim, mais do que pensei. Apesar de ser corrido durante o dia, e é por isso que não consegui um intervalo para conversar com você nos últimos dias. É reunião atrás de reunião. E, à noite, Rupert está me apresentando tudo, me levando a todos os pontos legais. Ontem ele me levou para uma caminhada ao longo do Mar Arábico. Foi muito incrível. Pensei bastante em você nessa caminhada.

— Pensou?

— Sim, pensei em como você me lembra do oceano, um amplo mistério.

Eden estava sorrindo, mas não pareceu verdadeiro. Definitivamente, alguma coisa a estava incomodando.

— Está tudo bem? — perguntei.

— Sim. Está tudo certo. — Ela hesitou, então começou a tirar o moletom. — Espere um pouco. Só vou tirar isto. Estou com calor. — Ela nunca reclamava de estar com calor. Geralmente era o contrário; ela sempre estava com frio.

Observei conforme ela o ergueu acima da cabeça. Debaixo havia uma camiseta que vi por um segundo antes de ela tirá-la, mostrando o top que vestia por baixo dela. Mas eu tinha visto a camiseta o suficiente para perceber o que estava na frente: *Ellerby's Grille Since 1985*.

Ela a havia tirado rápido, quase como se não quisesse que eu visse, mas era tarde demais. Eu havia visto. E esse nome permaneceria grudado na minha memória.

— Quando você volta para casa mesmo? — ela indagou.

— No dia 29.

— Certo. — A expressão dela ainda tinha uma vibração sombria.

— Você parece meio triste. Tem certeza de que está bem?

— Sim. Só estou... Os últimos dias têm sido estressantes. Nada específico. E não poder conversar com você toda noite tem sido uma chatice.

Eu também sentia falta de conversar com ela.

— Eu sei. Desculpe.

— Não se desculpe. Não é culpa sua. — Ela se arrumou na cama e disse: — Me conte mais sobre a Índia.

Embora eu desconfiasse que ela estava fingindo estar interessada para mudar de assunto, eu me envolvi com sua pergunta.

— Bom, já ouviu falar do Taj Mahal?

— Sim, aquele palácio grande?

— É. É aqui também. Mas é um pouco longe de onde estou. Estava pensando em, talvez, ir visitar antes de ir embora. Se eu for, vou tirar umas fotos e mandar para você.

— Eu adoraria. — Ela sorriu.

— Amanhã, Rupert vai me levar para o casamento do primo dele. Não sei se quero ir, mas ele está insistindo. Falou que será divertido.

— As indianas vão ficar em cima do americano. Cuidado.

Provavelmente, não era o momento certo para admitir que eu já tinha recebido muitas propostas das atrizes de Bollywood que eu tinha conhecido.

— Isso te deixa com ciúme?

Ela hesitou antes de responder.

— Sim.

— É errado que isso me deixe feliz?

— Só não se apaixone por ninguém enquanto estiver aí. — Ela não parecia estar brincando. Essa foi a primeira vez que Eden tinha sido tão vulnerável comigo. Eu estava meio que curtindo. Era uma mudança legal de eu ser o babaca ciumento por causa do trabalho dela.

— Está mesmo preocupada com isso? — perguntei.

— Sei que estou sendo ridícula — murmurou. — Nada disso faz sentido.

— Me apaixonar por alguém que mora a meio mundo faz exatamente tanto sentido quanto me apaixonar por uma *cam girl* que nunca terei permissão para conhecer.

Apesar do tom tenso da conversa, consegui tirar um sorriso verdadeiro dela antes de desligarmos.

Este casamento era diferente de tudo que eu já tinha visto na vida.

O noivo chegou em uma carruagem com dois cavalos a puxando. Os convidados ficaram dançando diante dela conforme ele foi levado até a noiva.

Os carros buzinavam e as pessoas cantavam.

Na festa, eu bebi um pouco demais e resolvi contar a Rupert tudo sobre Eden. Para minha surpresa, ele não pareceu nada chocado. Erroneamente, pensei que ele fosse um pouco mais conservador. Contudo, ficou completamente empolgado com a história de como nos conhecemos.

— Há um ditado indiano antigo que minha avó costumava dizer — ele falou. — Não sei exatamente como se traduz para o inglês, mas a essência é: se o amor não for louco, não é amor.

Amor. Caramba. Isso não era amor, não.

— Não chegamos ao ponto do amor. Não é assim. — Dei risada. — Nem sequer nos encontramos.

Certo? Isso não é amor? Como se eu soubesse o que realmente estou sentindo.

— Tem certeza sobre isso? Você acabou de falar sobre ela por meia hora direto, e seus olhos se iluminaram mais do que vi desde que chegou aqui.

Isso era meio incômodo de ouvir.

— Sério?

— Sim.

— Bom, eu chamaria isso de obsessão antes de chamar de amor.

— Como queira chamar. Minha questão é que o amor *é* para ser sentido assim... absurdo, arriscado... mesmo que a pessoa faça o mínimo de sentido logicamente. Você a conheceu de um jeito louco, mas quem se importa? Se for para ser, ela vai mudar de ideia. Provavelmente, só está com medo. Se a conexão que diz que vocês têm é real, não haverá nada que possam fazer para impedir.

— Você acha?

— Eu sei que sim — ele disse. — Mas no menor caso de você achar que não vai dar certo, minha prima Saanvi quer te conhecer. — Ele apontou para o canto do salão. — Ela está ali.

Quando olhei, uma indiana linda com os olhos castanhos enormes me encarava diretamente.

Será que ela estivera olhando na minha direção o tempo todo? Eu nem tinha percebido.

Vestindo um sári verde-água brilhante com detalhes dourados, provavelmente, ela era a garota mais bonita dali e, com certeza, se destacava de todos. No entanto, apesar disso, eu não tinha desejo de conversar com ela, não tinha sequer desejo de um lance rápido enquanto estava na Índia. Sentia que, de alguma forma, estaria traindo Eden. Isso era péssimo porque eu não *a tinha* na vida real.

Durante qualquer outro momento da minha vida, eu poderia ter achado Saanvi a garota mais linda do mundo. Mas agora esse título estava reservado para uma garota misteriosa lá em Lugar Nenhum, nos EUA.

Amor On-line

CAPÍTULO 7

Eden

Eu estivera contando os dias para Ryder voltar. Seu retorno da Índia demorou demais. Aquela noite era a primeira em que as coisas voltariam ao "normal" — se é que dava para chamar nosso relacionamento assim.

Detestava o quanto ficara emotiva o tempo todo que ele esteve longe. Era um lembrete do quanto havia me tornado dependente da sua companhia e de como seria difícil quando as coisas, finalmente, acabassem.

Toda noite eu me perguntava se ele estava dormindo com alguém ou se estava percebendo que havia muito mais na vida do que ficar em casa todas as noites e conversar comigo on-line. Eu não tinha a liberdade para viajar pelo mundo e viver do jeito que ele vivia. Ele não percebia que conversar com ele era o ponto alto dos meus dias.

O fato de eu estar me tornando tão presa a ele era perturbador. Era para meu trabalho ser um meio de sobrevivência. No entanto, eu tinha deixado as coisas saírem do controle com Ryder e não conseguia evitar. Já estava muito envolvida.

Durante as poucas vezes em que conseguimos fazer nossas agendas darem certo enquanto ele estava fora, fiz um péssimo trabalho escondendo meu humor. Embora tentasse, ele perguntava constantemente se eu estava bem. Era assim que eu sabia que eram inúteis meus esforços para esconder meus verdadeiros sentimentos. Eu ficava impressionada como ele sempre conseguia enxergar através deles.

Naquela noite, as coisas iriam funcionar de forma um pouco diferente. Falaríamos pelo Skype pela primeira vez desde que ele voltara para casa. Quando foi para a Índia, por causa do nosso tempo limitado, resolvemos usar Skype para nossas conversas em vez da sala particular. Skype era uma forma mais fácil de se comunicar, em geral, no futuro, porque permitia mais flexibilidade. Ele tinha me enviado uma mensagem no Skype para aguardar uma ligação às onze. Falei para ele que tinha decidido tirar uma noite rara de folga, que precisava de uma pausa.

Meu descanso consistiu em passar a noite ouvindo música enquanto esperava, ansiosamente, a ligação dele.

Nervosa, arrumei meu cabelo e mexi no celular até o computador começar a apitar.

Seu rosto iluminou a tela.

— Oi, linda. Voltei.

— Bem-vindo ao lar.

Bem-vindo ao lar. Seu sorriso tinha se tornado lar para *mim*. Minha pressão sanguínea pareceu baixar ao vê-lo.

— Estou feliz por estar em casa. Não acredito que tirou uma noite de folga. Você merece. Acho que não tira folga desde que te conheci.

— Acho que tem razão. Não tinha tirado mesmo.

Agora que ele estava bem à minha frente de novo, no mesmo país, eu me sentia muito melhor.

— Senti sua falta. Quero dizer, sei que mantivemos contato, mas não era a mesma coisa.

— Também senti sua falta. Demais, Eden.

Demais. Às vezes era assim que parecia tudo isto.

— Ainda ficou feliz por ter ido?

— Sabe, fiquei mesmo. Fiz vários contatos bons e aprendi muito sobre o mercado internacional. A viagem valeu a pena.

— Que bom.

Após uma breve pausa, ele perguntou:

— O que foi? Tem alguma coisa te incomodando. Você está assim desde que fui para a Índia.

Ele franziu o cenho.

— Isto não está mais funcionando para você?

— Não! — Fui rápida ao responder. — Exatamente o oposto.

Ele pareceu bastante confuso.

— Pode só ser sincera comigo? Por favor? Me conte o que está sentindo.

— Eu não sei o que estou sentindo... Só estou assustada.

— Por quê?

Porque não é para eu me apaixonar por você.

— Fiquei péssima quando você viajou. Senti falta de poder conversar com você à noite. E isso realmente me assustou.

— Qual é o problema de se sentir assim?

— Concordamos que nosso relacionamento ficaria do jeito que é... virtual... e sinto que estou perdendo o controle dos meus sentimentos por você.

— Então me deixe ir te ver. Me conte onde mora. Embarcarei no próximo avião.

— Não posso.

— Por que não?

— Tenho muito medo de que isso mude as coisas. Amo o jeito que estamos agora. — Uma lágrima escorreu pela minha bochecha.

— Não parece que ama. Você está chorando.

— É assim que tem que ser.

Ele me observou secar os olhos e disse:

— Estou desejando você, Eden. Nunca quis tanto alguma coisa em toda a minha vida do que cheirar você, tocar você, abraçar você... e muito mais do que isso. Entendo que há alguma coisa que não queira me contar, e aceitei isso até agora. Mas é difícil pra caramba.

Essa foi a primeira vez que ele tinha confessado uma necessidade física por mim. Ele sempre fora o cavalheiro perfeito... ao extremo. Às vezes, eu questionava sua atração por mim.

— Por que não me contou antes que me quer dessa forma... fisicamente? — perguntei.

— Não é óbvio o quanto eu quero você?

— Bom, você nunca... sabe, *me pediu* nada. Fico esperando, querendo que você...

— Te *peça*? — O tom dele beirou a raiva. — Não tem homens suficientes pedindo favores sexuais a você?

— Mas você é diferente. Eu... — Me obriguei a parar, sabendo muito bem o que eu realmente queria dizer.

Sinto que talvez ame você... ou algo parecido.

Esse foi meu pensamento, o qual eu sabia que era totalmente maluco.

— O quê, Eden? O quê?

Minha voz falhou.

— Você é o único homem no mundo que eu *quero* que me queira.

— *Claro* que quero você... demais. — Ele passou os dedos pelo cabelo, depois o puxou, frustrado. — Mas não quero assistir a você se masturbar com um vibrador... entende isso? Sempre tive medo de você pensar que é isso que eu quero. Você está tão acostumada a acreditar que é isso que os homens querem de você... este show de um lado só. Eu quero *você*... você inteira, em carne e osso. No entanto, jurei para você há muito tempo que não pressionaria, a menos que você escolhesse, voluntariamente, me contar quem é e onde mora. — Ele deu risada, nervoso. — Acha que não quero você? Não se pergunta por que só deixo você me ver da cintura para cima?

Respondi com a primeira coisa que veio à mente.

— Presumi que fosse porque você tem um pau pequeno.

Ele caiu na risada.

— Engraçadinha.

— Estou brincando. Espero que saiba disso.

— Estou *sempre* duro para você, Eden. Sempre.

— Sério?

— Sim. E também estou me transformando em um babaca ciumento.

— Ciumento? Pensei que eu fosse a ciumenta.

— Sério. Tem alguma ideia do quanto é difícil saber que você entra naquelas salas particulares toda noite? É seu trabalho, e respeito isso, porém, sinceramente, nem consigo mais pensar nisso. Houve momentos em que pensei em te enviar muito dinheiro para você nunca mais ter que trabalhar, mas sei que você não iria querer isso, porque esse é o tipo de pessoa que você é. Não posso te falar o que fazer.

Me doía saber que meu trabalho o deixava tão desconfortável.

— Nunca percebi que esse trabalho te incomodava tanto.

— Porra, sim, me incomoda. Não suporto você abrindo as pernas, mostrando a outros homens sua boceta de perto enquanto batem uma. Me faz querer vomitar.

Meu coração começou a acelerar... não somente o choque de ouvi-lo admitir isso, mas porque saber que meu trabalho o deixava com ciúme era revigorante. Eu tinha desejado o ciúme dele, saber que ele gostava de mim de uma forma possessiva.

— Por que não falou nada? — perguntei.

— Mudaria alguma coisa? Você deveria poder fazer o que quiser com sua vida. Não significa que eu tenha que gostar. Mas sou homem o suficiente para aceitar.

— Mas seus sentimentos importam, *sim*, para mim. Se algo te incomoda, eu quero saber.

— Certo... me incomoda não poder te ver pessoalmente. O que acha disso?

Soltei uma respiração frustrada.

— É bom.

Nós dois ficamos em silêncio. Provavelmente, isso era o mais próximo que tínhamos chegado de uma briga.

Depois de um tempo, ele gesticulou com o dedo indicador.

— Venha aqui.

— Onde?

— Venha mais perto — ele sussurrou. — Pressione seus lábios na tela.

Fiz o que ele falou e observei conforme ele mexeu o próprio rosto em direção à câmera. Ele gemeu ao me beijar uma vez gentilmente... ou fingiu.

Ryder sorriu.

— Estava querendo fazer isso há um tempo.

Não foi de verdade, mas foi importante para mim.

— Acabamos de ter nosso primeiro beijo?

— Tenho as marcas de batom na tela para provar.

Lambi os lábios como se fosse real.

— Não é suficiente.

— Nunca vai ser suficiente, Eden.

— Então vamos fazer mais esta noite — eu disse.

— Quis dizer a coisa toda virtual. *Isso* nunca vai ser diferente.

— Eu sei. Mas quero fazer mais com você *esta noite*. Você é o primeiro homem, em muito tempo, para quem quero fazer as coisas... não só por você, mas por mim.

Ele me olhou bem intensamente.

— Posso te fazer uma pergunta?

— Claro.

— Quando está... se apresentando, você fica molhada? Quero dizer, fica excitada de verdade quando sabe que alguém está gozando por seu corpo ou você finge?

— É engraçado você perguntar. Na verdade, estive estudando exatamente isso.

— Estudando? Ainda há vaga na classe? Porque eu gostaria de me matricular.

Isso me fez rir.

— O que quero dizer é... certo, há uma diferença entre a excitação verdadeira... o prazer... e a ativação. *Não concordância da excitação* é o termo. É quando seu corpo responde a um estímulo sexual, mesmo que você não esteja verdadeiramente gostando disso. É uma reação fisiológica não baseada em prazer, mas, sim, na *ideia* de algo sexual acontecendo. É uma maneira bem desapegada de ficar excitado.

— Então está dizendo que porque você está pensando em sexo, pelo simples ato de, digamos, se masturbar... mesmo que não esteja a fim... seu corpo ainda consegue reagir. No entanto, não há um desejo real.

— Exatamente. É só uma reação primitiva, quase automática. Então há uma diferença entre isso e no que sinto quando olho para você, que é atração verdadeira, excitação verdadeira.

— Como é quando você olha para mim? — ele perguntou.

Como é que posso descrever isso?

— Todas as minhas terminações nervosas estão em alerta. Sou incrivelmente consciente de cada movimento que você faz, cada expressão. É uma mistura de empolgação e conforto, porque confio em você.

Ele se recostou na cama.

— Me conte mais.

— Meus mamilos estão sempre duros quando conversamos e, às vezes, fico molhada só de estar na sua presença, mesmo quando estamos apenas conversando.

— Mais — ele pediu.

— Sinto que os músculos entre minhas pernas se contraem ao som da sua voz. Mesmo antes de eu saber como você era, sua voz costumava me deixar molhada.

Ele jogou a cabeça para trás e soltou uma respiração trêmula.

— Você está me matando. Sabe disso?

— Você me deseja? — perguntei.

Ele endireitou a cabeça e me olhou diretamente nos olhos.

— Eden, desde a primeira vez que te vi, só o que fiz foi te desejar. Ao ponto de não conseguir estar com mais ninguém em carne e osso porque preferiria entrar aqui e olhar para você, conversar com você, pensar em você. E isso é extremamente bizarro.

— Também é assim que me sinto. Por mais que possa parecer que sou tranquila com sexo por causa do meu trabalho, quando se trata de deixar alguém entrar... trocadilho intencional... não é fácil para mim. Eu nunca conseguiria fazer isso se aqueles homens estivessem realmente me tocando.

— Esse é o único consolo para mim. Que eles *não conseguem* te tocar.

Minhas mãos começaram a suar.

— Posso te perguntar uma coisa?

— Claro — ele disse.

— Você falou que não tem vontade de ficar com ninguém em carne e osso... mas *você ficou*? Transou com alguém desde que estamos conversando?

Ele hesitou.

— Desde que nos conectamos, não. É o maior tempo que já fiquei sem sexo de verdade.

O alívio me inundou, então simplesmente me descontrolei.

— Quero você agora mesmo — arfei.

O olhar dele me disse que ele estava perdendo o controle que se esforçara tanto para manter.

Ele se recostou.

— Me mostre o quanto.

Devagar, ergui minha camiseta acima da cabeça. Meus seios estavam pesados conforme se soltaram do tecido. Meu corpo vibrou com ansiedade com a ideia de conseguir ver mais dele.

— Seus mamilos estão muito duros. Isso é por mim?

— Sim — respirei. — Quero ver mais de você, Ryder.

Ele cerrou os dentes.

— Quer ver o quanto eu quero você? É isso que quis esse tempo todo?

Minha respiração estava pesada.

— Sim.

— Tudo que você precisava fazer era pedir, linda. — Ele abriu o zíper da calça jeans e reposicionou seu corpo para que eu pudesse ver seu pau gloriosamente duro, que brilhava com pré-gozo na ponta.

Ele se massageou para cima e para baixo, devagar, conforme cerrava os dentes, e disse:

— Não há um instante em que não estou duro por você. Você só não consegue ver, normalmente.

Meus olhos estavam grudados à mão dele, subindo e descendo por seu pau duro e sedoso.

— Agora consigo.

Ele começou a se acariciar com mais força.

— O que acha?

Ryder era mais bem-dotado do que a maioria dos homens que eu já vira nus.

— Esse é o pau mais bonito que já vi, e juro que não estou mentindo desta vez. — Dei risada.

— Apesar do fato de você estar rindo, vou escolher acreditar.

— Você sabe que é verdade. Sabe que é um homem lindo.

Deslizei as mãos para baixo até a cintura.

— Quer que eu tire a calcinha?

— Sim. Quero ver o quanto está molhada.

Tirei o short e a calcinha de renda, colocando-a perto da câmera para que ele pudesse ver meu ponto molhado.

— Porra — ele gemeu.

— Isso é tesão *real*.

Ele soltou um som gutural.

— Você está me matando. Queria poder sentir o cheiro do tecido, queria sentir seu gosto.

Deslizei a mão até o clitóris e o massageei conforme continuei observando-o se masturbar.

— Abra as pernas para mim, Eden.

Fiz o que ele disse.

— O que mais você quer?

— Quero que faça o que quiser. Só quero assistir.

— Pode fingir que sua mão está na minha boceta?

— Já está lá.

Quando paramos de falar e curtimos o ato de prazer juntos, pensei no quanto isto era diferente. Me senti muito mais vulnerável do que quando estava trabalhando, porque, pura e simplesmente, cada parte disto era real, não mecânica.

Ele perdeu o controle rapidamente. Não havia nada mais sexy do que o som da sua respiração acelerando, observar seu corpo tremer enquanto ele chegava ao clímax. Adorei vê-lo gozar e gozei no exato instante em que ele gozou.

Ryder se soltou contra a cabeceira.

— Você venceu.

Meu peito estava subindo e descendo.

— O que eu venci?

— Você, finalmente, me transformou em um *cam fulano* pervertido cujo objetivo principal é o meu próximo orgasmo... porque estou totalmente pronto para fazer isso de novo.

— Não há nada de errado com isso.

Foi o primeiro orgasmo real que eu tive na câmera, porque não parecia que eu *estava* sendo filmada. Foi uma experiência sexual de verdade.

Amor On-line

CAPÍTULO 8

Ryder

Acho que era o destino.

Morando na mesma cidade, não tinha como eu escapar de encontrar com Mallory e seu noivo em algum momento. Finalmente aconteceu quando eu menos esperava.

Eu estava no meio do The Grove, caminhando casualmente com um gelato na mão. Tinha sido um dia bem relaxante. Meu pai não estava no escritório, e eu havia saído cedo para comprar umas coisas depois do trabalho. O sol estava se pondo. Era uma das raras vezes em que eu estava simplesmente passeando sozinho.

Até parece.

Meu coração quase parou. Lá estava ela, de mãos dadas com ele enquanto olhavam pela vitrine da Barney's.

Meu primeiro pensamento foi de correr na direção contrária, mas parte de mim sabia que a melhor opção era aproveitar a oportunidade que o destino tinha colocado bem diante de mim. Isso não seria mais fácil dali a três meses. Eu precisava superar para que o desconhecido não importasse mais. Esse era o último passo para seguir em frente, até onde eu sabia.

Mallory estava bonita. Seu cabelo comprido e escuro estava amarrado em um rabo de cavalo e ela estava usando uma calça capri branca e uma blusinha justa. Meus olhos desceram para a mão do cara na bunda dela. Isso me deixou desconfortável, porém não me chateou do jeito que pensei que chatearia.

Eu já tinha visto uma foto do cara, Aaron, porque meu amigo Benny, sempre útil em trazer as novidades, a tinha printado do Facebook. Fiquei secretamente grato porque, por mais que ele fosse um cara bonito, era muito mais baixo do que eu.

Me obriguei a ir até eles e disse:

— Oi. — Saiu quase entusiasmado demais.

Mallory se encolheu, percebendo que era eu parado à frente dela.

— Oi. — Ela engoliu em seco, parecendo extremamente desconfortável.

Imediatamente, me virei para o cara.

— Você deve ser Aaron.

Ele assentiu.

— Sim.

Estendi a mão.

— Eu sou...

— Eu sei quem você é — ele disse ao apertar minha mão.

Claro. No mundo de Mallory, eu era o infame — no livro da vida dela, provavelmente, o maior antagonista. Eu tinha certeza de que ela o havia inteirado de todos os detalhes do nosso término, um ótimo exemplo de todas as coisas para *não* se fazer. Ainda assim, eu a tinha amado. Queria que ela tivesse um encerramento, e era o que eu estava dando a ela.

Engoli meu orgulho.

— Ei, fiquei sabendo que precisam ser parabenizados.

Ela pigarreou.

— É. Nós... nós ficamos noivos.

Em vez de estender a mão como a maioria das mulheres faria para exibir um anel de noivado, ela colocou a mão para trás como se o escondesse de mim.

Interessante. Não sabia se isso significava alguma coisa, mas eu percebi.

Foi estranho. Eu sempre imaginara que esse momento fosse ser pior do que realmente foi. Por mais desconfortável que possa ter sido conversar com Mallory e seu noivo, eu queria mesmo que ela fosse feliz. Meus problemas com nosso relacionamento tinham mais a ver com minha própria culpa do que qualquer outra coisa.

— Quero que saiba que desejo o melhor a você. Estou muito grato por ter te encontrado hoje porque, provavelmente, não teria achado um jeito de te dizer isso.

Parte de mim ainda a amava. Sempre amaria.

Seus olhos analisaram os meus.

— Obrigada, Ryder. Significa muito para mim.

Apertei meus lábios e assenti algumas vezes antes de falar:

— Bem, vou deixar vocês em paz.

O olhar de Mallory se demorou em mim, seus olhos mascarando tantas palavras não ditas. Eu sabia que, se Aaron não estivesse parado bem ali, ela poderia ter desabafado algumas delas.

Me perguntei se era assim que as coisas sempre seriam conosco — somente um borrão de sentimentos e tensão estranhos — ou se, algum dia, conseguiríamos passar um pelo outro e acenar. Talvez, um dia, o passado ficaria no passado, no entanto, a expressão dela me deu a impressão de que, naquele instante, o passado ainda estava muito no presente.

Ergui a mão.

— Tchau.

— Tchau — ela disse. Aaron simplesmente assentiu.

Conforme me afastei, tive uma sensação de paz. Encará-la tinha sido o último passo para me livrar da energia negativa que eu estivera carregando por aí. As coisas podem não ter sido embrulhadas perfeitamente com um laço entre nós, mas, pelo menos, eu a encarei.

Contudo, sabia que boa parte da minha paz vinha mesmo era de Eden, por mais bizarro que isso fosse. Ela tinha aparecido em um momento em que eu realmente precisava de uma distração. E o que ela havia me dado foi muito mais do que isso. Pensei que estivesse morto por dentro até ela ajudar a acordar as coisas de novo. Ela poderia não querer se revelar completamente para mim, mas eu tinha certeza de que ela se importava. E esse sentimento de alguém se importar de verdade comigo era algo que apenas poucas pessoas na minha vida tinham me proporcionado.

Entretanto, conforme os dias passavam, eu tinha começado a me perguntar cada vez mais quem Eden realmente era, e o que ela estava escondendo de mim. Não achava que poderia aguentar muito mais desse jeito.

A situação estava me quebrando lentamente.

Naquela noite, eu estava mais determinado do que nunca em convencer Eden a levar nosso relacionamento ao próximo nível. A conversa que planejava ter com ela ficava passando na minha cabeça. Eu lhe daria todo o tempo que ela precisava, contanto que concordasse de, algum dia, podermos nos ver. Talvez eu precisasse dar um ultimato logo de cara, dizer a ela que eu não conseguiria adotar o celibato para sempre, que eu precisava de alívio com uma mulher de carne e osso. Isso não era exatamente uma mentira. Eu tinha um pouco de paciência sobrando nesse assunto, mas e se a fizesse acreditar que não tinha? Se ela se sentisse ameaçada, será que era mais provável de concordar em me encontrar?

Quando era quase hora da nossa conversa particular da meia-noite, eu ainda não tinha certeza de como iria abordar essas coisas. Eu estava acelerado, então seguiria com o fluxo.

Ao conectar no Skype, vi que Eden estava off-line.

Humm.

Isso era estranho. Normalmente, ela entrava um pouco mais cedo, antes sequer de seu turno ter terminado.

Por mais que eu tentasse ficar off do site de *cam girl*, fui lá para ver se ela ainda estava trabalhando. Quando abri a página dela, apareceu que Montana Lane estava off-line. Era para ela estar trabalhando.

Um sentimento de terror surgiu na boca do meu estômago. Não era do feitio dela ficar off-line e não falar nada para mim.

O suor escorreu pela minha testa. A cada segundo que passava, eu ficava mais preocupado. Não parecia certo.

Liguei para ela repetidamente no Skype, sem resposta.

Depois disso, enviei uma mensagem à sua conta de e-mail.

Uma hora passou, sem resposta.

Então, tive certeza de que havia alguma coisa errada.

Uma coisa era se ela tivesse me dado o fora. Isso, provavelmente, eu conseguiria superar — em algum momento. O que eu não conseguia superar era pensar que algo tinha acontecido com ela. A ideia estava me deixando literalmente enjoado.

As engrenagens estavam girando na minha cabeça. E se um desses desgraçados doentes a tivesse encontrado e machucado? E se um carro tivesse batido nela e ela estivesse morta? Eu não teria como saber.

Quando tinham se passado duas horas e ainda não havia obtido resposta, meu medo se transformou em pânico total.

Não havia como eu conseguir dormir naquela noite.

Pense. Pense. Pense.

De repente, me veio a ideia: o restaurante na camiseta dela.

Quando eu estava na Índia, ela havia revelado uma coisa da sua "vida real". Eu não chamara a atenção dela para isso, mas, com certeza, havia memorizado o nome.

Ellerby's Grille Since 1985.

Eu sabia que ela trabalhava em um restaurante durante o dia — essa era uma das poucas dicas de informação que ela havia me dado —, portanto, a lógica me disse que havia uma boa chance de ser Ellerby's.

Com o coração martelando, abri meu laptop e digitei o nome no Google.

Apareceu apenas um resultado com o nome idêntico. Um site do restaurante. Cliquei na aba *Sobre Nós* e olhei o endereço.

St. George, Utah.

Descobrir isso me fez parar. Parecia que eu estava quebrando a confiança dela.

Utah. Não era justo. Talvez fossem umas seis horas de carro?

Você está em Utah?

Eu não tinha certeza. Mas era possível.

Vasculhei o site para encontrar qualquer sinal dela. Era um bar e grill tipicamente americano que servia comida e bebida de pub. Havia fotos de pratos — hambúrgueres, fritas e asas de frango frito — e copos de cerveja artesanal. Meu coração quase parou de bater quando me deparei com fotos dos funcionários em ação. Alguns deles estavam usando a mesma camiseta azul que eu tinha visto em Eden. Mas, analisando com mais cuidado, vi que nenhum deles era ela.

Eu tinha ido a todas as páginas e não encontrara nem sinal dela. A única informação valiosa que eu tinha era a localização.

A questão era... o que eu iria fazer com isso?

Consegui dormir por uma hora, mais ou menos. A primeira coisa que fiz ao acordar foi verificar meu e-mail. Ainda não havia resposta dela. Fui à sua página. O alívio me tomou ao ver que a foto de perfil ainda estava lá, embora isso indicasse que ela estava off-line. Pelo menos, ela não tinha cancelado a conta, não tinha desaparecido completamente da face da Terra.

Meu ego me provocou, me perguntando por que eu não conseguia entender que tinha levado um fora e seguia em frente. *Não sabe entender uma deixa?* Mas aí eu via os olhos dela na minha mente, sempre cheios de emoção quando olhava para mim. Ela tinha me levado a crer que se importava comigo. Meu instinto dizia que Eden nunca me deixaria na mão, que ela se importava o suficiente para não fazer algo assim. E era isso que me preocupava. Porque a única explicação, nesse caso, era que ela estava em algum tipo de encrenca.

Parecia que eu não conseguiria respirar até saber que ela estava bem.

E se eu fosse para Utah e aquele restaurante nem fosse o lugar em que ela trabalhava? E aí? Talvez ela tivesse ido lá uma vez. Jesus, e se o nome dela não fosse realmente Eden? Eu não tinha nada para continuar além da porra de um primeiro nome que poderia nem ser verdadeiro.

Andei de um lado a outro no meu quarto, praticamente arrancando o cabelo da cabeça. Um grito de frustração escapou de mim. Foi um som que não reconheci.

Alguns segundos depois, ouvi passos.

— *Mijo*, está tudo bem?

Aparentemente, Lorena tinha ouvido meu rugido. Ela sempre chegava ao amanhecer e tinha subido correndo as escadas com uma vassoura na mão.

— Entre — eu disse.

— O que aconteceu? — ela perguntou, abrindo a porta.

Lorena ia pensar que eu era maluco. Mas isso nunca tinha me impedido de desabafar com ela. Ela era direta. De muitas maneiras, eu precisava do seu conselho sincero mais do que nunca nesse momento, porque estava pensando seriamente em entrar em um avião imediatamente.

— Preciso perguntar uma coisa para você. E preciso que leve a sério, embora envolva uma coisa sobre a qual você tem ideias bem preconceituosas.

Seus olhos se arregalaram.

— Você usou drogas?

Balancei a cabeça.

— Não. Tem a ver com a garota da webcam que te contei.

— A modelo nua?

Eu detestava que ela a chamasse assim.

— Sim.

— Você a engravidou?

— Ãh... isso é fisicamente impossível. Nunca nos encontramos pessoalmente.

— Verdade. O que houve?

— Ela está desaparecida.

— Desaparecida? Como ela pode estar desaparecida se ela nunca veio aqui?

— Ela existe.

— É. Mas você sabe o que quero dizer. Ela não está com você. Então como sabe que está desaparecida?

— Ela não apareceu ontem à noite para nossa conversa, e sinto que há algo errado. Essa é a primeira vez que alguma coisa assim acontece.

— Talvez ela só precisasse de uma pausa de mostrar os *peitos* por uma noite.

Revirei os olhos.

— Nosso relacionamento evoluiu para muito mais do que mostrar os *peitos* dela. Nunca se tratou disso conosco. Falei para você. Nem dá para começar a te explicar, Lorena. Sei o quanto tudo isto parece loucura, mas... muita coisa aconteceu em um curto período de tempo com ela. Sinto que a conheço. — Minha voz falhou. — Alguma coisa não está certa.

Ela, enfim, pareceu começar a entender que eu estava falando muito sério, porque sua expressão mudou.

Não havia mais um sinal de divertimento.

— Certo... — Ela apoiou a vassoura na parede e se sentou na minha cama.

Respirei fundo, aliviado por ela estar me levando a sério.

— Temos conversado quase toda noite há semanas. Ela chorou na minha frente. Nós conhecemos muito bem um ao outro, mesmo tendo mantido certas informações privadas. Nos aproximamos... compartilhamos um monte de coisas íntimas. E não é do feitio dela fazer algo assim, simplesmente *não* me contatar. Estou superpreocupado de ter acontecido algo errado com ela.

— Você não sabe onde ela mora?

Suspirei.

— Não sei, não. Mas a questão é que, sem querer, descobri o lugar em que pode ser que ela trabalhe. Ela me contou que é garçonete durante o dia. O nome de um restaurante estava em uma das camisetas dela uma vez. É tudo que tenho para procurar. Poderia ir para lá e tentar encontrá-la. Mas corre o risco de ela ficar assustada, então eu poderia...

Ela terminou minha frase.

— Perdê-la? Você nem a *tem*.

Essa percepção abriu meus olhos.

— Verdade.

Lorena cruzou os braços.

— Então o que está me perguntando? Se acho que você deveria ir?

— Sim, é exatamente o que estou perguntando.

— Vai conseguir dormir à noite se não for?

Pensei nisso por um mero segundo.

— Não.

— Então não precisa que eu te fale o que fazer.

Merda.

Parte de mim estivera torcendo para ela me dar um pouco de noção.

Será que vou fazer isso mesmo?

— Estou prestes a pegar um avião para Utah, e nem sequer sei se ela está lá.

Ela coçou o queixo.

— Utah. Humm...

Minha testa se franziu.

— Sim. Utah. Por quê? O que está pensando?

— Talvez ela seja polígama.

— O quê?

— Já assistiu a *Amor Imenso? 4 Mulheres e 1 Marido?* Há um monte de polígamos em Utah. Talvez seja por isso que ela não te conta quem é. Talvez seja casada e sejam esposas-irmãs. E faz isso em segredo.

Isso soava ridículo para mim.

— Ah, certo. Não sabia que todo mundo que morava em Utah era, automaticamente, polígamo. — Puxei meu cabelo e gritei: — Ela não é polígama!

Pelo menos, não que eu saiba.

Jesus. Como sequer eu saberia?

Ela falou que não era casada.

Deus, que porra eu realmente sei? Nada!

— Me diga a verdade. Estou agindo como louco, Lorena?

— Não, *mijo*. Você está doente de amor. Talvez obcecado... Não sei. E, embora eu não aprove toda essa situação, posso ver o quanto está chateado. É o mesmo olhar que você teve quando aquela Mallory terminou com você. Eu não o via desde então. Você não vai descansar até saber. Então, vá e consiga sua resposta para poder seguir sua vida.

CAPÍTULO 9

Ryder

Com um voo de conexão, St. George, Utah, era a menos de quatro horas de viagem de Los Angeles. Voei de L.A. para Vegas e, após uma escala rápida na Cidade do Pecado, pousei no meu destino. Essa parte de Utah também era a apenas alguns quilômetros da fronteira do Arizona.

O Grand Canyon não era tão longe dali. Se fosse uma viagem a lazer, eu poderia ter pensado em me aventurar até lá para visitar. No entanto, esta viagem estava longe de ser a lazer. O que era? Investigativa? Mesmo quando senti o calor seco do lado de fora do aeroporto, eu não tinha mais certeza de que estava tomando a decisão correta.

Isso não era invasão da privacidade dela?

Após pegar um Audi alugado, digitei o endereço para o Ellerby's no GPS e peguei a estrada. Era, aproximadamente, a vinte minutos do aeroporto. Eu havia reservado um hotel na cidade e faria check-in mais tarde, dependendo de como as coisas fossem.

Rodeado por desfiladeiros, não conseguia evitar pensar que uma vista do céu de todas as rochas vermelhas seria incrível.

Havia lido um pouco sobre a região enquanto estava no avião. Aparentemente, era ensolarado na maioria dos dias. O nome da cidade foi em homenagem ao apóstolo George A. Smith, da igreja de Jesus Cristo dos Santos dos Últimos Dias, no século dezenove. No entanto, não foram apenas mórmons que habitaram a região. Houve uma mistura de culturas. St. George conectava três regiões geográficas: o Deserto de Mojave no sudeste da Califórnia, o Planalto do Colorado e seus quatro parques nacionais, e a Grande Bacia ao norte. Parecia um lugar que eu adoraria visitar de novo em algum momento quando não estivesse ocupado perseguindo alguém.

Trinta minutos depois, enfim, cheguei ao Ellerby's e encontrei uma vaga para estacionar do outro lado da rua. Eram quatro da tarde. Eu não fazia ideia se Eden sequer trabalhava naquele lugar, que dirá qual era o turno dela. Ela me contou, sim, que trabalhava durante a primeira parte do dia, o que significava que, provavelmente, ela nem estava trabalhando.

Após uma hora sentado do outro lado da rua, observando pessoas entrarem e saírem, me obriguei a sair do carro e entrei no restaurante.

Um homem estava em pé como recepcionista e pegou um cardápio quando me viu me aproximando.

Forcei as palavras a saírem, tentando parecer casual.

— Eden está aqui?

— Eden não trabalha às segundas. Ela estará aqui amanhã.

Meu coração acelerou enquanto eu processava a resposta dele. Eden era seu nome verdadeiro. Eden trabalhava *mesmo* ali. Eden não estava morta — ou, pelo menos, eles não tinham sido notificados disso.

— A que horas ela chega?

— Ela faz o turno do almoço. Então, tipo, onze da manhã.

Engoli em seco.

— Obrigado.

Respirando fundo, voltei para fora.

Certo. Acalme-se. Você tem até amanhã para surtar.

Voltei para o Audi e fui para o hotel.

A primeira coisa que fiz depois de fazer check-in e ir para o quarto foi entrar no meu e-mail e ver se ela tinha respondido. Não havia nada. Então me aventurei até o site de webcam a fim de garantir que seu perfil ainda estivesse lá. Estava, embora mostrasse que ela estava off-line de novo.

Agora que eu sabia que ela iria trabalhar no dia seguinte, senti mais como se ela pudesse ter mudado de ideia quanto a continuar interagindo comigo. Mas, aí, me lembrei de que ela não estivera on-line em *nenhum lugar*, nem sequer para seu trabalho. Então isso me dizia que havia algo errado. O trabalho na internet era seu meio de sobrevivência.

O dia seguinte diria. Eu apareceria no restaurante cedo para que pudesse ver quando ela chegasse. Então eu improvisaria. Ainda não sabia se isso significava entrar e confrontá-la ou esperar que ela saísse do trabalho para poder segui-la.

Talvez, eu simplesmente me certificasse de que ela estava bem e fosse embora. Ainda estava confuso pra caralho. Realmente não queria incomodá-la se ela não quisesse me ver, no entanto, a necessidade de confirmar se ela estava bem superava tudo. Será que eu poderia garantir que ela estava bem sem tornar minha presença conhecida? Seria suficiente, para mim, apenas confirmar que ela estava viva? Meu instinto me dizia que eu não conseguiria descansar a menos que soubesse mais. E isso significava confrontá-la.

Eu nunca tinha ficado tão nervoso assim na minha vida inteira.

Na manhã seguinte, estacionei no Ellerby's às 9h. Não sabia que horas alguém aparecia para o turno das 11h, mas imaginei que nove era cedo o suficiente para eu não a perder.

A rua era bem isolada, somente alguns prédios e o restaurante. Não havia muitos outros negócios por perto, e o Ellerby's ainda nem estava aberto.

Foi uma manhã longa e lenta, porém nada poderia ter me preparado para o choque que senti quando, aproximadamente às 10h45, vi a silhueta de uma mulher se aproximando. Conforme ela chegava mais perto, reconhecia seu corpo esbelto e seu cabelo comprido e fino cor de areia.

Era ela.

Meu coração. Estava quase batendo para fora do peito.

De onde eu estava estacionado, não conseguia identificar seus traços faciais. Não era necessário. Era Eden. Não havia mais dúvida. Era ela e, claramente, estava bem.

O sentimento de vazio no meu estômago se intensificou depois que ela desapareceu para dentro do restaurante.

E agora?

Só vou para casa?

Entro lá e a confronto?

A parte sensível do meu cérebro me dizia para dar a volta e seguir direto para o aeroporto. Ela estava viva. Não era bom o bastante?

Para me distrair, decidi ver meu e-mail no celular. Foi quando percebi que havia recebido uma mensagem mais cedo que mudaria meu dia inteiro.

Ryder,

Sinto muitíssimo por não responder suas mensagens e por não aparecer nos últimos dias. Tive uma emergência familiar e não consegui ficar on-line. Minha cabeça não estava boa. Acabei de ver seu e-mail e surtei um pouco por você ter se preocupado comigo. Estou bem. Mil desculpas não são suficientes por eu ter sumido. Não há desculpa. Simplesmente estava perdida. Você estará on-line hoje? Estou com muita saudade.

Eden

Fiquei encarando-a, agora duvidando da minha reação automática em vir até ali.

Eu poderia pegar essa informação e correr de volta para casa com ela como se nada tivesse acontecido, ou poderia aproveitar e avisá-la de que eu estava ali.

Pela forma como meu coração estava batendo, eu sabia que não havia como eu voltar para L.A. sem deixar que ela me visse. Só precisava de um tempo para pensar em como iria abordar isso.

Se a esperasse sair do trabalho, poderia segui-la e ver se isso me fornecia alguma ideia do que ela poderia estar escondendo de mim. Parecia que eu precisava de mais informação antes de simplesmente jogar essa bomba para ela.

Nem poderia arriscar sair para almoçar, porque, sem a conexão do Ellerby's, eu não tinha nenhuma informação para seguir. Precisava conseguir segui-la para casa.

Quatro horas depois, eu estava perdido em pensamentos quando, ao vê-la saindo do restaurante, me apressei.

Pulando para a ação, liguei o carro e comecei a dirigir devagar ao longo do caminho pelo qual ela estava andando.

Não havia outros carros à vista, e Eden estava seguindo para seu destino a pé. Meu maior problema seria se ela mudasse para transporte público. Havia ônibus ou trens por ali? Eu precisava mantê-la na minha linha de visão senão a perderia.

Eu a segui por quase dez minutos. Caramba, ela não tinha carro? Aonde ela estava indo que precisava andar tanto?

Virou uma esquina, e eu continuei mantendo distância para que ela não percebesse um carro a seguindo a cada passo.

De repente, Eden parou diante de um prédio enorme de tijolos. Havia outras pessoas esperando do lado de fora.

Estacionei a uma quadra dela, mais ou menos.

Ela olhou para as mãos, parecendo examinar as unhas conforme aguardava casualmente.

Quem ou o que ela estava esperando?

Meu coração estava acelerado. Tive que tirar a jaqueta porque estava queimando.

Embora eu quisesse mais tempo para entender a vida dela, essa parecia ser minha oportunidade. Será que em algum momento ficaria mais fácil me revelar, deixar que ela soubesse que eu tinha ido até ali sem sua permissão? Lá estava ela, a apenas alguns metros de mim. Será que eu conseguiria passar o resto do dia assistindo-a como um perseguidor, só para ter que potencialmente encará-la depois, de qualquer jeito? Acabaria no mesmo dilema em que estava no momento.

A resposta parecia óbvia: arrancar o curativo. O problema era encontrar a força para *mudar* do ponto A para o ponto B. Parecia um passo simples, mas, de alguma forma, era como se Eden estivesse a quilômetros de distância. Me dei um pontapé mental na bunda e saí do carro.

Com um pé à frente do outro, fui na direção de onde ela estava parada. Ela estava de costas para mim.

Conforme eu chegava mais perto, a voz na minha cabeça ficava cada vez mais alta.

Dê meia-volta e vá para casa.

Isto é um erro.

Você ficou louco?

Mas não conseguia voltar.

Parei a alguns metros atrás dela. As pessoas ao nosso redor estavam alheias à minha angústia mental. Seu cabelo esvoaçava com o vento, a luz do sol iluminando mechas douradas em suas madeixas. Parecia surreal vê-la ao vivo. Ela era tudo que eu tinha imaginado. Eden tinha uma postura graciosa e era um pouco mais baixa do que eu havia pensado. Seu cabelo chegava quase até a bunda. Ela estava tão perto que eu conseguia sentir seu cheiro.

Linda, por favor, não me odeie por isto.

Não haveria um jeito fácil de fazer aquilo. Respirei fundo e me obriguei a falar seu nome.

— Eden.

Seu corpo tremeu ao som da minha voz. Ela se virou, e pude ver a transformação de surpresa para puro medo em sua expressão.

Eden colocou a mão no peito. Seu rosto ficou vermelho quando ela deu alguns passos para trás e falou, tossindo:

— Ryder...

Um misto de sentimentos me percorreu enquanto fiquei paralisado: culpa por tê-la colocado nessa posição e um desejo intenso, porque agora eu a tinha visto pessoalmente, bem à minha frente, o que parecia ter acendido um novo fogo dentro de mim. Parecia inextinguível. Como eu conseguiria me afastar agora?

Sua boca estava tremendo. Eu queria muito beijá-la. Esse não era o tipo de apresentação que eu esperava ter com ela. Mas era de se imaginar.

Ela não conseguia encontrar as palavras.

— O que... como...

— Posso explicar?

Eden assentiu, parecendo extremamente nervosa enquanto olhava para a porta do prédio.

— É bem simples... você desapareceu. Surtei de tão preocupado que algo de ruim tivesse acontecido com você. Usei a única informação que eu tinha sobre seu paradeiro para te encontrar. Deu certo.

Ela lambeu os lábios.

— Qual era?

— A camiseta que você usou uma vez com Ellerby's escrito.

Eden assentiu, como se já soubesse que tinha errado ao mostrar isso, apesar de brevemente.

— Memorizei o nome — continuei. — Nunca pretendia invadir sua privacidade. Arrisquei e vim para cá porque passei a gostar muito de você, e precisava saber que estava bem. Então, por favor, não me odeie por fazer isso.

— Não te odeio — ela sussurrou. E fechou os olhos.

Graças a Deus.

Eden parecia derrotada, como se todo o trabalho que fizera para esconder o que quer que estivesse escondendo de mim tivesse sido em vão.

Sua atenção, de repente, se voltou para a entrada do prédio conforme nós dois ficamos em silêncio. Ficou claro o que estava acontecendo quando vi uma mulher saindo, segurando a mão de um menino que parecia ter uns dez ou onze anos. Eles andaram na direção de Eden.

Todas as peças do quebra-cabeça se encaixaram no meu cérebro.

Isso era uma escola.

Ela estava buscando alguém.

Então caiu minha ficha.

Como você pôde ser tão idiota, Ryder?

Meu coração pareceu pesado.

Era filho dela?

Era isso que ela estivera escondendo o tempo todo?

A mulher soltou a mão do menino e a colocou na de Eden.

— Ele teve um bom dia. A enfermeira o examinou. Acho que você fez uma boa escolha em trazê-lo hoje.

A voz de Eden estava trêmula.

— Que bom ouvir isso. Obrigada.

— Espero que vocês tenham uma boa noite. — A mulher se abaixou. — Tchau, Ollie.

Ollie.

O garoto acenou.

— Tchau. — Parecia que ele tinha pontos na testa.

Eden olhou para mim enquanto fiquei ali parado, perplexo.

De repente, o menino perguntou:

— Quem está aqui?

Percebi que ele não estava olhando para ela ao falar, só meio que encarava o nada na direção da rua. Ele também não estava olhando para mim.

Ela colocou a mão no ombro dele.

— Você consegue sentir alguém, hein?

— Você não está se mexendo, e consigo sentir o cheiro de outra pessoa.

Meu estômago gelou enquanto eu o observava em silêncio. Um segundo depois, vi uma placa que não tinha visto antes.

Escola St. George para Deficientes Visuais.

Amor On-line

CAPÍTULO 10

Eden

Ryder olhou para a placa na frente da escola. Lentamente, ele estava somando dois mais dois.

Acho que eu ainda estava em choque. Nem conseguia me mexer. O pobre Ollie, provavelmente, estava bastante confuso. Havia me esquecido de que eu não precisava falar nada; ele conseguia identificar só pela minha movimentação — ou a falta dela — que algo estava errado.

No entanto, eu ainda não conseguia me mexer. Ter Ryder ali era quase demais para suportar. Sentir seu cheiro, reconhecer o puro poder da sua altura, seu olhar penetrante.

Por que você teve que vir, Ryder?

Pigarreei.

— Ollie, meu amigo está aqui. Seu nome é Ryder. — Olhei nos lindos olhos azul-claros de Ryder. — Este é meu irmãozinho, Ollie.

O alívio na expressão de Ryder foi palpável. Eu sabia que, provavelmente, ele presumiu que Ollie fosse meu filho. Apesar de ele ser meu irmão, ele poderia, muito bem, ter sido meu filho. Eu tive total responsabilidade de criá-lo desde que nossa mãe morreu.

— Seu irmão?

Coloquei a mão no ombro de Ollie.

— Sim, meu irmãozinho.

Enfim, Ryder se aproximou de nós, se abaixando um pouco com as mãos nas coxas.

— Oi, Ollie.

— Oi.

Ryder abriu um sorriso lindo.

— Você sentiu meu cheiro antes de eu poder me apresentar. Cheiro mal ou algo assim?

Era exatamente o contrário. Ryder cheirava muito bem, como seria o cheiro da Califórnia se o engarrafasse e vendesse como fragrância. Era uma essência masculina, como sândalo e couro com um toque de oceano... exatamente como eu tinha imaginado. Talvez ainda melhor.

— Não muito — Ollie respondeu.

— *Não muito*. Certo, isso deixa um espacinho para dúvida. Bom saber. Vou me lembrar de que preciso tomar banho.

Não consegui evitar sorrir. Ryder se endireitou e encontrou meus olhos de novo.

Era difícil olhar para ele, porque fazer isso era... intenso. Eu sabia que tinha muita explicação para dar. Ele iria querer saber por que nunca lhe contei que tinha um irmão, que dirá um que eu cuidava como se fosse meu próprio filho. Ele poderia não entender meu motivo para esconder isso dele.

Apesar de eu sentir que, talvez, não devesse ceder a Ryder estar ali, não podia, simplesmente, ir para casa e deixá-lo parado ali. Ele tinha vindo até aqui. Antes de eu conseguir falar alguma coisa, Ollie quebrou o gelo.

— Vamos só ficar parados aqui ou vamos para casa? Estou com fome. Você vem, Ryder?

Ryder continuou olhando nos meus olhos.

— Depende da sua irmã.

Pronto. Esse era o momento em que eu falava friamente para ele voltar para a Califórnia ou o convidava para ir para casa conosco. Uma coisa eu estava descobrindo: era bem mais difícil resistir a esse homem pessoalmente do que de longe.

— Nós moramos só a alguns quarteirões daqui — eu disse.

Não foi exatamente um convite direto, porém fui eu concordando com Ryder ir para casa conosco.

Ele apontou para trás com o polegar.

— Meu carro está bem ali. Podemos ir nele.

— Certo — aceitei, guiando Ollie pela mão.

Andamos até o carro de Ryder. Era bem bonito e presumi ser alugado.

Antes de ele ligar o carro, Ryder parou e olhou para mim. Eu conseguia praticamente ouvir todas as perguntas silenciosas na cabeça dele.

Com Ollie ali, eu sabia que ele não ia conseguir muita coisa comigo. Isso me dava um tempo para pensar em como iria explicar tudo.

Conforme íamos de carro, eu o direcionava.

— É só pegar a primeira à esquerda ali. A nossa é a última casa à direita.

Ryder estacionou em nossa entrada, então me seguiu para dentro da casa enquanto Ollie segurava minha mão. Nem sempre eu precisava segurar em meu irmão. Apesar do fato de não conseguir enxergar, ele sabia andar muito bem pela casa, mas, dado seu machucado recente, eu estava sendo extracuidadosa. Os médicos confirmaram que não aconteceu nada com seu cérebro quando ele caiu, mas eu ainda estava paranoica.

Observei Ollie ir para seu quarto. Ele estava seguro lá dentro porque eu o mantinha praticamente vazio, sem nada pontiagudo nem nada que pudesse feri-lo. Ele sempre arranjava um tempinho depois da escola para ficar de bobeira antes de ter que fazer sua tarefa de casa.

Quando ele estava fora de alcance da voz, comecei a falar para que Ryder não tivesse que iniciar a conversa.

— Eu cuido dele desde que minha mãe morreu. Não temos o mesmo pai. O pai de Ollie era um jovem turista com quem minha mãe teve um caso há mais de uma década. Ele foi a crise de meia-idade dela. O cara foi embora para voltar para a Costa Rica antes da minha mãe descobrir que estava grávida. Ele não quis nada com Ollie quando ela lhe contou, então o pai dele nunca esteve em sua vida.

Ryder deu alguns passos na minha direção.

— Por que não me contou nada disso? Pensou que não importasse para mim?

— Não — insisti. — Não tenho vergonha do meu irmão. Quero deixar isso bem claro. E não é que eu ache que você me julgaria por ter que cuidar dele. Mas que bem faria eu te contar? Teria destruído totalmente qualquer fantasia que você tinha sobre minha capacidade de ser o que te atraiu primeiramente... essa garota despreocupada. Minha vida não é assim, Ryder. Ollie é minha vida *inteira*. O trabalho de webcam acontece à noite porque é quando ele está dormindo. Obviamente, ele não sabe sobre isso, não sabe que é assim que nos sustento. — Prendi a respiração. — E, nos últimos dias, você não teve notícia minha porque ele caiu e bateu a cabeça no único instante em que eu não estava prestando atenção nele. Eu o levei para o hospital. Ele precisou de pontos e alguns exames neurológicos. Está bem, mas surtei um pouco porque pensei que fosse ser mais sério do que foi. Me culpei. Esse tipo de coisa é a minha realidade. Nunca posso viajar, me mudar para a Califórnia ou ser o tipo de garota que um homem como você precisa. A escola de Ollie é aqui, assim como a casa que ele conhece. Tudo que ele precisa está aqui.

Respirei fundo.

— Mas eu não poderia desabafar e te contar como minha vida realmente é porque também não queria perder a fantasia que tínhamos. De alguma forma, parecia que *não* te contar iria prolongar tudo.

Ryder olhou para o chão. Claramente, ele estava tentando processar o que eu acabara de jogar nele. Sua voz era baixa.

— Entendo. E não consigo imaginar como é a sua vida.

— Aqueles pontos na cabeça dele? Essa é a minha realidade. —

Apontei para o canto da cozinha. — Aquela pia cheia de louça? Essa é a minha realidade. Aquela mancha ali em cima de vazamento no teto? Essa é a minha realidade... e não é bonita, Ryder.

— Não é, não. — Ele se aproximou e colocou as mãos nas minhas bochechas. — É linda — ele sussurrou. — Muito linda. Muito diferente de qualquer coisa que já imaginei. E eu tinha imaginado inúmeras coisas, Eden. Coisas bizarras. Mas ainda queria te encontrar. Nada poderia tirar essa vontade.

Ele manteve as mãos no meu rosto, e fechei os olhos para apreciar o quanto era bom me sentir tocada por ele. Quando os abri, ele estava me olhando tão intensamente que me deu um arrepio. Seu rosto tinha se aproximado ainda mais do meu quando a voz de Ollie interrompeu, me fazendo encolher.

— Pode me dar um salgadinho, Eden?

Minha respiração estava pesada quando me controlei da ansiedade de um beijo que não aconteceu.

— Já vou — gritei antes de ir até o armário a fim de pegar o salgadinho para ele. Ainda com a adrenalina alta, me atrapalhei com a caixa antes de abrir o pacote e levar o salgadinho até o quarto dele.

Quando voltei, Ryder ainda estava ali parado, tão alto e lindo com as mãos nos bolsos. Eu não sabia o que fazer com ele. Sua presença era avassaladora. Era tão surreal tê-lo ali na minha cozinha pequena.

— Como eu não consegui enxergar? — ele questionou. — Como pude não ver que você passa aperto? Sou tão cego assim? — Ele olhou para os pés e xingou baixinho. — Porra. Não quis usar esse termo. — Ele pareceu perturbado.

Eu sorri.

— Está tudo bem. Ollie e eu não somos sensíveis.

Ele estendeu a mão para a minha.

Eu a peguei e entrelacei meus dedos com os dele.

— Nunca sinto que estou passando aperto quando estou com você. Você tem sido minha fuga. Fala que deveria ter sentido alguma coisa, porém não poderia ter enxergado nada porque sou muito feliz quando estou com você... apesar de virtualmente. — Apertei a mão dele. — E sinto muito por te preocupar quando estive ausente. Simplesmente perdi a cabeça quando ele se machucou e realmente fiquei deprimida.

— O que causou o ferimento dele?

Me abracei ao lembrar.

— Eu tinha acabado de dormir no sofá. Ele não quis me acordar. Ele sabe que guardo a comida que compro no porão. Tentou pegar seu próprio salgadinho e caiu da escada. Nunca tive tanto medo na vida.

— Fico feliz de vocês dois estarem bem. Minha mente esteve a mil por hora pensando que alguém tinha te machucado ou que você havia sumido. Todo tipo de maluquice passou pela minha cabeça.

— Eu sou uma bagunça, mas estou viva e bem. — Apertei a mão dele, desejando mais. — Deus, não acredito que você está aqui. Você é de verdade.

Conforme nos encaramos, continuei pensando que ia me beijar, mas ele se conteve. Então fez a pergunta mais estranha.

— Você gosta de empadão de frango?

O quê? Dei risada.

— Não como há anos, mas, sim, gosto. Por quê?

— Porque é o que sei cozinhar, e vou fazê-lo para vocês esta noite enquanto você relaxa com uma taça de vinho.

— Não precisa fazer isso.

— Eu quero. Por favor, me deixe cozinhar para você e para Ollie.

— Não sabia que você sabia cozinhar.

— Não sei, na verdade.

— Então por que faz empadão de frango?

— Por causa da minha mãe. Era a única coisa que ela sabia cozinhar. Sempre tivemos um chef, então ela, raramente, ficava na cozinha. Mas, quando ficava, fazia isso. Um dia, quando eu era pequeno, pedi que ela me deixasse ajudá-la. E, até hoje, é tudo que sei fazer.

— Isso é muito fofo.

— Acha que Ollie vai gostar?

— Ele come qualquer coisa. Literalmente. Adora comida.

— Certo. Que bom. Então... você pode surtar por todo o estresse da vida amanhã. Também pode surtar com o que significa minha presença aqui amanhã. Esta noite, é empadão de frango.

Amor On-line

CAPÍTULO 11

Ryder

Eden me deu direcionamentos para o supermercado mais próximo. Parecia totalmente surreal estar ali, comprando ingredientes para fazer para ela a única coisa que eu sabia cozinhar. Minha mente nem estava se concentrando no que eu precisava comprar; estava corrido demais para tentar absorver tudo.

Olhei para fora através das portas de vidro do mercado para as montanhas ao longe. Eu estava em Utah, prestes a cozinhar para Eden e seu irmão. *Estou aqui com Eden.* Que diferença um dia faz.

Meus sentimentos poderiam ser descritos como uma mistura de ansiedade e alívio. Alívio por não haver nenhum motivo sinistro para ela estar escondendo sua vida de mim. E ansiedade porque, em um ponto, ela estava certa sobre tudo. Eden tinha uma responsabilidade enorme — muita para uma garota de vinte e quatro anos. E isso era algo que eu precisava considerar. Não havia espaço para jogos. Eu tinha que pisar de leve.

Empurrava o carrinho em transe. Essa era a primeira vez, em muito tempo, que eu não fazia a menor ideia do que as próximas horas trariam. No entanto, não estava pronto para entrar em um avião de volta para a Califórnia. Meu pai iria querer minha cabeça por tirar um tempo de folga do trabalho quando as coisas estavam intensas. Mas eu simplesmente não me importava.

Peguei meu celular do bolso e liguei para o meu pai.

Ele atendeu após alguns toques.

— Filho, por onde esteve? Me disseram que você ia tirar uns dias de folga, mas ninguém parece saber onde você está.

Fiquei feliz de saber que Lorena tinha guardado meu segredo. Não que eu duvidasse que ela fosse fazê-lo. Não queria que ninguém soubesse o que eu estava fazendo. Resolvi contar ao meu pai uma versão da verdade.

Me apoiando no carrinho, andei devagar enquanto falava.

— É. Eu sei. Não contei a ninguém especificamente.

— Então, onde está? Preciso de você aqui.

— Ãh... Vou ficar fora por uma semana, provavelmente.

— Uma semana? Está metido em alguma encrenca?

— Não, não, nada disso. Estou em Utah, na verdade.

— Utah? O que tem em Utah?

— Estou em St. George visitando alguém.

— Alguém?

— Sim.

— Quem?

Hesitei.

— O nome dela é Eden.

Meu pai soltou a respiração no celular.

— Com o jeito misterioso que você está agindo, pensei que fosse me dizer que o nome *dele* era Ed.

Não consegui deixar de rir.

— Não. Ainda sou hétero até onde sei... não que haja algo errado com o oposto. Mas eu gosto de mulheres... bastante.

Principalmente esta mulher.

— Onde conheceu essa pessoa para ir até Utah?

Como vou explicar exatamente?

— On-line — respondi.

Bem, tecnicamente, isso era verdade.

— Não preciso te falar para tomar cuidado. Você é esperto. Tenho certeza de que sabe que há um monte de gente oportunista por aí que adoraria uma parte da...

— Pai, eu sei. Ela nem sabia no que eu trabalhava quando nos conhecemos. Não se trata disso, ok? Quando falei para ela seu nome uma vez, ela nunca tinha ouvido falar de você. Só estou curtindo a companhia dela no momento. Vou te avisar quando estiver voltando.

— É melhor não ser mais do que uma semana. Preciso de você aqui.

Não poderia me comprometer com nada porque não fazia ideia de como me sentiria de um instante para o outro.

— Vou te manter informado.

— Filho... só tenha cuidado.

— Obrigado pela preocupação. Estarei de volta logo — eu disse antes de desligar.

Flanqueada por dois cactos, a casa de Eden era térrea e pequena. No interior, era aconchegante e calorosa — totalmente oposta às mansões enormes e luxuosas com as quais eu estava acostumado em L.A. Esse era o tipo de casa que fazia você sentir que era seu lar no instante em que entrava nela. Bom, talvez fossem as pessoas, não a casa. Eu estava acostumado a entrar no silêncio que ecoava.

Quando entrei, Ollie estava sentado na cozinha com a irmã.

— Ryder voltou — ele anunciou.

Coloquei o saco de papel no balcão.

— Sentiu meu cheiro de novo?

— Não, é seu passo pesado. Dá para ouvir. Aposto que você tem pés enormes.

Isso me fez rir.

— Ah... então está dizendo que sou o Pé-grande?

— Sim. — Ele deu risada.

Eden sorriu para nós conforme esvaziava a máquina de lavar louças. Ela olhou para baixo.

— Pensando bem, Ryder tem pés grandes mesmo. Você é muito perceptivo, Ollie. — Ela deu uma piscadinha para mim, e eu senti bem lá embaixo.

Caralho.

— Você sabe o que isso significa — Ollie disse.

Eden e eu congelamos e nos viramos para ele ao mesmo tempo.

Ela ergueu a sobrancelha.

— O que exatamente é para significar, Ollie?

— Significa que ele também tem meias muito grandes.

Nós dois suspiramos juntos.

— Então... até agora, eu tenho pés grandes e cheiro mal — brinquei. — Bom jeito de causar uma boa impressão.

— Minha irmã me contou que você ia voltar para o jantar, então eu meio que estava te esperando, de qualquer forma. Não foram *só* seus pés grandes.

— Ah, certo. — Me sentei à frente dele à mesa e fiquei um tempo observando-o. Ollie mantinha os olhos fechados na maior parte do tempo. Eu tinha tantas perguntas, algumas que não eram exatamente apropriadas para fazer. Tipo, ele conseguia me ver um pouco ou era totalmente cego?

Eden secou um prato.

— Ollie, Ryder trabalha em Hollywood com todas as estrelas de cinema.

Caramba, isso chamou a atenção dele. O garoto virou a cabeça na minha direção.

— Você conhece Gilbert Gottfried?

— Não, na verdade, não.

— Ele foi a voz do papagaio em *Aladdin* e o pato no comercial da seguradora AFLAC. — Ollie imitou o pato: — Aflac!

— Então me parece que ele é muito bom em interpretar pássaros.

— Ele é muito mais do que um pássaro. É engraçado demais.

Eden olhou para mim.

— Ollie se meteu em encrenca por ouvir uma das apresentações de stand-up dele no iPad que não era apropriada para menores de idade.

— Xiiiii. — Dei risada.

— É. Mas ele é muito engraçado. Valeu a pena me encrencar.

Esse garoto, definitivamente, tinha um lado malicioso. Ele me lembrava muito de mim mesmo quando eu era mais jovem, sempre tentando se meter em coisas que não podia.

Eden explicou:

— Como Ollie não enxerga, ele é atraído por vozes muito fortes, e acho que Gilbert se encaixa no quesito.

— Pensei que eu conhecesse todas as pessoas legais. Mas, aparentemente, não — eu disse.

Ollie deu de ombros.

— Acho que não.

Meu olhar foi para Eden, que agora estava apoiada no balcão com os braços cruzados. Nossos olhares se travaram, e percebi que, provavelmente, era bom Ollie não poder me ver, porque era inevitável que eu fosse ter uma ereção por sua irmã em algum momento da noite.

Eu poderia ficar duro só de olhar para ela. Não conseguia me lembrar de ter esse tipo de desejo físico por alguém antes. As últimas semanas tinham sido como um longo episódio de preliminares. Agora que eu estava perto dela, não conseguia evitar ficar tão excitado, embora ela não estivesse fazendo nada específico para me provocar. Ela não precisava fazer nada, exceto existir.

Meu cérebro estava dizendo para o meu pau se acalmar, que

precisávamos voltar muitos quilômetros agora que sabíamos o que realmente estava acontecendo aqui. Mas ele não estava entendendo muito bem a mensagem.

Me obriguei a sair da minha onda de excitação.

— Certo. Está preparada para eu assumir a cozinha? Empadão de frango é coisa séria. Vocês têm que ficar longe, porque vou precisar de todo este balcão.

Eden sorriu.

— Bom, não é todo dia que temos alguém cozinhando para nós, então vamos ficar felizes de ficar longe. Certo, Ollie?

— É, ninguém cozinha para nós desde Ethan.

Ethan?

Quem é Ethan?

— Ah, é? — Olhando para Eden, cruzei os braços à frente do peito. — Quem é Ethan?

Ollie deu risada.

— Aposto que você pensou que eu disse "Eden" de primeira, certo? Ethan parece Eden.

— Sim... claro — eu disse, ainda curioso por quem era Ethan.

— Ethan parou de vir há muito tempo — ele falou.

— Ethan é meu ex-namorado — Eden admitiu.

— Entendi. — Sem querer perguntar na frente de Ollie, não insisti sobre o que tinha acontecido com Ethan. Se quisesse, ela me contaria. Mas, no momento, onde quer que *Ethan* estivesse, eu estava feliz por ele ter ido embora.

Eu comprara uma garrafa de vinho branco enquanto estava fora. Me lembrava de que, uma vez, ela tinha me falado que adorava pinot grigio. Servi uma taça para Eden para que ela conseguisse relaxar enquanto eu cozinhava.

Eden e Ollie ficaram sentados à mesa enquanto eu preparava os ingredientes. Até fiz a massa do zero, porque foi assim que minha mãe me ensinou a fazer. Demorava um pouco, mas sempre achava que valia a pena.

Jogamos conversa fora enquanto eu cozinhava. Eden e eu roubávamos olhares um do outro conforme Ollie nos contava histórias da escola.

Umas duas horas depois, finalmente, nos sentamos para jantar, e quando digo que Ollie devorou metade da torta, não é exagero.

— Alguém gostou da torta — Eden zombou.

— Não é o tipo de torta ao qual estou acostumado, mas é muito boa — ele disse.

— Bom, fico muito feliz que tenha gostado — eu falei.

Eden lambeu os lábios.

— Estava realmente deliciosa, Ryder.

Aqueles lábios parecem deliciosos.

— Bem, que bom que gostaram, porque, como falei, é a única coisa que sei fazer.

Ollie roubou minha atenção dos lábios de Eden quando disse:

— Quer vir ficar no meu quarto?

Pausei, pego desprevenido pelo pedido. Mas só havia uma resposta.

— Ah, sim, claro.

— Não tem muita coisa para ver lá, mas posso te mostrar meu iPad.

— Sim. Parece legal.

Eden tentou intervir.

— Ollie, provavelmente, Ryder está cansado da viagem dele.

— Não. Estou bem. — Sorri. De jeito nenhum eu iria decepcionar aquele garoto.

Ela sorriu de volta e falou sem emitir som:

— Obrigada.

Dei uma piscadinha para ela.

Ollie se levantou da cadeira e me levou ao seu quarto. Dizer que me sentia um peixe fora d'água era eufemismo. Não apenas não tinha experiência de verdade com crianças, mas estava aterrorizado por dizer algo idiota sem pensar, como fiz quando usei o termo *cego* com Eden mais cedo.

Expirando, me sentei no colchão dele, que ficava no chão. Ele se sentou do outro lado dele.

— Você parece nervoso — ele finalmente disse.

— Você acha? Como sabe?

— Sua respiração.

Isso me lembrou de como Eden costumava conseguir sentir a mesma coisa quando ela só conseguia ouvir minha voz. Dei risada porque, provavelmente, ela pensou no irmão ao dizer isso.

As características de Ollie eram, definitivamente, diferentes das de Eden. A pele dele era mais escura, e o cabelo era quase preto. Ele tinha olhos castanhos e ela, verdes. Mas eles tinham pais diferentes, então fazia sentido.

Ele pegou seu aparelho e clicou no ícone do YouTube, do qual realmente soou a palavra *YouTube* em uma voz robótica feminina conforme ele o apertou. Devia ser um app especial que lhe permitia ouvir o que ele estava selecionando.

— O que gosta de ouvir? — perguntei.

— Shows de comédia, principalmente. Alguns podcasts.

— Legal.

Ele virou o corpo na minha direção.

— Então, quem *é* você?

Sua pergunta me divertiu. Ele tinha ficado sentado o jantar todo comigo, e só estava me perguntando isto agora. Mas a verdade era que ninguém tinha explicado nada para ele, além de dizer que Eden era uma amiga.

— Quem sou eu? É uma pergunta justa.

— Tipo, de onde vem? Como conhece minha irmã?

Falei a ele a mesma frase que falei para o meu pai.

— Nos conhecemos on-line.

— Isso é meio assustador.

Touché.

— É. A internet é somente para adultos mesmo e, ainda assim, às vezes você precisa ter cuidado. Mas, se tiver sorte, pode conhecer pessoas ótimas que, do contrário, nunca conheceria.

— Você veio até aqui só para vê-la?

— Sim. Vim, sim.

— Por quê?

Na idade dele, imagino que isso não fizesse sentido.

— Acho que ela é muito... legal. Queria conhecê-la pessoalmente.

Ele pareceu quase perturbado quando falou:

— Você não vai levá-la embora, vai?

Merda.

— Claro que não.

— Porque, se ela fosse embora, eu não teria ninguém para cuidar de mim.

Caramba. Eu só conseguia imaginar o quanto era assustador, para ele, imaginar isso. Ela era tudo que ele tinha.

— Eu não o conheço há muito tempo, Ollie, mas posso te dizer, com cem porcento de certeza, que sua irmã não vai a lugar nenhum.

— Como você sabe? Minha mãe morreu. Como sabe que nada de ruim vai acontecer com Eden?

Caralho.

Como vou responder isto?

— Certo, nada é garantido na vida. Eu sei. Mas ela nunca te abandonaria voluntariamente. Juro para você.

Eu pensava que tivesse ficado mal quando perdi minha mãe. Deve ter sido assustador perder a mãe sendo tão jovem e, além de tudo, não conseguir enxergar. Conforme ele olhava na minha direção, mas não para mim, fiquei bem curioso quanto a se ele conseguia me ver sequer um pouquinho.

Esperava que não o ofendesse ao perguntar:

— Consegue enxergar alguma coisa?

— Consigo enxergar com meus olhos como você enxerga com sua bunda.

Assim que processei a resposta, dei risada.

— Acho que entendi. Boa analogia.

— O que é isso?

— Significa... um bom exemplo.

— Não consigo enxergar nada.

— Entendi. — Um silêncio bizarro passou até eu esfregar as mãos e indagar: — Então, como são as crianças na escola? Elas te tratam bem?

Ele sorriu.

— São bem legais. Também não enxergam, então não é como se tirassem sarro de mim nem nada.

Só de pensar em alguém mexendo com ele já me deixava bravo.

— Por que diz isso? *Outras* crianças tiram sarro de você?

— Na verdade, não.

— Que bom.

— A única coisa com que as pessoas realmente tiram sarro de mim é quanto ao meu sobrenome.

— Seu sobrenome? Por quê? Qual é?

Ela abriu um sorriso travesso.

— Chute.

— Hum... Vou precisar, pelo menos, de uma dica.

— Posso te tocar? — ele questionou.

Sua pergunta me fez parar.

— Sim.

Então, ele se esticou para mim e começou a sentir meu rosto e minha camisa.

— Você está vestindo. Meu sobrenome.

— Estou?

Ollie riu.

— Sim.

Vasculhei meu cérebro. Cólon... de colônia, talvez? Imaginei que fosse um bom palpite, já que o pai dele era da Costa Rica.

— Cólon?

— Não.

Então me lembrei de que o pai não era presente, então por que Ollie teria o sobrenome dele? Dãã.

— Você vai me fazer adivinhar, não vai?

— Sim. — Ele deu risada.

Estou vestindo.

— Calça?

— Não.

— Camisa.

— Não.

— Relógio?

Ele balançou a cabeça.

— Uh-uh.

Boxers?

Estalei os dedos.

— Boxer?

Ele deu risada.

— Não.

Realmente não tinha mais tanta coisa que eu estava vestindo. *Jesus.* O que poderia ser?

— Vou te dar uma dica...

— Certo...

— Você chegou perto quando falou "camisa".

Camisa. Camisa. Camisa.

— Estou ficando sem opção, Ollie.

— É o *tipo* de camisa que está vestindo.

— O tipo de camisa... ah... preto! Seu sobrenome é Preto.

Ele riu mais alto.

— Como eu poderia saber qual cor é sua camisa se não consigo ver?

Droga. Boa, Ryder. Brilhante pra caralho.

Certo, era algo que ele podia sentir. Olhei para minha camisa.

— Algodão!

— Não.

Bati na cabeça.

— Você está me matando aqui. Me tire da minha angústia.

Enfim, Ollie disse:

— É Shortsleeve[1].

Shortsleeve!

Shortsleeve?

— Seu sobrenome é Shortsleeve?

---

1 Em tradução livre, manga curta. (N. E.)

— Sim. O de Eden também.

Eden Shortsleeve. *Sem brincadeira.*

— Uau. É um nome bem único. Nunca ouvi.

— Eu também não... além de nós. E da minha mãe.

Eden enfiou a cabeça para dentro.

— Posso roubar Ryder um pouco, Ollie?

Ele deu de ombros.

— Acho que sim.

— Como pode ver, pela reação neutra dele, tenho sido uma companhia fascinante. — Baguncei o cabelo dele. — Vamos nos divertir de novo em breve.

— Quando vai voltar para a Califórnia? — ele perguntou.

Olhei para Eden e disse:

— Não sei, amigão. Ainda não pensei nisso.

126   Amor On-line

CAPÍTULO 12

Ryder

Olhei em volta, notando que Eden tinha guardado toda a louça enquanto eu estava com Ollie. O barulho vago do iPad de Ollie ao fundo era o único som que havia conforme me vi sozinho com ela pela primeira vez em muito tempo.

Nossos corpos estavam próximos quando ficamos frente a frente em sua cozinha. Cada centímetro da minha pele estava consciente dela.

Meus lábios doíam para beijar os dela. Embora eu quisesse isso mais do que qualquer coisa, me contive, sem saber como ela se sentiria. Eu já não tinha ficado muito em cima dela hoje? Sim, ela exibia um certo nível de conforto comigo on-line, porém isto era a realidade. Não poderia simplesmente presumir que tudo seria igual — ela não havia escolhido essa situação. Não tinha me convidado. Até eu poder confirmar seus sentimentos, não iria presumir que não tinha problema beijá-la ou tocá-la. Assim como naquele momento, ela ainda parecia um pouco nervosa comigo.

— Então, srta. *Shortsleeve*, não acredito que você ocultou seu sobrenome.

— É. Essa sou eu. Muito obrigada, Ollie. — Ela sorriu e só olhou para mim por um tempo antes de balançar a cabeça. — Ainda não consigo acreditar que você está aqui, que me encontrou.

— Está feliz por eu estar aqui?

Eden assentiu.

— Sim. Por favor, não duvide disso.

O alívio me percorreu. Me estiquei para pegar a mão dela, e ela entrelaçou seus dedos nos meus. Mesmo esse simples toque fez meu pau enrijecer. Se fosse ser assim, essa seria uma das semanas mais longas da minha vida — ou por quanto tempo eu fosse ficar.

— Não quero mesmo... mas tenho que trabalhar esta noite — ela disse.

A decepção me preencheu.

— Não pode tirar a noite de folga?

— Estive longe as últimas noites, lembra? Não posso me dar ao luxo de desaparecer. Isso está me deixando nervosa. Vou perder meus clientes.

Eu nunca tinha entendido tanto sua necessidade de manter esse emprego da forma como entendia naquela noite. Agora que vira o quanto ela tinha de responsabilidade, era claro por que ela precisava dessa renda regular. Com certeza, era muito mais dinheiro do que ela ganhava servindo mesas.

— Entendo completamente, Eden. Sinto muito por não compreender de imediato.

Ela pareceu sofrer.

— Acredite em mim, é a última coisa que quero fazer esta noite.

Me doía o fato de ela se sentir obrigada.

— O que acha de fazermos assim? Vou para o hotel e deixo você trabalhar. Aí amanhã, no início da noite, volto e levo você e Ollie para jantar antes de você ter que começar o trabalho da webcam.

Sua expressão se iluminou.

— Seria incrível.

— Há algum lugar específico que ele goste de ir? Não conheço a região.

— Sim. Há um restaurante que é no estilo self-service. Dá para escolher o que quiser de uma infinidade de opções. Ele gosta de poder sentir o cheiro de diferentes opções antes de tomar uma decisão, já que não consegue ver como elas são. Ele ama. Chama-se York's.

— Facinho, então. É onde nós iremos.

Passou um longo instante de silêncio enquanto só nos encaramos. Estar ali ainda parecia muito surreal. Tive a impressão de que ela queria me contar alguma coisa.

— Sei que Ollie mencionou Ethan — ela, enfim, disse. — Ele se mudou para Nova York.

— Entendo. Você nunca falou dele.

— Eu sei. — Ela pausou. — Ele é um dos motivos pelos quais estou muito relutante a me apegar a alguém. Ele conseguiu um emprego lá e queria que eu me mudasse. Falei para ele que não estava disposta a tirar Ollie de onde criou raiz. Meu irmão ama a escola dele, e é mesmo bem adequada para ele. Ethan teve que decidir se aceitava o emprego ou se ficava em Utah conosco, e ele escolheu o emprego. Realmente é só isso que tem nessa história.

Assenti. Não me surpreende que ela estivesse tão hesitante a levar as coisas mais longe comigo.

— Você ficou com ele há quanto tempo?

— Alguns anos. Ele foi no Ellerby's um dia. Foi assim que o conheci.

— Saiu com alguém desde então?

— Não. Nem uma única pessoa nos dois anos desde que terminamos.

— Então você não *esteve com* ninguém?

— Não estive, não.

— É bastante tempo. — Analisei sua expressão e pude ver as cicatrizes escritas por toda ela. — Ele realmente te magoou, não foi?

Ela respirou fundo.

— O término com Ethan foi minha primeira decepção de verdade. Ficamos juntos por um ano e meio. Ele me fazia sentir protegida, embora nunca esperasse que ele quisesse assumir tudo que vinha junto comigo. Sabe? É um saco quando você gosta de alguém, e a pessoa não escolhe você. Ao mesmo tempo, entendo totalmente por que ele foi embora.

Senti um aperto no peito e não conseguia identificar se era ciúme ou raiva dele por magoá-la e fazê-la pensar que ele tinha feito a escolha certa ao ir embora.

— Então você não trabalhava com a webcam nessa época, quando estava com ele?

— Não. Ainda não. — Ela deu risada. — Ele não faz ideia de onde me meti. Não falo com ele há muito tempo. Às vezes, dou risada, pensando nele me encontrando sem querer.

— Seria bom para o otário ver.

Ela deu risada e olhou para o relógio.

— Droga. Preciso colocar Ollie na cama e começar a me preparar. Desculpe.

Não queria ir embora, mas precisava deixá-la trabalhar.

— Não se preocupe comigo. Vou olhar uns e-mails de trabalho e dormir um pouco. Não dormi bem nos dois últimos dias.

— Porque estava preocupado comigo. É minha culpa.

— Não é… e sabe de uma coisa? Eu não mudaria nada quanto ao que me trouxe aqui para te ver.

Sua boca se curvou em um sorriso.

— Eu também não.

Comecei a andar na direção da porta. Meu coração martelava porque eu queria muito dar um beijo de boa-noite nela. Não me sentia assim desde que tinha catorze anos, no meu primeiro encontro, com tanta ansiedade. Mas não sabia se tinha problema beijá-la por inúmeros motivos. Um, eu não sabia se ela queria. Dois, desconfiava que seria viciante — quando eu começasse, não conseguiria parar e iria querer fazer muito mais do que beijá-la. Três, precisava realmente pensar se o que quer que estivesse acontecendo conosco se estendia à "vida real". Digamos que eu a beijasse… e aí? Tínhamos uma semana para transar e depois eu iria embora? Um beijo era um beijo… mas com Eden, significaria muito mais. Eu precisava tomar cuidado.

Ela ficou parada na entrada quando coloquei o pé para fora.

Com as mãos nos bolsos, eu disse:

— Virei lá para as cinco amanhã. Pode ser?

— Perfeito.

Eden se apoiou na porta, me encarando como se ainda estivesse chocada por minha presença ali. Me estiquei para pegar a mão dela e a beijei com firmeza, deixando meus lábios se demorarem em sua pele mais do que o normal. Esse era meu compromisso.

Depois de voltar para o hotel, falei para mim mesmo que não iria entrar na apresentação dela. Mas a curiosidade foi mais forte do que eu. Acabei chegando bem na parte em que ela tinha que tirar a blusinha. Foi tão difícil de assistir quanto pensei que poderia ser. Na verdade, foi mais difícil do que nunca.

Suas unhas estavam pintadas de vermelho. Elas não estavam dessa cor mais cedo. Meu coração começou a palpitar conforme me concentrei nas mãos dela massageando os seios e a imaginei apertando-os na minha pele... ou na de outra pessoa. Eu não assistia a sua apresentação há um tempo exatamente por esse motivo — não conseguia mais suportar a ideia de outros homens secando-a.

Isso era bastante irônico, considerando como nos conhecemos.

Na noite seguinte, a fila para entrar no York's estava comprida. Por mais que eu preferisse me sentar, pedir uma refeição e não ter que pegar minha comida como se eu estivesse em uma cafeteria de ensino médio, eu entendia totalmente Ollie querer sentir o cheiro de tudo.

Tinha demorado uma eternidade para chegar as cinco da tarde. Eu tinha passado o dia respondendo e-mails de trabalho e descarreguei um pouco da energia nervosa na academia do hotel. Dei algumas voltas na piscina também. Então minha mão fez um bom exercício no chuveiro quando me masturbei para aliviar a tensão.

Agora que eu estava com Eden de novo, estava claro que nada que eu tinha feito hoje tinha funcionado para acalmar a adrenalina que percorria o meu corpo. Ela estava maravilhosa sem nem precisar tentar — minha hippiezinha linda. Ela vestia um vestido de verão branco, longo e esvoaçante. O tecido era tão fino que eu conseguia praticamente ver através dele. Seu cabelo longo e cor de areia estava mais liso do que o normal. Ela devia ter feito escova. E estava usando um pouco de maquiagem, embora, normalmente, ficasse ao natural.

Ela colocou a mão no meu braço.

— Espero que goste deste lugar. Sei que provavelmente não é o que você teria escolhido.

— Aposto que é ótimo, se Ollie ama tanto. Se a fila andar um dia, vou conseguir descobrir.

— É sempre assim — Ollie disse. — Mas vale a pena pela comida.

— Confio na sua opinião, Ollie. Afinal, você adorou minha torta. É um homem de bom gosto.

Eden abriu um sorriso enorme para mim e, quando nossos olhos se encontraram, parecíamos sugados para nosso próprio mundo.

Porra, eu a quero.

Ali estávamos nós na fila daquele restaurante lotado, e eu só conseguia pensar em estar dentro dela. Ollie estava mexendo em seu iTouch, ouvindo alguma coisa. Parecia que Eden e eu éramos as únicas duas pessoas no ambiente.

Meu coração acelerou. Eu sabia que beijá-la naquele instante valeria o risco. Sem conseguir me conter mais, coloquei a mão em sua cintura e a puxei para mais perto de mim, sentindo, pela primeira vez, seus seios macios e naturais contra meu peito. Soltei uma respiração trêmula, porque seu corpo parecia muito bom contra o meu.

Ela segurou minha camisa e cravou as unhas no meu peito. Havia algo bem erótico nisso. Era como se ela lesse minha mente — eu tinha fantasiado exatamente sobre aquilo na noite anterior enquanto a assistia do hotel.

Seu olhar, finalmente, me deu a confirmação de que eu precisava. Devagar, me inclinei, e ela me puxou mais para perto. Seus olhos ficaram enevoados quando ela abriu os lábios, prontos para receber meu beijo.

O leve gemido que escapou na minha boca fez meu pau endurecer. E não havia volta quando comecei a devorar sua boca. Talvez essa não fosse uma ideia muito boa. Seus lábios eram incríveis conforme todos os sons do ambiente sumiram. Fui com tudo, escorregando a língua para fora a fim de prová-la totalmente e circulá-la em volta da dela.

Apesar de Ollie parecer estar em seu jogo, eu sabia que precisava parar antes de ele perceber alguma coisa ou de sermos expulsos do lugar.

Com relutância, me afastei, olhei para ela e falei sem emitir som:

— Foi muito bom.

— Eu sei — ela sussurrou.

Passei o polegar em seus lábios, faminto por mais.

— Ouvi vocês se beijarem — Ollie anunciou com indiferença.

O rosto de Eden ficou vermelho e nós dois nos viramos para ele.

Pigarreei.

— Ouviu, não é?

— Sim. Bem nojento — ele falou, sem tirar a atenção do seu equipamento.

— Não seja grosseiro, Ollie — Eden o repreendeu.

— Tudo bem — eu disse. — Ele tem direito de ter sua opinião. Eu costumava pensar que era nojento quando meus pais se beijavam. Entendo.

Ollie franziu o nariz.

— Por que as pessoas fazem isso?

Eden respondeu:

— É uma forma de demonstrar carinho.

— Por que simplesmente não se abraçam? É menos sentimental.

— Porque adultos gostam de beijar. Não temos que explicar o motivo — ela continuou.

Fiquei meio perplexo em como explicar isso a ele, mas queria tentar. Então um pensamento surgiu na minha cabeça.

— Posso tentar explicar. Talvez, quando você for mais velho, vai entender. Mas um abraço... é como sorvete, certo? Gostoso e doce. Muito bom. Mas um beijo, com a pessoa certa, é como um sundae completo com calda quente de chocolate, chantilly... a coisa toda. Faz você se sentir tonto. Sabe quando está comendo alguma coisa e, de repente, começa a gemer para si mesmo porque é muito bom? É assim que é o beijo.

— Me lembre de não pedir sundae de sobremesa.

Eden e eu olhamos um para o outro e demos risada.

Enfim, chegamos ao ponto da fila em que poderíamos pegar uma bandeja.

— Ollie, vou te usar como meu guia do que comer aqui. Vou seguir o especialista.

Depois de analisar adequadamente os aromas, Ollie selecionou uma salada com molho Mil Ilhas, frango assado com purê de batatas com alho e gelatina verde com chantilly para sobremesa.

Cumpri minha palavra e coloquei o que ele pegou na minha bandeja também.

Após pagar para nós, encontramos uma mesa estilo *booth* e nos sentamos.

Ollie tinha um grande apreço por comida. Ele comeu como se não houvesse amanhã. Tinha feito a mesma coisa com meu empadão de frango — comeu até o último pedaço no prato e repetiu. Pensei que, talvez, sem conseguir enxergar, seu paladar fosse mais desenvolvido. Comer se tornava muito mais importante e agradável.

Por mais que eu gostasse da comida, meu foco estava em Eden: observando-a curtir sua refeição e sentindo meu pau se mexer toda vez que ela lambia os lábios. Aquele foi o melhor beijo da minha vida, e eu estava morrendo de vontade de prová-la de novo.

Precisando desesperadamente distrair minha cabeça do sexo, perguntei:

— Então, Ollie é abreviação de alguma coisa?

— Olivier. Nossa mãe era parte francesa — Eden respondeu.

— Provavelmente é por isso que gosto tanto de batatas fritas — Ollie disse.

— Pode ser. — Dei risada. — Pensando bem, eu também amo batatas fritas, e sou um quarto francês. Você desvendou. Isso explica. Enfim, Olivier é um nome bem legal.

Conforme olhava entre eles dois, percebi que ele e Eden tinham o mesmo nariz. Fora isso, não se pareciam.

Quando Eden me flagrou encarando-a, ela corou. Se ela corava assim com um único olhar, me perguntei como seria sua reação se eu fizesse outras coisas com ela. Tínhamos feito coisas na câmera, mas havia uma diferença enorme entre intimidade virtual e real. Era estranho pensar que, por mais que ela tenha me visto *gozar*, nossos corpos nunca fizeram contato.

Ela não estivera com ninguém em *dois anos*. Apesar da natureza sexual do seu trabalho, essa garota tímida diante de mim era a Eden de verdade. Tudo que ela fazia em frente às câmeras era atuação; dava para ver isso agora.

Ollie interrompeu meus pensamentos.

— Podemos levar Ryder ao parque de trampolim?

Eden pareceu pensar nisso por um instante e respondeu:

— Acho que não é uma boa ideia devido aos seus pontos.

Baguncei o cabelo dele.

— Parque de trampolim, hein?

Ollie bebeu um pouco de limonada e assentiu.

— Chama-se Bounce. É superlegal. Fui lá uma vez para uma festa de aniversário.

— É — ela disse. — Mas era um grupo pequeno de crianças em uma parte reservada. Não podemos simplesmente ir sem marcar quando está aberto ao público. Será livre para todos, e alguma criança vai bater na sua cabeça. Você ainda está se recuperando.

Ollie pareceu decepcionado, porém assentiu, concordando.

— Tem razão.

Me perguntei quantas vezes Ollie tinha que abdicar de coisas para as quais crianças típicas não davam valor por causa da sua deficiência. Ele era muito maduro. A maioria das crianças de onze anos estaria incomodando os pais até conseguir o que queria. Mas só precisava falar uma vez para Ollie que ele chegava à conclusão de que Eden estava pensando no seu bem. Ele era um garoto muito bom. No pouco tempo que o conheci, minha admiração por ele era sem limites.

Cocei o queixo.

— Sabe do que gosto mais do que trampolins?

— Do quê?

— Apresentações de stand-up no YouTube. Quer ir para casa e ouvir algumas?

Ele sorriu.

— Sim.

De volta à casa de Eden, depois de eu ter me divertido com seu irmão por um tempo, me juntei a ela na cozinha enquanto Ollie ficava no quarto dele.

Ouvi, cuidadosamente, para saber se o som do seu aparelho tinha sido ligado de novo. Esse garoto tinha a audição bem sensível. Quando estava claro que ele estava entretido em algo que nos permitia um pouco de privacidade, olhei para Eden. Os olhos dela estavam enevoados, e eu sabia no que ela estava pensando. Eu também estava pensando nisso.

Dentro de segundos, minha boca estava na dela. Continuamos exatamente de onde paramos no restaurante. Era como se nosso beijo estivesse simplesmente à espera a noite toda, como se eu tivesse apenas apertado o botão para pausar.

O gosto dela era incrivelmente bom. Me sentia um adolescente — com tanto tesão e com tanta fome por ela conforme minha língua explorava sua boca. Eu não sabia o que fazer com as mãos, porque elas queriam tudo, tocar tudo ao mesmo tempo. Me contive ao passar os dedos por seu cabelo longo e lindo que cheirava a flores e coco.

Minhas mãos desceram por suas costas e pousaram em sua bunda. Eu a apertei forte e a puxei para mim.

Baixando a boca, comecei a chupar seu pescoço, parando a cada movimento para observar como sua pele estava mudando de cor do branco para rosado. *Porra, isso é muito excitante.*

Realmente tentei me fazer parar, porém não consegui resistir a baixar minha boca e devorar seu seio através do tecido do seu vestido. Seus mamilos estavam rígidos, despontando conforme eu circulava a língua por seu mamilo esquerdo.

Suas mãos foram para minha nuca enquanto ela me guiava de volta para cima e me puxava mais para sua boca. Os sons que ela fazia estavam me matando. Eu sabia que ela conseguia sentir minha ereção contra ela. Não havia como negar o quanto eu estava duro, e não havia nada mais no mundo que eu quisesse no momento do que fodê-la naquele balcão. Eu teria dado simplesmente qualquer coisa por isso, para envolver as pernas dela em mim e esvaziar toda a minha frustração nela.

No entanto, eu sabia que meu corpo estava indo bem à frente da minha mente. Embora a ideia de sexo com Eden estivesse *bem ali*, a distância entre a situação atual e esse cenário era como o comprimento de um campo de futebol.

Parei o beijo e enterrei a cabeça em seu pescoço.

— Eu quero você.

— Também quero você — ela arfou.

Olhei nos olhos dela.

— Não acho que você entenda o quanto.

A respiração de Eden se tornou mais pesada.

— Estou com medo.

— Eu sei. Foi por isso que parei, apesar de realmente não querer. Sei que você não está pronta.

— Quero dizer, você vai embora quando... em alguns dias?

— Vou embora, mas vou voltar.

— E aí?

Respondendo com sinceridade, eu disse:

— Não sei.

— Você vai ficar voando para cá e para lá, só para chegar à conclusão, em um ano, de que não vai dar certo entre nós?

— Eden, acho que está pensando muito lá na frente.

— Será? Não tem como isto funcionar. Não importa o quanto seja forte nossa atração um pelo outro, estamos em lugares diferentes na vida. Era por isso que eu não queria...

— Eu sei. Você não queria me conhecer. Violei nosso acordo vindo te encontrar. Não me arrependo disso nem por um segundo. Não sei o que vai acontecer amanhã. Não sei mesmo. Só sei o que sinto hoje. E sinto *muito* mais do que já senti na minha vida toda. Mas, mais do que qualquer coisa, me sinto grato. Estou grato por você estar bem. — Apontei na direção do quarto de Ollie. — Estou grato por ter sido abençoado com a presença desse garoto. Em um dia conhecendo-o, ele me inspirou tanto... a ir mais devagar, a ser uma pessoa melhor. — Passei o polegar por seu lábio inferior. — Estou grato por conseguir beijar estes lábios. Porque parte de mim acreditava que não haveria nenhuma chance de isso acontecer um dia.

Parecia que ela queria chorar.

— Ryder, também estou sentindo tanta coisa agora.

Eu a beijei forte antes de dizer:

— Me dê isso hoje. Só me dê isso hoje. Mas não se surpreenda se eu pedir a mesma coisa de você amanhã e no dia seguinte. Vai levar as coisas dia após dia comigo? Porque não estou nem perto de deixar você ir. Nem um pouco perto.

Seus olhos marejaram conforme ela me puxou para perto.

— Certo. Mas só hoje. E não se surpreenda se eu disser isso amanhã.

Amor On-line

CAPÍTULO 13

Eden

Eu estava trabalhando na hora da correria do almoço no Ellerby's quando Camille chegou por trás de mim na cozinha.

— Eden?

— Sim?

— Basicamente, o homem mais lindo que já vi na vida está na mesa do canto pedindo que você vá lá. Ele tem os olhos do Paul Newman. Você o conhece?

Sorri. *Ryder está aqui?*

— Sim. Eu o conheço. Esse é o homem que vai partir o meu coração.

Os olhos dela se encheram de empolgação.

— Você *vai ter* que me contar depois.

Após deixar alguns pratos em outra mesa, olhei para o canto e vi Ryder encarando seu laptop. Quando ele me viu, abriu um sorriso enorme.

— Como posso ajudá-lo, senhor?

— Há muitas maneiras de eu responder essa pergunta... — Ele se levantou da mesa.

— Do que está a fim?

— De novo, poderia responder de tantas formas. — Ele sorriu e apontou para sua bochecha. — Que tal um pouco de açúcar?

Dei um beijinho nele e indaguei:

— Quais são os planos para hoje?

— Quero levar vocês em um lugar depois que Ollie sair da escola.

Posso ir buscá-lo com você, e podemos ir direto de lá, a menos que você tenha que levá-lo para casa por algum motivo.

— Seria ótimo. Aonde vamos?

— É segredo. — Ele deu uma piscadinha. — Quero levar vocês para sair praticamente todos os dias em que eu estiver aqui, se não tiver problema.

— Claro. Apesar de que estava pensando que, na sua última noite, eu gostaria de fazer o jantar em casa... para te recompensar por cozinhar para nós. Já decidiu quando vai embora?

Ryder franziu o cenho.

— Meu pai marcou uma reunião que diz que precisa muito que eu vá na segunda-feira de manhã. Então eu gostaria de ficar até domingo e pegar o último voo possível de volta. — Ele deu uma olhada na minha cara e acariciou minha bochecha. — Eu vou voltar, Eden. Não se preocupe.

Ele tinha lido minha mente.

Assenti. Não era que eu não acreditasse que ele voltaria. Eu só não entendia como faríamos isso funcionar a longo prazo. Meu irmão era uma responsabilidade para a vida toda. Nossas vidas não eram coerentes com o estilo de vida viajante que Ryder tinha. Ele precisava ver o todo. Talvez não quisesse pensar nisso no momento, mas era uma coisa que eu não conseguia ignorar.

Ele se sentou no banco.

— Se não se importa, acho que vou só ficar por aqui até seu turno acabar, trabalhar um pouco.

— São mais três horas. Não vai ficar entediado?

— Tem internet aqui. Além do mais, posso olhar para você. Não fico entediado de te olhar. Exatamente o contrário... é bem empolgante, na verdade.

Sentindo minhas bochechas esquentarem, balancei a cabeça.

— O que vou fazer com você?

Ele fez careta.

— De novo, poderia responder essa pergunta de muitas formas.

Buscamos Ollie depois da escola e, conforme seguíamos no trajeto, Ryder se recusava a nos dizer aonde estávamos indo. Me fez pensar no que ele tinha na manga, principalmente porque não conhecia a região.

Quando estacionamos no lugar do trampolim, não entendi, porque havia dito a Ollie, na frente de Ryder, especificamente, que não poderíamos vir ao Bounce.

Ele sussurrou no meu ouvido:

— Antes de ficar brava, marquei para ele ter o próprio espaço, assim não vai se machucar.

Semicerrando os olhos em confusão, eu disse:

— O próprio espaço?

— Tecnicamente, reservei o lugar todo para nós.

Arregalei os olhos.

— O quê? Como conseguiu?

— Não se preocupe com isso.

Ryder devia ter gastado uma fortuna. Eu sabia que ele era rico, mas não queria que gastasse todo esse dinheiro conosco.

— Onde estamos? — Ollie, enfim, perguntou.

Respirei fundo, resolvendo ceder. Ollie iria surtar.

— No Bounce — respondi.

Ele gritou.

— Não acredito!

Ryder se virou.

— Você falou que queria vir aqui, certo?

— É, mas pensei que Eden tivesse falado que não.

— Bom, eu aluguei todo o lugar, então não precisa se preocupar com ninguém trombando em você.

— Como? — ele indagou.

Ollie não fazia ideia de como era ter dinheiro. Nós sempre tivemos que economizar para ter coisas legais.

— Mexi uns pauzinhos.

Quando entramos, havia, pelo menos, cinco pessoas vestindo a mesma camisa laranja neon em uma fila, como se estivessem nos esperando.

— Olá, sr. McNamara — um deles cumprimentou.

Ryder assentiu.

— Ei.

— O salão de festa está arrumado para vocês. E terão acesso a todos os trampolim. O lugar é seu. Só precisamos que um adulto assine uma autorização para ele. Também temos estas meias antiderrapantes para todo mundo.

Ryder me entregou o formulário para preencher.

— Eden?

Ollie estava, compreensivelmente, confuso.

— Salão de festa? Não é meu aniversário.

— A única forma de reservar este local é para festas de aniversário — Ryder explicou. — Então, pedi para nos darem todas as coisas de festa também. Vamos ganhar pizza e bolo para vinte pessoas. Se eu tivesse mais tempo, teria convidado seus amigos, mas queria fazer uma surpresa, e também me lembrei de que é mais seguro para você se não tiver mais ninguém perto, para que ninguém trombe em você. Quando é seu aniversário, de qualquer forma?

— Foi há alguns meses.

— Viu? Eu perdi. Então, parabéns.

Foi bom ver o sorriso do meu irmão.

Assinei a autorização, depois comecei a tirar as meias de Ollie a fim de colocar as que eram necessárias.

Ollie olhou para Ryder.

— Você vai pular comigo, não vai?

— Ah, claro. Sua irmã também vai. — Ryder abriu um sorriso para mim que mostrava um vislumbre de sua criança interior.

— Podemos pular primeiro, Ryder? Depois comer? — Ollie perguntou.

— Como quiser.

Entreguei a Ryder um par das meias especiais.

— Todos nós temos que usá-las.

Ele as analisou.

— Ouviu, Ollie? Eles fazem meias para o Pé-grande aqui.

Ollie deu risada.

Subimos a escada para o espaço maior do local. Era apenas uma série de trampolins conectados, retangulares e retos. O espaço era praticamente do tamanho de uma quadra de basquete.

Ryder ficou de olho em Ollie, para que eu não precisasse fazer muita coisa exceto segui-los enquanto admirava a vista. A maneira como os jeans de Ryder abraçavam sua bunda era absolutamente divina. Me perguntei se teríamos um tempo sozinhos mais tarde, porque eu queria muito provar seus lábios de novo. Só conseguia pensar nisso.

Conforme o via pular com meu irmão, percebi que Ryder, no fundo, era uma criança. Eles contavam até três para coordenar a queda de bunda exatamente no mesmo tempo.

Resolvi me aventurar para longe, tirando um tempo para mim mesma em um dos trampolins do outro lado no andar. Pulei o mais alto que queria, me sentindo mais feliz e mais livre do que me sentira em muito tempo. Mas eu sabia que, provavelmente, tinha pouco a ver com o fato de voar livremente no ar e tudo a ver com o homem pulando de bunda como um bobo no outro lado.

Quando, enfim, voltei para eles, o rosto de Ryder se iluminou quando ele me viu.

Ele deu um tapinha na barriga quando se virou para Ollie.

— Não sei vocês, mas eu estou morrendo de fome. Querem ir comer?

Ollie foi diminuindo o salto e parou.

— É. Também estou com fome.

Descemos para o salão de festa. A mesa estava posta com algumas caixas de pizza, uma jarra de suco de frutas, pratos e copos de papel. Em uma mesa no canto tinha um bolo retangular enorme que era para representar um trampolim. Tinha umas pessoinhas em cima.

Depois de abrir o apetite, nós devoramos uma pizza inteira em um segundo. Ollie estava comendo sua fatia de bolo quando puxei Ryder de lado.

— Não sei como te agradecer o suficiente por esta tarde. Ninguém nunca fez nada assim por ele. Mas, por favor, não sinta que precisa desse tipo de coisa para fazê-lo feliz. Ele ficaria igualmente feliz com uma pizza em casa.

— Eu fiz porque quis. Queria fazer algo divertido que ele normalmente não tem. Me deixa ainda mais feliz do que ele. Juro, não vou fazer extravagâncias o tempo todo.

— Deve ter custado uma fortuna.

— Qual é o benefício de ter dinheiro se não pode usá-lo para fazer as pessoas felizes? Sabe quanto dinheiro gastei ao longo dos anos dando festas para pessoas que nem conheço? Este dia me trouxe mais alegria do que já senti em muito tempo.

Agarrei sua camisa.

— Como poderei te agradecer?

— De novo... poderia responder isso de muitas formas. — Ele deu uma piscadinha.

— Sei exatamente como vou fazer isso.

Ele se inclinou e me beijou na bochecha.

— Ah, é? Me diga.

— Vou tirar a noite de folga.

Ele desceu a mão para a minha bunda.

— Não precisa fazer isso.

— Eu quero. Mais uma noite sem trabalhar não vai me matar. Não quero trabalhar quando poderia passar este tempo precioso com você.

— Você não vai me ouvir reclamar disso, Eden.

Ryder puxou meu rosto para o dele e deu um beijo demorado na minha boca. Ele mordeu meu lábio inferior. Minha calcinha estava ficando mais molhada a cada segundo. O lugar não era apropriado para perder o controle. Eu poderia tê-lo beijado infinitamente, porém fui afastada pelo som da voz do meu irmão.

— Eca... beijo — Ollie disse.

Não tinha percebido que ele conseguiria ouvir, já que estávamos do outro lado do espaço.

— Há alguma coisa que você não escute? — perguntei a ele.

Fomos até Ollie, de mãos dadas.

— Me desculpe — Ryder falou. — Mas gosto *muito* de beijar sua irmã.

Meu irmão franziu o nariz.

— Sério?

Ryder deu risada, colocando a mão na minha perna e apertando-a. Aquele simples gesto fez meu corpo inteiro enfraquecer.

Ele se virou para Ollie.

— Quando terminar seu bolo, quer ir para outra rodada de trampolins?

— Nós podemos?

Ryder apertou minha perna de novo.

— Sim. Temos o lugar todo até as seis.

Ollie colocou seu garfo de plástico no prato.

— Então, sim, vamos!

Desta vez, Ryder e eu demos as mãos conforme pulamos à frente de Ollie, cedendo a ele um pouco de espaço.

Conforme eu pulava de mãos dadas com esse homem lindo ao meu lado, me sentia no topo do mundo.

Depois de colocar Ollie para dormir naquela noite, convidei Ryder para entrar no meu quarto. Era a primeira vez que ele entrava no lugar em que eu trabalhava.

Ele olhou em volta.

— Então este é o famoso quarto de Montana Lane.

— Sim. — Suspirei, meio nervosa por ele estar vendo tudo. — É aqui.

— É menor do que parece de longe.

Liguei as luzes brancas de Natal.

— É...

— É estranho estar aqui dentro, mas de um jeito bom — ele disse. — Este quarto tem sido como um sonho para mim por muito tempo.

Ele continuou explorando o espaço. Os olhos dele pousaram em um tubo de lubrificante na minha mesa. Eu sabia no que ele estava pensando, e detestava que isso o incomodasse. Também não consegui deixar de notar a protuberância enorme em sua calça. Ele estava muito excitado.

Era a primeira vez que estávamos sozinhos enquanto Ollie dormia. Queria tanto Ryder que meu corpo doía. Queria sentir seus lábios em todo lugar, queria sentir seu pau entrando e saindo de mim. Eu sabia, sem sombra de dúvida, que, se ele tentasse transar comigo naquela noite, eu cederia. Seria impossível resistir — não só porque eu não transava com nada exceto um vibrador há dois anos, mas porque nunca tinha desejado um homem como o desejava. Como eu não conseguia resistir, parte de mim torcia para ele não tentar. Seria o melhor para mim a longo prazo — principalmente, se ele retornasse a Los Angeles e voltasse a pensar com razão.

Então ele viu minha caixa de camisinhas.

Merda.

Será que pensava que eu estava mentindo sobre minha seca? A verdade sobre aquelas camisinhas era quase ridícula demais para acreditar.

Ryder ergueu os pacotinhos e levantou a sobrancelha.

— Só no caso de precisar?

— Na verdade, tenho um cliente que... gosta de me ver colocá-las em bananas.

— Está falando sério?

— Muito sério. E está longe de ser a coisa mais estranha que as pessoas já me pediram para fazer.

— Que porra há de errado com as pessoas? Uma banana? — Ele envolveu as mãos em mim e me puxou para um abraço. — Pelo menos não é uma berinjela.

Dei risada no seu pescoço, aliviada por ele estar deixando tudo leve.

— Minha linda *cam girl*. — Ele se afastou para olhar para mim antes de envolver minha boca com a dele.

Minhas pernas ficaram fracas quando eu sussurrei acima dos seus lábios:

— Eu sou de verdade.

— Você é mais de verdade do que poderia ter imaginado.

Meu coração acelerou no peito.

De repente, ele recuou e colocou a mão entre meus seios.

— Nossa, Eden. Seu coração está batendo muito rápido. Está nervosa?

Decidi ser sincera com ele.

— Um pouco.

— Acha que vou tentar transar com você agora mesmo? É isso? Porque deveríamos realmente conversar. Não vou te pressionar a nada. Você não está pronta. Sei disso.

— Não é que eu não queira... é exatamente o oposto. Estou com muito medo de dar esse passo... com você indo embora.

— Entendo. Acho que nós dois saberemos quando for o momento certo. Então, respire fundo e saiba que só quero passar um tempo com você. Não precisa se preocupar quanto a fazermos algo para o qual podemos não estar preparados esta noite. Só quero ficar com você.

Uma mistura de alívio e decepção me percorreu conforme tomei a iniciativa de roubar outro beijo. Não havia nada igual aos seus lábios quentes e macios nos meus junto com o formigamento da barba por fazer em seu queixo.

Ryder andou pelo quarto de novo e começou a pegar alguns dos meus acessórios. Rimos muito quando ele colocou o boá de penas no pescoço. Ele abriu um sorriso travesso para mim, e eu queria pular nele.

O clima ficou significativamente mais leve ao longo da meia hora seguinte.

Ele pegou meu violino e o entregou para mim. Toquei enquanto ele ficou sentado com os olhos fechados e absorveu cada nota de *Fanfare Minuet*.

Em certo momento, ele encontrou um par de algemas que estava jogado — outro acessório. Antes de eu poder impedi-lo, ele as abriu e trancou em uma de suas mãos na cabeceira da cama.

— Não! — gritei, mas era tarde demais.

— Só estou brincando. — Ele deu risada.

— Mas não tenho as chaves!

O sorriso dele desapareceu.

— O quê?

— Não faço ideia do que fiz com elas.

— Está falando sério?

Demos tanta risada que estávamos chorando.

— Bom, então acho que estou preso aqui esta noite.

Me deitei ao lado dele.

— Na verdade, eu não queria que você fosse embora, de qualquer forma.

— É mesmo? — Seu tom era sugestivo.

— Estava torcendo para você passar a noite aqui.

— Então tudo isso funcionou, o fato de eu estar amarrado à cama. É isso que está dizendo?

— Funcionou. Talvez, mais tarde, eu vá procurar um grampo e tente te libertar. Mas, por enquanto, meio que gosto desta situação.

Ele piscou sedutoramente.

— Sinta-se à vontade para se aproveitar da minha vulnerabilidade.

Até os cílios dele eram lindos.

Deus, perder você não vai ser fácil.

— Não me provoque — eu disse antes de me inclinar e dar outro beijo.

Ryder se deitou, com a mão ainda presa. Me aconcheguei nele. Deitar em seus braços — ou braço — era o paraíso.

Conversamos por bastante tempo e demos risada enquanto ele me contava histórias sobre alguns atores que tinham participado dos filmes do seu pai. Contou um pouco sobre seu amigo peculiar, Benny, que, às vezes, repete o que quer que a pessoa com quem está conversando está dizendo antes de ele responder.

Contei mais sobre minha mãe, como fomos só nós duas por muitos anos até ela conhecer Javier, um jovem da Costa Rica que tinha viajado para lá a fim de estudar no exterior. Depois que ele voltou para casa, minha mãe descobriu que estava grávida. Ollie nasceu, e a vida nunca mais foi a mesma.

Também me abri para ele sobre o dia em que minha mãe foi assassinada. Minha mãe sofreu uma pancada na cabeça certa noite a caminho de casa voltando do trabalho. Até então, eu nunca tinha revelado nenhum detalhe específico a ninguém.

O fato de nós dois termos perdido nossa mãe era com certeza algo que nos unia. No entanto, Ryder tinha um pai presente, enquanto o meu nunca estivera por perto. Minha mãe havia sido uma musicista e artista supertalentosa e linda, mas, quando se tratava de homens, seu julgamento deixava a desejar.

— Há uma coisa que acho que nunca mencionei sobre *minha* mãe — Ryder disse. — Não consigo parar de pensar nisso desde que conheci Ollie.

— Ollie? Por quê?

— Ela morreu devido a um melanoma ocular. É um tumor que se forma nos melanócitos, que dão cor aos olhos. É um tipo muito raro de câncer do olho. Na verdade, minha mãe ficou cega de um olho.

Cobri a boca.

— Ai, meu Deus.

— É. Quando conheci Ollie e descobri que ele era deficiente visual, como pode imaginar, pensei na minha mãe. E, então, pensei de novo na música que você estava cantando quando nos conhecemos. Nessa conexão.

— Que estranho, Ryder. Mas lindo ao mesmo tempo.

— Eu sei. Sempre senti que era meu destino encontrar você, Eden. Mas não mais do que agora. — Ele encarou meus olhos por um tempo. — Posso pedir para procurar um grampo para que eu possa libertar esta mão? Quero muito te abraçar com os dois braços.

Dei um tapa na minha testa.

— Sim! Claro. — Eu tinha me esquecido totalmente de que ele estava preso à cama.

Após quinze minutos mexendo nas algemas, finalmente consegui tirá-las dele.

Quando o libertei, pensei na ironia de deixá-lo ir; eu tinha mesmo que aprender a *não* me apegar a esse homem.

Amor On-line

CAPÍTULO 14

Ryder

Minha última noite em Utah chegou mais rápido do que eu estava preparado.

Eu tinha conseguido não estragar tudo e me descontrolar com Eden até então. Mas essa era a última vez que estaríamos juntos por um tempo. Seria um milagre se eu conseguisse ser resistente.

Sabia que ela precisava ver se isso poderia dar certo antes de aceitar o próximo passo comigo. Não poderia culpá-la, nem poderia lhe garantir nada nesse momento. Não sabia exatamente *como* iríamos fazer dar certo. Só sabia que queria tentar.

Eu havia deixado o hotel desde a noite em que me algemei sem querer à cama de Eden. No dia seguinte, ela resolveu tirar a semana de folga da webcam até eu ir embora, o que foi uma grande decisão. Tentei convencê-la de que estava perfeitamente bem continuar trabalhando enquanto eu estava ali, mas, depois de nos conectarmos em seu quarto naquela noite, ela jurou se concentrar em mim até eu ter que voltar para a Califórnia. Embora eu não quisesse que ela perdesse dinheiro, isso significou muito.

Passamos o sábado inteiro, meu último dia completo, com Ollie, levando-o a uma exibição de som no Museu da Ciência e assistindo — ou melhor, ouvindo — a um filme. Então Eden fez uma lasanha maravilhosa, e ela, Ollie e eu ficamos sentados à mesa por um tempo após o jantar.

O clima ficara triste enquanto comíamos. O plano era que nós três ficássemos juntos no dia seguinte na casa e que tivéssemos uma manhã de domingo preguiçosa antes de eu ter que pegar o voo de volta para a

Califórnia. Pensar em ir embora fazia meu peito doer.

Eden e eu tínhamos acabado de colocar Ollie na cama e estávamos acomodados no quarto dela para dormir. Eu havia servido duas taças de vinho, e ela colocou uma música suave. Poderia ter sido romântico, exceto pelo fato de que eu só conseguia pensar em colocar a cabeça entre as pernas dela e lhe dar o melhor orgasmo da sua vida. Era só o que eu queria fazer. Me comportara bem a viagem toda, mas, cara, na última hora, quando eu sabia que ia embora no dia seguinte, só conseguia pensar em enterrar o rosto na boceta dela. Realmente não queria mais ser bonzinho.

Ela sentiu algo enquanto estávamos deitados na cama.

— No que está pensando?

— Não sei se deveria te dizer. Pode ser que você saia correndo daqui.

— Me diga.

— Tem certeza?

— Sim.

Descansei a cabeça em seu pescoço e disse:

— Ok, então. Quero comer sua boceta mais do que quero minha próxima respiração. — Olhei para cima a fim de avaliar sua reação.

Seu rosto inteiro ficou corado, mas senti que foi de uma boa maneira conforme ela mordeu o lábio inferior e disse:

— Ok.

— Ok, tipo sim, aceita?

— Sim. — Ela arranhou meu peito. — Com uma condição.

— Qual?

— Eu também fazer oral em você enquanto você estiver fazendo em mim.

O rosto de Eden ficou extremamente vermelho. Eu sabia que ela conhecia essa conversa suja por causa do seu trabalho, mas, cara, eu adorava vê-la corar.

— Tenho praticamente certeza de que acabei de quase gozar na calça, Eden. Não pode falar assim comigo.

— Não goze. Não desperdice dessa forma. Quero que goze na minha boca. — Seu rosto ficou ainda mais vermelho.

— Certo, dessa vez quase me descontrolei. Não pode falar essas coisas para mim.

Eu a puxei e soltei uma respiração desesperada em sua boca.

Porra.

Eu precisava disso.

Nós dois precisávamos disso.

Ela começou a tirar o short conforme nos beijamos. Acho que eu nunca tinha tirado meu cinto tão rápido na vida. Minhas inibições estavam morrendo a cada segundo.

Nosso beijo se aprofundou enquanto ela se atrapalhou para tirar meus jeans. Minhas bolas doíam. Eu estava muito pronto.

— Eden! — Ouvi do lado de fora da porta.

Ela pulou.

— Ollie? — Ela pegou o short e o colocou antes de correr para a porta.

Merda.

Rapidamente, recoloquei a calça e apertei o cinto. Apesar da interrupção, meu pau estava dolorosamente duro.

Ela abriu a porta, e Ollie estava parado ali com a mão na barriga.

— Não me sinto muito bem.

Eden se ajoelhou e colocou os braços em volta dele.

— O que foi?

— Minha barriga.

— Acha que vai vomitar?

— Sim.

— Droga. Certo. — Ela começou a agir imediatamente. — Vamos para o banheiro.

Eden o levou para o banheiro e, logo depois, ouvi os sons de vômito.

Pobrezinho.

Fui até o banheiro.

— Precisam de alguma coisa?

— Não. Ele vai ficar bem.

A cabeça dele estava metade dentro do vaso sanitário quando ele murmurou:

— Oi, Ryder.

— Ei, amigão. Sinto muito por estar passando mal.

Lentamente, ele se levantou, e Eden o levou até a pia para lavar as mãos dele.

— Normalmente, durmo no quarto dele quando ele está doente — ela revelou.

— Claro. Faça o que precisa fazer.

— Sinto muito — ela sussurrou.

— Não seja tola, Eden.

— Ryder vai passar a noite aqui? — Ollie perguntou.

— Sim. Não estava a fim de voltar para o hotel.

— Pode dormir no meu quarto comigo em vez de Eden?

Ela tentou intervir.

— Não queremos que Ryder fique doente.

— Não estou preocupado com isso — garanti a ela. — Não vomito desde que era criança. Acho que sou imune mesmo. Adoraria dormir com Ollie, ficar de olho nele esta noite.

— Não precisa — Eden insistiu.

Tentando meu máximo para fazer contato visual com ela no escuro, eu disse:

— Eu *quero*.

Ela continuou olhando para mim, como se me esperasse mudar de ideia.

— Tem certeza?

— Absoluta.

Roubei um último beijo dela antes de pegar a mão de Ollie e o seguir para seu quarto. Apesar de não poder enxergar, ele sabia andar pela casa, que conhecia muito bem. Eden tinha mencionado que esse era um dos motivos pelos quais ela não podia se mudar, porque seria difícil demais para ele se adequar ao novo layout.

Eden nos seguiu para o quarto dele com um balde enorme.

— Mantenha isto ao lado da cama no caso de ele vomitar de novo.

— Pode deixar — eu disse conforme Ollie e eu nos deitamos na cama dele.

Segurei a mão de Eden antes de ela sair e a apertei. Ela se abaixou para onde eu estava deitado e me beijou. Preferiria estar fazendo o que começamos no quarto dela, mas sabia que eu era mais necessário ali.

As coisas ficaram quietas por um bom tempo até eu ouvir a voz de Ollie.

— Não consigo dormir.

Me virei para ele.

— Provavelmente é porque está pensando demais. Quando me concentro em não conseguir dormir, nunca consigo. — Apoiei o queixo na mão. — Como está se sentindo?

— Ainda meio enjoado, mas melhor depois de ter vomitado.

— Que bom.

Ollie respirou fundo algumas vezes. Me perguntei se havia mais alguma coisa incomodando-o além da insônia.

— O que há de errado, Ollie?

Após muitos segundos, enfim, ele me revelou.

— Você vai voltar mesmo?

Demorei um instante para responder.

— Sim. Posso prometer isso enquanto sua irmã me quiser.

— Vou sentir sua falta.

— Também vou sentir sua falta.

— Ethan falou que voltaria para me ver, mas nunca voltou. Tenho medo de que eu nunca mais vá te ver.

Merda. Como eu poderia discutir com ele quando sua experiência pessoal embasava a teoria de eu nunca retornar?

Soltei uma longa expiração e pensei em como era melhor explicar.

— Relacionamentos de adultos são complicados, Ollie. Tenho certeza de que Ethan não teve intenção de quebrar a promessa para você. Mas talvez fosse difícil para ele ver você sem ter que ver sua irmã. Quando adultos terminam, as coisas podem ficar estranhas entre eles. Às vezes, eles podem ficar tristes ao verem a outra pessoa de novo, então, por mais que, provavelmente, ele queira ver *você*, é difícil demais por ter que ver Eden também.

Apesar das minhas palavras, eu não acreditava que esse Ethan tivesse qualquer desculpa para deixar Ollie na mão. Ele poderia ter voltado para ver Ollie se quisesse. Poderia ter sido homem e suportado, pelo bem do pobre garoto. Poderia ter encontrado outro jeito de manter contato.

— Você vai terminar com a Eden?

Queria garantir a ele que isso não aconteceria, porém Eden e eu nem estávamos tecnicamente juntos, e as coisas eram mais complicadas — totalmente no ar neste momento. A sinceridade seria a melhor política.

— Não sei o que o futuro reserva para sua irmã e para mim. Tudo ainda é meio que novo. Mas posso te dizer que gosto bastante dela... muito. E sei que só conheço você há poucos dias, mas também gosto muito de você.

Após as palavras saírem da minha boca, me perguntei se deveria tê-las dito. No entanto, eram a verdade.

— Também gosto de você, Ryder.

Eu sorri.

— Obrigado, amigão. Não posso prever o que vai acontecer. Mas posso escolher ser sempre sincero com você. Juro nunca mentir para você ou te falar uma coisa e fazer outra. E posso prometer que você e eu podemos ser sempre amigos, independente de qualquer coisa. Vou te dar meu e-mail e o número do meu celular. Pode me ligar ou me escrever quando quiser, certo?

— Sério?

Cuidado, Ryder.

— Sim. Claro. Não tem motivo para não podermos manter contato.

— Legal.

Ele ficou em silêncio por um tempo, mas ainda estava inquieto. Comecei a mexer meus lábios, fazendo meu famoso som de grilo.

Grilo.

Grilo.

Grilo.

Ollie pulou.

— O que é isso?

Tentando não rir, parei só o suficiente para dizer:

— Não sei — e continuei.

Ele se sentou.

— Parece que tem um grilo no meu quarto.

— Parece.

— Mas para toda vez que você fala.

— Ele deve gostar da minha voz.

Grilo.

Grilo.

Grilo.

— Como está fazendo isso, Ryder?

Parecia que eu não conseguiria enganá-lo. Eden tinha conseguido *ver* meus lábios quando testei com ela, e ainda assim demorou mais tempo para descobrir do que Ollie.

— Quem falou que estou fazendo isso?

— Dãã. É óbvio. Mas é muito bom.

Dei risada.

— Valeu, cara.

— Você deveria testar com Eden. Aposto que ela vai acreditar.

— Já a enganei, cara.

Ele deu risada.

— Que bom.

Ficamos deitados em silêncio por um tempo. Então Ollie colocou a mão no meu peito, acima do coração. Poderia ter sido um pequeno gesto, mas foi significativo. Ele estava depositando sua confiança em mim.

E eu esperava merecê-la.

CAPÍTULO 15

Ryder

Utah parecia um sonho agora.

Eu havia pegado o voo mais tarde de volta para L.A. na noite de domingo, então pude passar o máximo de tempo possível com eles.

Falar tchau para Eden foi difícil pra caramba, mas continuei dizendo a mim mesmo que voltaria para St. George na próxima oportunidade que tivesse.

Naquele domingo à noite, parecia estranho estar de volta à minha casa enorme e vazia — à minha cama enorme e vazia.

Eu a desejava ainda mais agora que estivera em sua presença. Eden e eu nunca tivemos chance de explorar nada sexualmente, e parte de mim sabia que estávamos melhor tendo esperado, mas eu estava morrendo por dentro, sentindo que tínhamos negócios inacabados que eu mal conseguia esperar para finalizar.

Mas aí aquela voz dentro da minha cabeça me disse para aguentar as pontas, me lembrando de que Eden tinha deixado claras suas preocupações. Ela não queria se envolver com alguém que a abandonaria mais tarde. Eu ainda tinha muita coisa para pensar, então, de muitas formas, era bom estar de volta em L.A. por um tempo para clarear minha mente.

Ainda assim, os seis dias que eu passara com eles tinham me mudado. Qualquer hora que eu olhava para algo interessante, pensava no fato de que Ollie não conseguia ver. O que uma vez pareceu uma necessidade — a visão — era, na verdade, um luxo. Todas as coisas superficiais que julgamos ao olhá-las eram inúteis e vazias no mundo de

Ollie. Me via fechando os olhos simplesmente para ouvir os sons à minha volta, apreciando-os muito mais.

Na segunda cedo, me preparei para encarar Lorena. Eu tinha lhe mandado mensagem de Utah a fim de avisá-la de que estava tudo bem, que tinha encontrado Eden viva e bem. Como ela era a única pessoa que sabia a verdadeira natureza da minha viagem, senti que lhe devia, pelo menos, isso. Mas não tinha lhe dado muitos detalhes. Era demais para contar, então resolvera lhe dizer pessoalmente quando voltasse.

Mas como iria começar a explicar tudo para ela? Tinha certeza de que ela tinha todo tipo de ideias loucas rodando em sua cabeça sobre como havia sido minha viagem. Provavelmente, me imaginara balançando no teto, fazendo sexo lascivo a semana toda com minha "modelo nua".

Mal sabia ela o quanto isso estava longe da verdade.

Lorena tinha acabado de fazer café quando entrei na cozinha.

— *Mijo*, estava morrendo de vontade de te ver. Isto é muito melhor do que as *telenovelas* a que assisto. O que aconteceu com a garota?

Respirei fundo.

Seus olhos cintilaram de um lado a outro do meu rosto.

— Uau.

— O que foi?

— Você está... brilhando ou algo assim.

— Brilhando? Não sou a porra de uma mulher grávida. O que quer dizer com *brilhando*?

— Quero dizer brilhando. Não sei outro jeito de descrever. Parece que seu rosto está iluminado, como se estivesse de uma cor diferente da que já vi. O que ela fez com você?

Esfreguei o rosto na tentativa de apagar esse suposto brilho.

— Pare de viajar. Ela não fez nada. Essa é a questão. Nós não fizemos *nada*.

— Nada de brincadeirinha depois de tudo isso?

— Não. Nenhuma. Só nos beijamos.

— Isso é meio vergonhoso. O que houve?

Passando os dedos pelo cabelo, não consegui deixar de rir quando respondi sua pergunta.

— A vida empurrou minha bunda. Foi isso que houve.

— O quê?

Lorena ouviu intensamente quando lhe contei a história toda da minha viagem — de Ethan a Ollie.

Ela balançou a cabeça.

— Esta é a última coisa que esperei que fosse me contar. Uau... um garotinho.

— Ele é um ótimo garoto, mas tem bastante medo de abandono. É por isso que preciso ter cuidado. Não dá para brincar com isso. O último namorado de Eden ficou com ela por dois anos e, depois, arranjou um emprego em Nova York. Nunca voltou. Ollie tinha se apegado a ele. Acho que levou para o lado pessoal quando o babaca não entrou mais em contato com ele. É uma merda mesmo.

Ela me deu um olhar de alerta.

— Você não quer que isso aconteça de novo.

— Não quero, não.

— Parece que Eden tem o prato cheio.

— É. Não tem muito espaço para mais nada.

— Aposto que ela *abriria* espaço para você. — Lorena riu.

— Ela não acha que poderia funcionar, e não tenho certeza se discordo totalmente.

— Ela não acha que você iria querer fazer funcionar. Se há uma vontade, há um caminho.

Processei isso por um tempo.

— Olha, sei como ela me faz sentir, mas tudo isso se trata de fazer sentido nesse cenário. Meu trabalho é aqui. A vida dela é lá. E tem o Ollie. — Parei para refletir sobre a última semana. — Ele é... tão esperto. Falei para ele que poderíamos manter contato, independente do que aconteça.

— Parece que você já está preparando-o para o pior, como se já tivesse se decidido.

— Não sei o que fazer. Tudo que sei é que não estou pronto para deixá-la ir.

— Então você tomou uma decisão de se divertir um pouco com ela e deixá-la ir mais tarde?

A forma como ela falou soou bem horrível. Mas ela tinha razão? Será que eu estava querendo transar com Eden, me divertir e, então, gentilmente, seguir caminho separado quando, enfim, conseguisse colocar na minha cabeça-dura que não poderíamos dar certo?

— Meu trabalho exige que eu esteja aqui. Ela já desistiu de um relacionamento porque não poderia se mudar. Como isso pode dar certo?

— Bom, com certeza, não vai funcionar se você acredita que não vai.

— Estar aqui faz eu poder ver coisas com um pouco mais de clareza, de como seria difícil. Mas, quando estou com ela, não consigo imaginar estar em outro lugar.

— Ela não estaria disposta a se mudar?

— Acho que não. Ollie ama muito a escola em St. George. É uma escola para deficientes visuais.

Lorena jogou um pano em mim.

— Sabe o que eu acho?

— O quê?

— Acho que é cedo demais para se preocupar. Você falou que foi sincero com o menino. É tudo que pode fazer. Não deve uma decisão a ninguém. O tempo vai dizer como você realmente se sente. Só não faça a ninguém nenhuma promessa que não possa cumprir, e ficará bem.

Soltei uma respiração frustrada.

— É.

— Se essa garota é tão incrível como você diz, vai aparecer o cara certo para ela e para esse garotinho. Ela ainda é muito jovem.

Suas palavras me acertaram no estômago, me deixaram com muito ciúme. Me perguntei se foi de propósito da parte dela. Eu não queria que ninguém *mais* aparecesse. Não conseguia descobrir como fazer isso funcionar logisticamente, mas não estava nem perto de esquecer essa ideia.

De repente, coloquei a mão na barriga. Parecia que minhas entranhas estavam se revirando. Primeiro, pensei que fosse o estresse de pensar na situação com Eden. Mas, assim que a onda de náusea me percorreu, ficou rapidamente claro que eu estava prestes a vomitar.

Corri para o banheiro da cozinha o mais rápido que pude e vomitei no vaso sanitário.

Lorena me seguiu.

— Você está bem?

Com as mãos em cada lado do vaso, olhei para ela, tonto e confuso.

— Isso é estresse? — ela perguntou.

Conforme me apoiei no vaso, não consegui deixar de rir. Todos esses anos, imaginara que estivesse imune a vomitar. Eu só não tinha conhecido o garoto certo de onze anos de idade com o vírus certo.

Poderia ter voltado para L.A., porém Ollie definitivamente ainda estava comigo.

Embora ainda enjoado, de alguma forma, consegui me impedir de vomitar no trabalho.

Meu pai tinha levado um consultor para a reunião naquela manhã. O cara falava sobre a situação da indústria. Não gostei de ter vindo para casa para essa besteira.

Ele só ficava enrolando.

— Lembram de uma época em que as pessoas costumavam amar ir ao cinema, e pagariam felizes por isso? A indústria de filmes está afundando porque, pura e simplesmente, os filmes são péssimos. O único motivo para levar alguém ao cinema ultimamente é se você é um cara que está tentando dar uns amassos. Alguma coisa precisa mudar na qualidade dos filmes que são exibidos por aí, ou a indústria cinematográfica vai acabar.

Rolei por meus e-mails enquanto ele estava falando e vi que tinha chegado algo de Ollie.

Uma mensagem de Ollie Shortsleeve usando Voice-Text300:
Querido Ryder,
Testando. Sou eu, Ollie.

Era tudo que dizia.

Dei risada sozinho. Isso era muito legal. Discretamente, digitei uma mensagem de volta para ele.

Oi, Ollie,
Adivinhe? Estive pensando muito em você. Não só porque sinto a falta de vocês, mas também porque peguei seu vírus estomacal. Tudo bem você achar engraçado. Agora que não estou abraçando o vaso sanitário, também estou achando engraçado.
O que está fazendo nesta manhã?
Ryder

Voltei a ouvir o consultor, que continuou a me entediar. Meu pai estava fingindo estar entretido, apesar de eu desconfiar de que ele estava arrependido da decisão de trazê-lo, já que o cara ainda não tinha oferecido nenhuma solução para os problemas que ele era tão bom em destacar.

Surgiu uma resposta de Ollie na minha caixa de entrada e, de novo, isso roubou minha atenção.

Uma mensagem de Ollie Shortsleeve usando Voice-Text300:

Oi, Ryder,

Estou ouvindo uns vídeos e mandando e-mail para você. Eden está fazendo o café da manhã.

Que bom que me falou que eu poderia rir, porque é bem engraçado você vomitar. Estou beeem melhor agora. Espero que melhore logo.

Obs.1: Estou falando no meu app de voz para texto para escrever isto. É por isso que não há erros de escrita.

Obs.2: Sinto sua falta. Eden também.

Fechei os olhos e imaginei Eden na cozinha, debruçada no fogão com sua legging justa. Imaginando o cheiro do seu cabelo, inspirei, mais uma vez consciente do fato de que eu estava fechando os olhos para ter sentimentos e sensações, algo que eu estava fazendo muito mais ultimamente.

Depois que a reunião acabou, o consultor saiu da sala, me deixando sozinho com meu pai.

— Você parecia distraído — ele disse.

— Era para eu prestar atenção nesse lixo? Ele não tinha nada além de provocações. Você também não pareceu impressionado por ele.

Ele mudou de assunto.

— Como foi sua viagem?

— Muito boa.

— Espero que tenha superado o que te fez viajar.

Longe disso.

— O nome dela é Eden. E não a superei. Vou voltar em algum momento.

Ele balançou a cabeça como se discordasse completamente do que eu acabara de falar.

— Preciso mesmo que se concentre. Não pode tirar semanas de folga de vez em quando para visitar mulheres em outros estados.

Eu não esperava que ele entendesse.

— Qual é o benefício das férias se não posso usá-las? Nunca tirei folga até a semana passada. Trabalho pra caramba. Não acumulei um monte de férias até agora?

— Os McNamara não tiram folga. Quando eu tinha sua idade, não estava tirando férias. Todo o meu tempo era gasto construindo minha carreira. E é exatamente isso que você deveria estar fazendo. Pode relaxar quando tiver a minha idade.

— Isso é ridículo porque você não diminuiu nada.

— É, bom, é diferente agora... sem sua mãe. As coisas poderiam ser diferentes se ela estivesse aqui para viajar comigo. Mas o trabalho tem feito bem para mim. Não vejo isso mudando em breve. Algum dia, quando você estiver verdadeiramente pronto para assumir meu lugar, posso diminuir um pouco. É por isso que estou te pressionando tanto agora. — Ele ergueu o dedo. — Falando nisso, preciso conversar com você sobre a próxima parte da Operação Assumindo o Mercado Global.

Me preparei.

— Qual é o próximo passo?

— China.

— China?

— Sim, China. Você parece quase tão empolgado quanto quando te contei que iria para a Índia.

— Bom, de novo, você me pegou desprevenido. Qual é o negócio com a China?

— Há algumas empresas de tecnologia chinesas querendo investir em nosso estúdio. Elas estão buscando parcerias no momento. Já colaboraram com grandes nomes. Precisamos fazer isso. Marquei para você se reunir com duas empresas diferentes quando for visitar no próximo mês.

Eu sabia que não adiantava discutir para me livrar dessa viagem, apesar do meu recente desdém por viagens internacionais. Meu pai parecia mais determinado do que nunca a expandir meu papel na empresa. Eu precisava me conter e obedecer. Ia descobrir um jeito de casar essa viagem à China com meus planos de voltar para St. George.

Não importava quanto eu tentasse não xeretar a apresentação de Eden, era difícil resistir quando estava sozinho na cama e não tinha nada melhor para fazer a não ser esperar nossa conversa no Skype à meia-noite.

Algumas noites depois de eu voltar de St. George, cedi ao desejo de ver o que estava acontecendo.

Quando entrei, lá estava ela, sentada com as pernas cruzadas e conversando com alguns seguidores. Fiquei imediatamente aliviado por não a ter flagrado sem camiseta nem nada assim.

Ela não pareceu perceber que eu tinha entrado. Eu preferia quando ela não sabia que eu estava assistindo. Eden admitiu que o fato de eu estar lá a deixava nervosa agora que ela sabia que esse trabalho me incomodava.

Rapidamente fiquei cativado, imergindo em seu mundo tão facilmente quanto acontecera no início.

Ela estava respondendo perguntas. Um cara estava lhe perguntando o que ele deveria usar no primeiro encontro.

— Você deve usar o que te deixar confortável — ela disse. — O que quer que te faça sentir confiante. Se for o tipo de cara de jeans e camiseta, então arrase com essa roupa, sabendo que está mostrando a ela sua autenticidade. É muito importante ser você mesmo.

Eu não sabia como ela tirava essas coisas do nada em um segundo, mas era um verdadeiro talento, porque ela nem sequer parava para pensar.

Os sons do token enlouqueceram de repente. Os visualizadores tinham colocado coletivamente o suficiente para ela tirar a blusa.

Engoli em seco, ansioso, sabendo que, normalmente, não demorava muito para ela dar a eles o que queriam.

Obviamente, Eden tirou a camiseta. Abriu o sutiã nas costas e deixou seus seios volumosos ficarem livres.

Caralho.

Eu estava com tanta saudade dela. Detestava isto. Detestava pra caramba.

A curiosidade mórbida levou meus olhos à seção de comentários.

AdamAnton555: Você tem os peitos mais lindos que já vi.

LouisGator1: Queria poder chupá-los.

ElliotMichael33: Adoraria escorregar meu pau entre eles agora e gozar por toda a sua pele cremosa.

Falei para a tela.

— Eu adoraria socar você até te fazer dormir.

Embora eu soubesse que isso fazia parte do negócio, ler todas as coisas que esses babacas queriam fazer com ela me deixava louco.

Quando ela terminou seu pequeno show e recolocou a camiseta, impulsivamente, comprei dois mil tokens e os coloquei tudo de uma vez. Quando ela olhou para baixo e viu meu nome, ficou de todos os tons de vermelho.

Mas ela atuou, fingindo que eu era só um dos caras.

— ScreenGod! Quanto tempo.

Resolvi ser engraçadinho.

ScreenGod90: É dinheiro suficiente para uma conversa particular?

Eu sabia muito bem que era mais do que suficiente e ainda sobrava.

Eden fingiu estar tranquila e se despediu dos seus visualizadores, prometendo voltar ao fim do nosso tempo particular.

Me preparei, imaginando que ela ficaria brava comigo por interferir.

A recepção que tive foi exatamente o contrário.

— Como sabia que eu precisava te ver?

— Não sabia. Estava com um ciúme do cacete e me descontrolei, mas, se queria fugir, então nós dois vencemos.

— Duas mil moedas, Ryder? Está louco? Eu teria parado de graça se você tivesse simplesmente me pedido.

— Uma conversa particular vale muito mais para mim.

— Nem vi você entrar. Há quanto tempo estava me assistindo?

— O suficiente para ficar bravo. Mas fui furtivo. Entrei de fininho quando estava dizendo àquele idiota como se vestir.

Ela colocou a mão na testa.

— Ai, meu Deus. Sei.

— Se um dia eu precisar te perguntar como me vestir, faça a si mesma um favor e me dê um pé na bunda.

Ela deu risada, mas depois mudou o tom.

— Te dar um pé na bunda? Sequer *tenho* você?

De repente, o clima ficou tenso. A pergunta dela foi séria.

— Você me tem. Me teve desde a primeira vez que me olhou nos olhos e falou meu nome. É muito louco o quanto você me tem.

Sua expressão se contorceu.

— Estou com saudade de você.

— É doloroso estar longe de você de novo.

— Eu sei — ela disse.

— Não estou a fim de te compartilhar esta noite... ou nenhuma noite, na verdade. Nunca me senti tão possessivo assim com alguém. Não sei o que está havendo comigo. Me sinto tão descontrolado com meus sentimentos.

— Meu trabalho não é exatamente uma situação normal para alguém ter que lidar. Acho que está reagindo bem. Estou te colocando em uma posição difícil.

— Você está fazendo o que precisa fazer, e te admiro por isso. Mais do que sabe.

— Não vou voltar a trabalhar esta noite. Só vou ficar on-line e conversar com você. Você me pagou o suficiente para uma semana.

— Faça o que *você* quiser, ok? Não o que acha que eu quero.

Ela tirou a blusa antes de retirar o short e a calcinha.

— O que está fazendo, Eden?

— Você falou para fazer o que eu quero.

Ela estava ofegante, e seus olhos estavam vidrados. Parecia que estava com muito tesão. Meu pau estava duro pra caramba enquanto a vi abrir as pernas, sua boceta brilhando me provocando.

— Quero que me mostre o quanto me quer. E quero ouvir você gemer e me ver gozar, Ryder.

Porra. Pensei que já estivesse duro, mas meu pau se enrijeceu ainda mais.

— Deite-se — eu disse.

Eden se posicionou para que conseguisse massagear o clitóris enquanto me via me masturbar. Apesar de já termos feito isso, havia algo muito desesperado desta vez. Acho que nós dois estávamos no limite depois de sermos interrompidos antes de eu ir embora da casa dela.

Conforme puxava meu pau, falei:

— Você é tão gostosa, linda. Nunca quis tanto foder alguém como quero te foder. Eu te quero muito agora. Mal consigo pensar direito.

Não havia maior excitação do que o som do seu gemido enquanto ela se tocava ao me ver me masturbando.

Lambi a mão para umedecê-la para que eu pudesse imaginar que era sua boceta molhada. Fechei os olhos e imaginei qual era o cheiro dos seus feromônios. Nós dois estávamos completamente envolvidos no momento.

Quando abri os olhos, ela estava apertando o peito com uma mão enquanto massageava o clitóris com a outra.

Caralho, isso é excitante.

As pernas dela começaram a tremer antes de ela gemer de prazer. Eu adorava que ela não dava a mínima se eu estava ou não pronto. Ela simplesmente gozou.

— Eden... Eden... Eden... — Soltei uma respiração bem longa, que eu nem tinha percebido que estava prendendo, conforme meu gozo espirrou aos montes.

Ela assistiu a cada segundo. Continuei me massageando até as últimas gotas.

Me joguei na cabeceira, momentaneamente saciado, mas sabendo que esse sentimento de satisfação teria vida curta.

Ficamos ali deitados em silêncio por um tempo. Em certo momento, ela se levantou e vestiu a camiseta de novo.

— Então, Ollie me contou que vocês estão trocando e-mails — ela disse finalmente.

— Sim. Ele é muito legal. — Me perguntei se ela estava brava por isso. — Espero que não tenha problema para você. Falei para ele que poderíamos manter contato.

— Sei o que falou para ele... que estaria lá para ele independente de qualquer coisa.

Meu tom foi insistente.

— Não estou tentando ultrapassar os limites. Simplesmente não vi motivo para ele e eu não podermos manter contato, mesmo que...

— Mesmo que as coisas não funcionem conosco — ela completou, na defensiva.

Pausei.

— É.

— Você *sabe* que Ethan falou para ele a mesma coisa, certo?

Foda-se o Ethan.

— Sim. Mas não sou Ethan. Não sou um idiota. Nunca faria nada para magoá-lo.

— Não de propósito. Mas a vida acontece. Merdas acontecem. Ele e eu não estamos acostumados com as pessoas permanecendo. Infelizmente, esse é o normal para nós. Ethan, meu pai, o pai de Ollie... nenhum homem nunca permaneceu na nossa vida. Meu irmão e eu não temos ninguém a não ser um ao outro, então não estamos exatamente condicionados a acreditar nas pessoas quando dizem que permanecerão.

Doía ouvir isso.

— Eu sei. Entendo. — Inclinando-me, eu falei: — Você nunca mencionou seu pai, só que ele nunca esteve por perto.

— É, bom, não há muito o que mencionar. Minha mãe sabia mesmo como escolher. Ambos os homens dos quais ela engravidou estavam passando pela cidade na época.

— Ele está vivo?

— Meu pai é um andarilho. Nunca ficou em um lugar mais do que um ou dois anos. O último lugar em que ouvi que ele estava foi Dakota do Norte.

— Você nasceu em Utah?

— Não. Nasci em Montana. Minha mãe era de lá. Ela era uma estudante pobre quando o conheceu. Eles tinham mais ou menos a mesma idade. Ele foi embora depois que descobriu que ela estava grávida. Ele voltou uma vez quando eu tinha cinco anos. Mas, na época, eu não sabia que era ele. Minha mãe o apresentou como seu amigo Lane. Ela só me contou anos depois quem ele realmente era.

Montana.

Lane.

Montana Lane.

Porra.

— Uau — eu disse.

Apesar de Eden estar minimizando seus sentimentos, o fato de ela ter escolhido o nome do pai para seu nome de *cam girl* falava alto. Ela foi muito mais magoada pelo abandono do pai quanto estava demonstrando.

Outro motivo para eu ir com muita cautela.

Uma semana depois, era sexta à tarde quando o itinerário da China chegou na minha caixa de entrada. Meu pai tinha agendado duas semanas inteiras de reuniões lá para mim. Eu partiria em um mês.

Ainda não havia comprado uma passagem para St. George. Embora quisesse muito ver Eden, o trabalho estivera muito corrido. Talvez ela tivesse razão. Talvez isso não pudesse funcionar, independente do quanto eu quisesse.

Conforme encarava minha caixa de entrada, chegou uma nova mensagem. Era de Ollie.

Uma mensagem de Ollie Shortsleeve usando Voice-Text300:
Ryder,

Ontem à noite, ouvi grilos do lado de fora. Pensei que talvez você tivesse voltado. Mas, quando fui até a janela, chamei seu nome e você não estava lá. Eram só grilos.

Ollie.

Obs.: Você vai voltar?

Isso apertou meu coração. Meus dedos se demoraram no teclado por um tempo, mas eu não sabia o que falar para ele. Então me contive de responder, jurando enviar uma mensagem depois.

Eram 17h30, e decidi que já estava cansado do dia, então entrei no meu carro e fui embora.

Meu plano original era ir para casa e dormir para compensar meu sono.

Mas, quando cheguei à minha saída, passei direto, permanecendo na estrada.

Falei para mim mesmo que tinha perdido a saída sem querer, porém eu sabia muito bem que tinha sido de propósito.

Eu estava indo direto para o aeroporto.

CAPÍTULO 16

Eden

Ollie estava terminando um copo de leite quente, coisa que eu lhe dava com frequência perto da hora de dormir.

— Mandei e-mail para o Ryder hoje — anunciou. — Mas ele não respondeu como normalmente faz.

Meu coração quase parou.

— Bom, tenho certeza de que ele só está ocupado. Talvez ainda não tenha recebido.

— É, talvez.

Agora Ollie ansiava pelos e-mails de Ryder todos os dias. Por mais que eu não quisesse que Ryder desse corda para meu irmão porque não acreditava que ele pudesse manter isso para sempre, era muito fofo ver o rosto de Ollie iluminado quando ele me contava sobre as mensagens. Você pensaria que era o próprio Gilbert Gottfried respondendo o e-mail ou algo assim.

O app de Ollie tinha um botão que ele poderia apertar para ler em voz alta qualquer e-mail que recebesse. Eu sempre me divertia ao ouvir a voz robótica soando como as palavras de Ryder.

O problema era que Ollie poderia ser um pouco obcecado. Ele não sabia o quanto Ryder era ocupado em L.A., e Ryder agora tinha acostumado Ollie a esperar um e-mail todos os dias. Não era realista esperar que isso continuasse infinitamente. Apesar de eu, certamente, me identificar com as esperanças irrealistas.

— Está ficando tarde — eu disse. — É melhor colocarmos você para dormir.

— Mas quero esperar para ver se ele responde.

— Não pode esperar a noite toda. Talvez, se você for dormir, acorde com um e-mail.

Por mais que eu detestasse manter as esperanças dele vivas assim, não poderia deixar Ollie passar muito da hora de dormir porque eu precisava começar minha apresentação. Eu sempre esperava até ele estar dormindo, então em algumas noites começava tarde. Tinha sorte do meu irmão não ter o sono leve. As poucas vezes que ele tinha acordado durante meu show e batido à porta, eu havia pausado para atendê-lo. Mas, em geral, ele dormia quase em qualquer situação.

De repente, a campainha tocou. Era estranho a essa hora da noite. Apesar de eu, provavelmente, ter que olhar pela janela primeiro, abri a porta e, imediatamente, me arrependi quando vi um homem que não reconhecia parado ali.

Meu coração acelerou e, instintivamente, fechei um pouco a porta para que só minha cabeça aparecesse.

— Posso te ajudar?

Ele sorriu, mostrando suas covinhas proeminentes.

— Não quis te assustar. Sou Christian. Acabei de me mudar para o outro lado da rua. Parece que recebi sua encomenda. Queria devolver.

Quando ele me entregou, fiquei envergonhada. O pacote estava aberto. Era um vibrador que eu tinha encomendado.

Envergonhada pra caramba.

— Desculpe — ele pediu. — Abri antes de ver que o nome no pacote não era da minha avó.

Olhei para o negócio pink de silicone, observando as palavras na caixa: *Embrulhado para seu prazer.*

— Bem, isto é embaraçoso.

O rosto de Christian ficou um pouco vermelho.

— Não fique com vergonha. Por favor.

Mais de perto, dava para ver que ele era só um pouco mais velho do que eu. Tinha olhos castanhos grandes e lindos e um sorriso bonito. Na verdade, ele era bem bonito.

— Onde exatamente você mora do outro lado da rua?

Ele apontou.

— Na casa cinza bem ali.

— Aquela é a casa de Mary Hannigan. Aconteceu alguma coisa com ela? — Mary era uma mulher com uns noventa anos que morava do outro lado da rua há mais de sessenta anos. Ela e minha mãe tinham sido próximas.

— Oh, não. Desculpe por te assustar. Sou o neto dela. Moro a algumas horas ao norte daqui, mas trabalho remotamente, então posso passar um tempo onde eu quiser. Me mudei para cá temporariamente para ficar de olho nela. Ela tem estado mais devagar ultimamente.

— Entendi. Bom saber que não aconteceu nada.

Ele se demorou na porta. Senti que, talvez, estivesse sendo grosseira ao não convidá-lo para entrar, porém não tinha muito tempo até começar a apresentação. Apesar de que Ollie não estava nada pronto para dormir, então, provavelmente, ele ficaria acordado mais um pouco, e eu teria que começar tarde.

Dane-se...

— Você quer entrar?

— Claro. Adoraria. — Christian me seguiu para dentro da casa.

— Quer um chá ou café? — perguntei.

— Café seria excelente, se não for incomodar muito.

— Nem um pouco. Tenho uma cafeteira de cápsula, então é fácil.

Coloquei a mão na cabeça de Ollie.

— Este é Ollie, meu irmãozinho. Ollie, este é Christian, o neto de Mary. Ele vai morar do outro lado da rua por um tempo.

— Oi. — Ollie acenou. — Sou cego.

De vez em quando, quando eu apresentava Ollie a pessoas novas, ele sentia a necessidade de começar com "Sou cego". Acho que falar logo o fazia sentir melhor.

Christian sorriu.

— Bem, obrigado pelo aviso. Muito prazer em te conhecer, Ollie.

— Você deve ter imaginado, mas...

— Agradeço por me dizer.

— Preciso ir dormir. Não vou sair porque você é chato nem nada.

— Não vou levar para o lado pessoal. — Ele deu risada.

Pedi licença para ajudar Ollie a se arrumar para dormir antes de voltar à cozinha, onde Christian tinha se sentado à mesa.

Fiz o café de Christian e o entreguei, e ele disse:

— Uau. Você é ocupada, hein?

— É. Tenho a guarda dele desde que nossa mãe morreu.

— Espero que não se importe, mas minha avó me contou tudo. Ela estava me contando sobre sua mãe, então eu já sabia sobre Ollie. E ela te acha maravilhosa. Agora entendo por quê.

Me senti corar um pouco com o elogio.

— Obrigada. Ela que é incrível.

Christian me lembrava alguém, aí percebi que era o ator Henry Cavill. Se eu não estivesse tão atraída por um certo ScreenGod, poderia ter uma queda por ele. Mas, no momento, eu só tinha olhos para Ryder McNamara.

— Minha avó também me contou que, quando você tinha carro, costumava levá-la às compras. Obrigado por isso.

— É. Meu carro estragou há um tempo, e não tive tempo para substituí-lo. Agora ando para todo lado. Provavelmente, é por isso que estou tão magra.

— Você está perfeita.

Ok. Definitivamente, ele está flertando comigo.

Seus olhos se demoraram nos meus antes de ele olhar para baixo de repente.

— Desculpe. Isso meio que só saiu.

— Não se preocupe. Obrigada pelo elogio.

Ele deu um gole no café.

— Bom, eu tenho um carro, então, se um dia precisar de carona para qualquer lugar, me avise, ok?

— Obrigada. Agradeço por isso.

Nos próximos minutos, Christian me contou um pouco sobre seu trabalho como desenvolvedor de sites. Era fácil conversar com ele, e eu gostava de não ser a única adulta no lugar, para variar. Olhei para o relógio e calculei que tivesse mais uns dez minutos até ter que expulsá-lo para poder trabalhar.

A campainha tocou, e me assustei. Duas pessoas aparecendo na porta em uma noite era uma raridade. Com Christian ali, me senti confiante para me levantar e atender.

Quando abri a porta, parecia que meu coração ia explodir. Antes de eu sequer poder processar, Ryder tinha me puxado para seus braços e me beijado tão apaixonadamente que senti que ele estava devorando minha alma.

Eu estava em choque. Choque total. Tão chocada que, quando ele finalmente me soltou, estava tonta. Praticamente tinha me esquecido de que havia outro homem na minha casa.

Os olhos de Ryder dispararam para a área atrás de mim, e me virei e vi Christian em pé.

Ryder engoliu em seco, parecendo que tinha levado um soco no estômago. Seu humor tinha ficado totalmente sombrio.

— Quem é este?

Eu tossi.

— Este é Christian. Acabei de conhecê-lo, na verdade. É o neto da minha vizinha. Veio entregar minha encomenda que chegou lá sem querer.

Ryder entrou na casa, e seus olhos foram para as duas xícaras de café na mesa da cozinha. Ele ficou em silêncio.

— Christian, este é Ryder, meu...

Quando hesitei, Ryder disse:

— Namorado.

Ok, então.

Christian respirou fundo.

— É um prazer te conhecer.

Em vez de oferecer a mão, Ryder cruzou os braços.

— Igualmente.

Então, os olhos de Ryder pousaram no vibrador saindo do pacote aberto no balcão da cozinha.

— O que é isto? — ele perguntou, erguendo-o.

— Oh... — Dei risada nervosa. — Infelizmente, foi isso que Christian entregou. Foi enviado para sua avó, Mary, sem querer. Bem vergonhoso.

Ele só estava me encarando agora.

— Entendi.

As coisas não poderiam ter ficado mais bizarras. Me sentia horrível. Eu só conseguia imaginar o que isso parecia para ele.

Christian uniu as mãos.

— Bom, é melhor eu ir e deixar vocês dois terem um pouco de privacidade. — O olhar dele viajou de volta para mim. — Foi mesmo um prazer te conhecer, Eden.

— Igualmente.

Ele olhou para Ryder.

— Foi um prazer.

Ryder enrijeceu a mandíbula e assentiu, porém não falou nada enquanto Christian saía da casa.

Deus, por que eu tinha convidado Christian para entrar? Nunca teria escolhido magoar Ryder assim.

Me virei para ele.

— Por que não me contou que estava vindo?

— Queria te fazer uma surpresa. Infelizmente, fui eu que tive a surpresa.

Eu sabia que, se havia um momento para colocar meu orgulho de lado, era aquele. Esse homem tinha vindo da Califórnia para me fazer surpresa, só para me encontrar tomando café com outro cara. Mesmo que não significasse nada, ele tinha *todo* direito de estar chateado.

Coloquei as mãos no rosto dele.

— Me escute. Eu sei o que pareceu, mas não havia absolutamente nada acontecendo. Precisa confiar em mim. Passei a semana inteira péssima, sentindo uma saudade louca de você. Então, quando Ollie falou que não havia tido notícias suas hoje como normalmente tem... Não vou mentir... Fiquei meio paranoica. Agora sei que é porque você estava no avião. Sou louca demais por você, Ryder.

Ele encarou meus olhos por bastante tempo. Eu esperava que ele pudesse enxergar a verdade neles.

Seus ombros relaxaram.

— Senti que já estava enlouquecendo, aí vi você com ele. Eu só...

Passei os dedos pelo cabelo dele, e ele fechou os olhos.

— Eu teria me sentido igual se tivesse viajado só para chegar e ver você tomando café com uma mulher. Entendo. Mas isso não muda o fato de que o que você viu não teve significado.

— Reagi exageradamente, mas a verdade é... este é o tipo de merda que vai acontecer quando eu não estiver por perto. Sempre haverá outro cara tentando te fisgar. Você é um bom partido, Eden. Acho que não percebe, porque é modesta.

Revirei os olhos.

— Ah, é... com minha bagagem e meu trabalho maluco? Sou um partido e *tanto*.

— Seu irmão não é bagagem. Ele é puro ouro. E seu trabalho foi como te conheci, por mais que eu o deteste às vezes, sou grato pra caramba por ele. Você é linda e esperta. E aquele cara estava fazendo graça para você, independente de você perceber isso ou não. Não posso culpá-lo, mas ainda quero matá-lo.

Ergui a sobrancelha.

— *Namorado*, hein?

— Sei que não conversamos muito sobre isso, mas eu não iria perder uma oportunidade de reivindicá-la.

Ele olhou para o relógio da minha cozinha.

— Você está atrasada para o trabalho.

— Não posso trabalhar com você aqui.

— Pode, sim. E vai. Quero te assistir.

Isso me pegou de surpresa.

— O quê? Pensei que isso te incomodasse.

A voz dele foi rude.

— Incomoda... mas quero te assistir mesmo assim.

— Depois de me dizer como se sente quanto ao meu trabalho, como poderia querer testemunhar... *tudo*?

— Curiosidade mórbida? — Ele colocou uma mecha de cabelo atrás da minha orelha. — Quero ver tudo, sem barreiras. Quero te assistir ficar pronta. E, então, quero assistir ao seu show, cada segundo dele.

Embora fosse totalmente contra, não iria negar nada a ele naquela noite.

— Ok — eu disse.

A tensão no ar era densa conforme Ryder me seguiu para o quarto. Dava para sentir o calor emanando do seu corpo, e os cabelos da minha nuca se arrepiaram. Seu perfume flutuava pelo ar, só o seu cheiro já me excitava. Não queria trabalhar naquela noite. Queria só ficar deitada na cama com ele.

Ele se sentou na cadeira no canto. Embora parecesse exausto do voo, ainda estava sexy pra caramba ao se recostar e me encarar. Seu cabelo estava perfeitamente bagunçado, e ele usava uma camisa de botão. Estava vestido exatamente como imaginei que se vestisse quando trabalhava e lidava com Hollywood. *Gostoso pra caramba*. Ele deve ter embarcado no avião direto do trabalho.

Alguns botões foram abertos na parte de cima da camisa, e suas mangas estavam arregaçadas. O relógio que ele estava usando devia ter custado milhares de dólares.

Ele relaxou mais na cadeira.

— Me mostre tudo. Me conte o que faz para se preparar.

Seu olhar sexy me deixava um pouco nervosa e me excitava ao mesmo tempo.

— Primeiro, tiro a roupa e visto outra calcinha. — Pego uma pilha de calcinhas da minha gaveta e a coloco no colo dele. — Você tem preferência?

Ele passou os dedos por elas e pegou uma de renda azul-royal.

— Esta. Com certeza.

Os olhos dele seguiram enquanto tirei minha calcinha de algodão e a joguei para o lado antes de vestir a de renda.

Ele engoliu em seco quando tirei minha camiseta e abri o sutiã. A respiração de Ryder acelerou. Ele lambeu os lábios conforme meus seios se libertaram.

— Você é tão linda — ele murmurou.

Continuou me observando intensamente colocar uma camisola e pentear o cabelo na penteadeira. Através do espelho, eu conseguia vê-lo atrás do meu reflexo. Quando nossos olhos se encontraram, ele abriu um sorriso sexy para mim que me deu arrepios. Eu ainda não sabia o que estava acontecendo entre nós, mas estava muito feliz que ele tinha voltado.

Me virei para encará-lo.

— Certo, estou pronta. Tem certeza de que quer assistir?

Ele gesticulou com o dedo indicador.

— Venha aqui primeiro.

Meus mamilos se enrijeceram conforme me aproximei dele. Ele me puxou para seu colo para que eu montasse nele na cadeira. Seu pau estava explodindo dentro da calça, tão duro quanto era possível imaginar. Apertei meus músculos em volta dele e pude sentir minha umidade passando pelo tecido da calcinha.

Ele mexeu meu corpo no seu colo, me apertando nele. Puxou meu rosto para perto, porém parou rapidamente de me beijar e sussurrou:

— Quero que pense em mim a cada segundo que estiver on-line esta noite. Pense no quanto estou duro por você, e saiba que estarei aqui te esperando quando terminar.

CAPÍTULO 17

Ryder

Demorou um tempo para ela relaxar em seu personagem normal de *cam girl*. O fato de eu estar ali a estava deixando nervosa. Mas, depois de uns trinta minutos, ela começou a reagir.

Olhava para mim de vez em quando e trocávamos sorrisos. Até consegui me impedir de intervir depois que ela tinha tirado a blusa por cinco minutos. Porém, a cada segundo que passava, meu desejo por ela ficava mais forte. A necessidade de tocá-la ficava mais forte. A necessidade de roubá-la daqueles estranhos ficava mais forte.

A última prova de resistência aconteceu quando um cara pediu uma conversa particular.

Eden deixou seu público tempo suficiente para sussurrar para mim:

— Tem certeza de que quer assistir?

Eu não sonharia em deixá-la agora. Por mais difícil que eu sabia que seria, estava dentro.

— Sim — respondi.

— Certo. — A respiração dela estava rápida. — Mas só se lembre de que estou pensando em você a cada passo, ok?

Ela voltou para a cama e clicou no que quer que usasse para trocar para a conversa particular.

Estava sentada com as pernas cruzadas e sorriu quando pareceu vê-lo na tela.

— Oi, Greg.

Vá se foder, Greg.

— *Ei, Montana. Você está linda esta noite, como sempre.* — Eu o ouvi dizer.

Não dava para ver o rosto dele porque o computador estava virado.

— Obrigada. Como foi seu dia?

— *Bem estressante.*

Eles conversaram um pouco e, na verdade, estava meio entediante. Eu estava viajando até ouvi-lo dizer:

— *Adoraria olhar para sua bunda esta noite.*

Isso chamou minha atenção. Parecia que todo o sangue do meu corpo tinha ido para o rosto de repente. Caralho. Eu estava enganado. Não conseguia suportar isto.

Eden olhou para a frente conforme tirava a calcinha. Então ela ficou de quatro e colocou a bunda para cima. Eu nunca a tinha visto desse ângulo. Como eu não conseguia ver o homem na tela, tentei esquecer que ele estava lá por um instante e me concentrar nela.

Então veio a voz dele de novo.

— *Goze enquanto eu bato uma para a sua bunda.*

Meu corpo se enrijeceu. Precisei de toda a minha força de vontade para não explodir com a combinação de ciúme e tesão. Isso era uma prova de resistência — na qual eu não tinha certeza se ia passar. Ela tinha me falado para lembrar que estava pensando em mim, mas era difícil demais. Me recusava a me tocar, a voluntariamente gozar pelo fato de outro homem estar gozando com ela — embora eu estivesse duro pra cacete.

Encarando sua bunda, eu estava pronto para explodir.

Então chegou a um ponto em que tinha cansado. Não conseguia mais aguentar, e não se esperava que nenhum homem em sã consciência no meu lugar suportasse isso.

Eu queria dar àquele homem a surpresa da sua vida, mostrar a ele a quem essa garota realmente pertencia.

Então o fiz.

Ela virou a cabeça e me viu me aproximando da cama. Eu tinha feito isso em silêncio suficiente para ela poder ter me impedido se quisesse. No entanto, ela não se mexeu.

Quando vi, minha boca estava na bunda dela, devorando a pele da sua bunda e mordendo-a gentilmente.

— *Puta merda.* — Ouvi o homem dizer.

Dei risada internamente. *Não estava esperando por isso, não é, seu mala?*

Me recusando a olhar para ele, virei Eden de barriga para cima e enterrei o rosto entre as pernas dela. Lambi sua pele macia antes de pressionar a língua em seu monte lindo, lambendo-a para cima e para baixo do clitóris até sua bunda conforme ela se contorcia debaixo da minha boca.

Ela segurou meu cabelo e o puxou, guiando meu rosto para ela.

Porra, isso.

Comecei a fodê-la com a boca, desesperadamente reivindicando-a com a língua. Sua respiração acelerou. Isso me disse que ela adorou, então continuei, tão entretido que tinha praticamente me esquecido de que o cara estava me observando comê-la. Com certeza, Eden parecia alheia a qualquer coisa além de mim.

— Espero que tenha gostado do show. — Me ergui por tempo suficiente para desligar o computador sem nem olhar para ele.

Ela acabou por esta noite. Decidi isso.

Eden pareceu não se perturbar por meu cancelamento repentino do seu show.

Interrompemos a programação para...

Os olhos dela estavam famintos conforme começou a desabotoar minha camisa.

Pele com pele, estávamos nos beijando intensamente, mal subindo para respirar enquanto ela tentava tirar minha calça.

Ela envolveu as pernas nas minhas costas e puxou meu cabelo, nunca interrompendo nosso beijo.

Eden enfiou os dedos nos meus ombros ao dizer:

— Me foda, Ryder. Por favor...

— Tem certeza disso? — perguntei, torcendo para que ela dissesse sim. Era a única hora em que eu perguntaria para ela.

— Sim. Tomo pílula. Está tudo bem contanto que você...

— Estou limpo. — Recuei para olhar em seus olhos quando terminei a frase dela.

Porra, sim.

Quaisquer dúvidas que eu pudesse ter tido se ela estava ou não pronta foram enterradas debaixo do intenso desejo de estar dentro dela naquele momento. O mundo poderia ter desmoronado ao meu redor, e eu não teria conseguido parar.

Tirei minha boxer e deixei meu pau inchado se libertar.

— Preciso de você, Eden. Está pronta para mim? — Respirei as palavras em sua boca.

Ela respondeu envolvendo a mão no meu pau, a cabeça molhada com meu tesão. Ela me guiou para sua entrada. A abertura da sua boceta molhada e apertada era melhor do que qualquer coisa que eu poderia me lembrar de sentir.

Ela se encolheu um pouco.

Eu só tinha entrado alguns centímetros quando perguntei:

— Estou te machucando?

— Não. Você só é... grande.

Eu já tinha ouvido coisas piores na vida.

— Quer que eu pare?

— Não. Não, por favor. Só vá devagar. Preciso de você dentro de mim.

— Posso fazer isso.

Eden estava extremamente molhada, o que me dizia que estava excitada e não hesitante. Isso me dava a confiança para continuar entrando e saindo lentamente até eu estar totalmente dentro. Então simplesmente pareceu como o puro êxtase. Sua boceta se apertou em volta do meu pau conforme eu a tomei com negligência.

— Você é tão gostosa.

Fechando os olhos, deixei todas as preocupações do mundo desaparecerem enquanto eu mergulhava nela. Quando ela soltou um gemido alto, cobri sua boca com a mão para que ela não acordasse o irmão. Quando tirei a mão, ela mordeu meu ombro para abafar seus sons de prazer.

A cada investida, crescia meu desejo de reivindicá-la. Desabafei semanas de frustração e ciúme no corpo dela. Eu precisava de alívio, mas não estava nem perto de estar pronto para aquilo acabar.

— Me diga que esta boceta é minha, Eden.

— É toda sua. — Ela me olhou nos olhos ao falar, e isso me impulsionou mais.

Engolindo seus gemidos com meu beijo, comecei a fodê-la com mais força. Ela mexeu os quadris em círculos para absorver cada centímetro meu. Parte de mim desejava poder ter sido gentil ao fazer amor com ela em nossa primeira vez, porém isso não era uma opção. A espera tinha sido longa demais.

Eden me segurou com mais força quando continuei a estocar nela. Pude sentir seus pés se flexionando às minhas costas. Ela parecia perto de perder o controle.

— Preciso gozar dentro de você.

Ela cravou as unhas nas minhas costas.

— Por favor...

— Olhe para mim, Eden — exigi, querendo ver como ela ficava quando eu lhe dava tudo que eu tinha.

Seu nome saiu da minha boca repetidamente conforme esvaziei meu gozo dentro dela, vendo estrelas pela intensidade do sentimento.

CAPÍTULO 18

Eden

De alguma forma, eu tinha dormido e acordei com a visão de Ryder olhando para mim.

Chequei o relógio e vi que era só meia-noite. Normalmente, eu estaria entrando para conversar com ele a essa hora, mas, em vez disso, ele estava ali e tinha me dado o melhor sexo da vida.

Minha voz estava sonolenta quando perguntei:

— Não consegue dormir?

— Não. Estou agitado demais — ele disse. — De um jeito bom.

Independente do que acontecesse conosco, eu nunca me arrependeria dessa noite. Os músculos entre minhas pernas estavam doloridos da melhor maneira possível, consequência do tamanho dele. O cheiro delicioso dele estava por toda a minha pele. Valeu a pena o risco.

Olhei-o e sorri conforme ele passou a mão no meu cabelo, massageando minha cabeça. Fazia muito tempo que eu não me sentia saciada, satisfeita e segura.

Apesar disso, algo estivera me perturbando, algo que Ryder tinha prometido me contar quando estivesse pronto. Já que nós dois não conseguíamos dormir, me perguntei se ele se abriria para mim.

— Vai me contar o que aconteceu com sua ex-namorada?

Ele pareceu ser pego desprevenido pela pergunta repentina. Parou de passar a mão no meu cabelo e se ergueu. Fiz a mesma coisa.

Ele assentiu e expirou.

— Há alguns anos, eu provavelmente estava na pior em relação ao meu estado mental. Mallory e eu tínhamos um relacionamento muito bom nos primeiros anos. Ela me apoiou nos últimos dias da minha mãe, e eu a amava. Sabe? Amava mesmo.

Tentei conter meu ciúme.

— Você falou que a conheceu na faculdade, certo?

— Sim. Nos conhecemos durante meu primeiro ano na UCLA. Nós dois estávamos cursando administração, porém ela estava no último ano. Mallory é dois anos mais velha do que eu, na verdade.

— Você morava com ela?

— Ela se mudou para a minha casa nos dois últimos anos do relacionamento.

Inspirei fundo, me preparando para ouvir algo que poderia me chatear, apesar de eu não fazer a menor ideia do que poderia ser.

Ele engoliu em seco.

— Logo depois que minha mãe morreu, Mallory engravidou.

E lá estava. Meu estômago parecia que tinha sido esfaqueado.

— Ai, meu Deus. — Peguei a mão dele e a apertei.

— Eu sei. — Ele soltou uma longa e demorada expiração. — Então, quando ela me contou... não fiquei feliz. Era simplesmente demais à época. Eu *queria* ficar feliz com isso, mas não conseguia. Não me sentia pronto para ser pai, e minha depressão tornou tudo pior.

Me preparei para o resto da história. *Ele tem um filho por aí? O bebê foi colocado para adoção?* Teorias diferentes ficavam percorrendo minha mente.

— Não mantive em segredo o fato de não estar pronto para ter um filho, de ter surtado. Não conseguia esconder, por mais que eu *tentasse* querer.

— *Ela* ficou feliz?

— Essa é a questão... ela ficou. Mallory sempre quis ser mãe. Então, apesar de não ser a hora certa, ela aceitou e ficou bem empolgada. — Ele olhou para o horizonte por um instante. — Eu queria compartilhar dessa empolgação. Dizia a mim mesmo que iria passar a aceitar, mas fiquei frio e distante. Estava com medo. Era um saco porque eu não conseguia ser a pessoa que ela merecia. Comecei a sair mais, a beber... qualquer coisa para evitar o fato de que teria essa responsabilidade enorme. Fui um idiota. Olho para trás, para a pessoa que eu era, e me odeio.

Incapaz de esperar mais, perguntei:

— O que aconteceu com o bebê?

Ele hesitou.

— Ela estava grávida de catorze semanas quando o perdemos.

Meu coração quase parou.

— Ai, meu Deus. Sinto muitíssimo.

— Você pode achar que eu senti alívio depois de todo esse estresse, mas foi exatamente o contrário. Fiquei arrasado, e muito culpado, como se minha infelicidade tivesse, de alguma forma, causado o aborto.

Apertei a mão dele.

— Não, Ryder. Por favor, não me diga que você se culpou.

— Totalmente. — Ele balançou a cabeça. — Senti que tinha desejado isso.

Eu sabia que a dor ainda era recente, e isso me deixou muito triste por ele.

— É completamente normal você ter reagido desse jeito. Acredite em mim, indiretamente, eu entendo, porque me lembro de como me senti depois que minha mãe morreu, quando caiu minha ficha de que Ollie era minha responsabilidade. Ter um filho é uma mudança enorme de vida. Você teria se acostumado com a ideia em algum momento. Mas leva tempo, muito mais do que alguns meses.

— Acho que entendo um pouco mais isso agora, mas, na época, só me enxerguei como uma má pessoa... e Mallory também. Ficamos em uma situação ruim depois disso, da qual não conseguimos voltar.

Eu não conseguia acreditar no que estava ouvindo.

— Ela culpou você?

— Não totalmente, mas dizia coisas como "Está feliz agora?" ou "Admita, está aliviado". Isso acabava comigo. Acabava mesmo comigo. Eu nunca desejei o aborto.

Fechei os olhos para conter as lágrimas.

— Sinto muito.

Ele estivera carregando tanta culpa por isso.

— A questão é que eu não estava aliviado. Havia me comprometido a me doar cem por cento à paternidade. Simplesmente nunca tive a chance de me provar. — Ele pausou. — Ela teve que fazer curetagem e, de alguma forma, eles conseguiram determinar que era um menino. Foi doloroso pra caralho saber disso. Mas ela queria saber o sexo.

Meu coração se partiu quando imaginei o menininho que nunca existiu, um que se parecia exatamente com Ryder, com os olhos e o sorriso dele. Isso esmagou meu coração.

— Então vocês não conseguiram se recuperar disso... da perda. Você e ela...

— Não. Não conseguimos. Ela se ressentia de mim... me odiava às vezes. E eu me distanciei ainda mais depois disso. Em certo momento, terminamos.

— Mas você nunca deixou de amá-la. — Me preparei para sua resposta.

— Imediatamente, não.

— Então você *não* a ama mais?

Parecia que ele estava com dificuldade de responder.

— Parte de mim sempre vai amá-la, mas não da mesma forma que foi um dia. Vou ser sincero com você e te contar que, antes de você aparecer, eu não a tinha superado totalmente. Mas isso mudou quando te conheci.

Não sabia como me sentia quanto a isso, sabendo que ele ainda tinha sentimentos por ela logo antes de nos conhecermos.

— Você tem uma foto dela? — perguntei.

Ele parou para pensar.

— Sim... em algum lugar no meu celular. Por quê? Quer ver?

— Sim.

Ryder me deu um olhar como se ele achasse minha curiosidade fofa, então pegou o celular e começou a procurar em suas fotos. Eu não achava aquilo nada fofo. Me sentia uma idiota ciumenta, mas a curiosidade estava me matando.

Ele me entregou o celular.

— Foi tirada, provavelmente, um mês antes de terminarmos.

Então me arrependi de pedir. Ela era linda — alta com cabelo comprido e escuro. Seus olhos eram amendoados, e ela tinha lábios carnudos que eu desconfiava serem naturais e não de preenchimento.

Pigarreei.

— Você falou que ela está noiva agora?

— Sim. Na verdade, nunca te contei isso, mas, logo antes de eu vir pela primeira vez para Utah, encontrei com ela e o noivo. Foi a primeira vez que os vi, e foi mais fácil do que eu esperara. Desejei o melhor para eles.

Isso é um encerramento, certo?

— Obrigada por me contar. Eu sempre tinha me perguntado o que havia acontecido com vocês. Mas nunca imaginei que fosse algo assim.

— É bem louco pensar que eu teria uma criança pequena agora. Tento não pensar, mas às vezes isso passa pela minha cabeça.

Trouxe seu rosto para o meu e o beijei nos lábios.

— Só de ver como você é com Ollie, sei que teria sido um pai incrível.

— Quando eu parasse de olhar para o meu umbigo, talvez. — Ele suspirou. — Mudei bastante desde então, amadureci muito. Mas isso não muda o que aconteceu e a dor associada. É algo com que sempre vou ter que conviver.

Coloquei a mão no seu rosto com a barba por fazer e virei sua cabeça na minha direção.

— Olhe para mim. Você *não* causou esse aborto. Entendeu? Não importa como se sentia na época, seus sentimentos não tiveram nada a ver com a perda do bebê. *Nada.*

— Racionalmente, sei disso...

— Mas você precisa *acreditar*. Está tudo bem se sentir culpado por ter esses sentimentos, mas, por favor, não se culpe pelo que aconteceu. Esqueça essa ideia agora mesmo, Ryder. Não é verdade. Não dá para interromper uma gravidez com pensamentos.

Seus olhos suavizaram.

— Vou tentar acreditar nisso.

— Agora que sei disso, por favor, não hesite em conversar comigo se precisar. Às vezes, a culpa do passado pode aparecer quando se está estressado com outras coisas.

— Certo. Obrigado por ouvir. Não contei a muita gente o que aconteceu. Só algumas pessoas sabiam que ela estava grávida. É bom conversar sobre isso com alguém em quem confio.

A mágoa em seus olhos ainda era recente. O que aconteceu definitivamente ainda tinha impacto na vida dele. Talvez nunca realmente se supere uma perda dessa. Mas eu queria ajudá-lo a passar por isso.

— E você, Eden? Precisa desabafar alguma coisa? — ele perguntou. — Qualquer coisa que não tenha me contado?

Tentei pensar em algo, mas não havia nada significativo para confessar. Minha vida independente tinha sido interrompida antes de eu ter chance de cometer muitos erros.

— Na verdade, não.

Ele analisou meus olhos.

— Sinto que eu tinha uma ideia de você antes de nos conhecermos e, depois, quando te conheci, por mais que ainda reconheça sua alma, há muita coisa que não sei sobre sua vida, quem você era antes dessas responsabilidades caírem no seu colo.

— Não tenho certeza se *eu* me lembro de quem eu era.

Ele esfregou minha coxa.

— Isso me deixa triste.

Tentei responder sua pergunta.

— Eu era uma garota que amava música, que era meio doida por meninos, mas ainda não tinha me apaixonado. Amava minha vida. Era simples. Minha mãe era minha melhor amiga. Podia contar qualquer coisa para ela. Ollie foi um presente inesperado, o irmão que nunca pensei que teria. Aos vinte, ainda não tinha descoberto o que queria fazer com minha vida, mas não tinha problema. Eu tinha uma vida boa. Ainda tenho... só é diferente agora. Bastante diferente.

— Então não sente que teve uma chance de se descobrir.

— Isso. Sinto que ainda sou um trabalho em andamento. No momento, estou fazendo o que preciso a fim de sobreviver, e isso é mais importante do que o autoconhecimento.

— O que acha que estaria fazendo se não estivesse cuidando de Ollie? Mencionou, uma vez, que sonhava em se mudar para Nova York para se apresentar na Broadway. Acha que teria feito isso?

— Isso era praticamente um sonho impossível. Não sei se teria tido coragem, mas não acho que teria ficado aqui esses últimos quatro anos. Acho que teria viajado, porém não sei se teria sido para Nova York.

Afinal de contas, sou filha de um andarilho. Está no meu sangue. Não conheci meu pai, no entanto, havia partes de mim que desconfiava que tinham vindo dele — especificamente esse sentimento dentro de mim de que sempre havia algo mais, algo maior que eu estava perdendo. Sabia que não teria ficado em um lugar todos esses anos. Foi por isso que fiquei com tanta inveja da viagem de Ryder para a Índia.

— Teria feito qualquer coisa para ver um pouquinho do mundo antes de me acomodar — contei a ele. — Mas é difícil imaginar o que *teria* feito. É meio que inútil focar nisso.

— Sei que perdeu muito quando sua mãe morreu... oportunidades que poderiam ou não ter aparecido. Mas sou grato por ter te encontrado. Você passou por muita merda para chegar onde estava na noite em que te conheci. Mas estou feliz pelas estrelas terem se alinhado. A vida é engraçada às vezes.

Acariciei sua barba por fazer com as costas do meu dedo.

— Essa é a questão. A vida te leva a direções inesperadas. Há bom e ruim nisso. Às vezes, em um desvio, você encontra o que precisa no lugar menos provável. Aí se pergunta se era essa direção que sempre foi para você tomar.

Ele deu uma piscadinha.

— Quer dizer tipo se apaixonar por um *cam fulano*?

— Exatamente. Fico feliz que você estava em um dos desvios da minha jornada, Ryder.

Ele definitivamente estava em um desvio. Mas será que era uma parada temporária ou o destino final?

CAPÍTULO 19

Ryder

Na manhã seguinte, Ollie demorou muito tempo para acordar.

Eden e eu ficamos esperando que ele acordasse para ouvir minha voz e entrar na cozinha, e ficar surpreso pra caramba ao me encontrar. Ela disse que ele quase nunca dormia até tarde, então claro que faria isso na única manhã que eu estava ali e queria fazer surpresa. Também estávamos esperando para fazer panquecas. Eden estava com a massa já misturada com gotas de chocolate e pronta para fazer.

Contar a Eden sobre o que tinha acontecido com Mallory foi um peso enorme tirado dos meus ombros. Não tinha certeza de como ela iria se sentir quanto a isso. Lá estava ela fazendo o melhor que podia para criar uma criança que não previu. E eu havia admitido que não me sentira capaz de fazer a mesma coisa.

No entanto, suas palavras tinham me confortado, e fiquei grato por isso.

Massageei os ombros de Eden enquanto ela bebia seu café.

— É melhor irmos acordá-lo?

— Pode ser. Desse jeito, vamos ficar esperando o dia todo.

Eden ficou bem atrás de mim conforme me aventurei para o quarto de Ollie e abri a porta. As pernas e os braços dele estavam espalhados pelo colchão. Ele estava completamente apagado.

Coloquei o dedo indicador contra a boca para avisar Eden de que eu não queria que ela falasse nada. Em vez disso, curvei os lábios, fazendo meu famoso som de grilo.

Ollie se enrijeceu, depois pulou para se levantar. Eden tentou muito segurar a risada conforme assistíamos a ele mexer a cabeça para os lados, confuso, antes de chamar:

— Ryder?

Parei de fazer o som.

— É, amigão. Sou eu.

— Você voltou!

Abraçando-o, eu disse:

— Falei para você que voltaria.

— Você não me escreveu de volta ontem. Pensei que talvez...

Suas palavras sumiram.

— Não. O que quer que tenha pensado estava errado. Eu estava em um avião para vir ver vocês.

O sol entrava pela janela de Ollie. Ele ficou feliz em me ver. Era um bom dia.

— Por que não deixo vocês conversarem enquanto faço panquecas para todos nós? — Eden sugeriu. — Vou gritar quando estiverem prontas.

Depois que ela voltou para a cozinha, Ollie se virou na minha direção.

— É estranho você estar aqui. Sonhei com você ontem à noite.

— Sério? O que eu estava fazendo no seu sonho?

— Nada, na verdade. Você só estava lá.

— Bom, acho que seu sonho foi mais como uma premonição.

— Uma o quê?

— Uma premonição é um pensamento que acaba virando verdade. Porque estou aqui agora.

— Ah, sim. Isso é assustador.

— Eu sei. Ei... o que você vê na sua mente quando sonha?

— Não vejo nada. Ouço coisas e as sinto, exatamente como acontece quando estou acordado.

— Uau. É fascinante.

Acho que foi tolice pensar que ele conseguia ver coisas nos sonhos se nunca as tinha visto na vida real. Eu nunca havia pensado nos sonhos de pessoas que não enxergavam.

Havia muitas perguntas que eu queria fazer para Ollie, mas sempre tinha medo de ofendê-lo de alguma forma.

Como se ele conseguisse ler minha mente, questionou:

— Você quer me perguntar alguma coisa?

Caramba.

— Como sabia disso? — Eu sorri.

— A forma como você disse "uau" e, então, simplesmente parou de falar, como se estivesse pensando no que falei.

Ele era muito perceptivo.

Dei risada.

— Você me pegou. Fico curioso com muita coisa quando se trata da sua condição. Só não quero te incomodar com minhas perguntas.

— Ninguém nunca quer conversar comigo sobre isso. As crianças da escola que são como eu não precisam me fazer perguntas porque sabem as respostas. Mas adultos, tipo, pessoas que conhecemos ou pessoas na rua? É como se tivessem medo. — Ele deu de ombros. — Pode me perguntar.

— Acho que as pessoas têm medo de serem grosseiras às vezes. Não é da conta delas, mesmo que tenham curiosidade. Mas, já que me deu permissão para ser xereta, talvez te faça algumas perguntas nas quais tenho pensado.

— Certo.

— Uma coisa que me questiono é se você tenta imaginar como é tudo que encontra.

Ele pensou nisso por um instante antes de falar:

— Às vezes, mas isso meio que me deixa surtado. Não sei se iria querer saber. Às vezes, acho que seria estranho enxergar. Não consigo imaginar como seria.

Ele nasceu assim, então fazia sentido. Não poder enxergar era tudo que ele conhecia. O conceito de visão, provavelmente, era esmagador — todas as luzes e as pessoas estranhas.

Ainda assim, eu precisava saber.

— Se pudesse escolher, iria *querer* enxergar?

Ele piscou muitas vezes.

— Provavelmente. Acho que, se não gostasse, poderia simplesmente fechar os olhos. Meus olhos ficam fechados metade do tempo agora, de qualquer forma, porque não preciso deles.

— Tem razão, homenzinho. Nunca pensei nisso dessa forma. — As perguntas continuavam surgindo na minha cabeça. — Por que não tem um cão-guia?

— Eu poderia ter um, mas não vou a nenhum lugar longe. Eden fica comigo e, se não estou com ela, posso usar uma bengala para sentir as coisas.

Minha mente suja ouviu *bengala* e *Eden* e se lembrou da noite anterior — senti-la com minha bengala.

A noite anterior tinha sido incrível.

Balancei a cabeça para me trazer de volta para o presente.

— Então você não precisa de um cachorro.

Eu estava pronto para comprar um para ele.

— Eden fala que, um dia, posso precisar de um quando estiver um pouco mais velho e for a mais lugares sem ela.

— Legal. Só me perguntei se tinha um motivo para você não ter um.

Ollie abriu um sorriso travesso.

— Quer ver como acho que você é?

— Ãh... claro.

— Eu te desenhei.

— Desenhou?

— Sim. Vou pegar. — Ele foi até sua mesa e trouxe um pedaço de cartolina. Não dava para identificar o desenho. Na verdade, meio que parecia um pau grande com cabelo e olhos.

— É assim que você me imagina? — Dei risada.

— É. Não sei por quê. Não sei realmente como você é, mas tenho esta ideia. É estranho. Acho que nem consigo explicar.

Eu consigo: pareço um enorme pau para você.

— Com o que meu desenho se parece? — ele perguntou.

— Hum... Acho que, se eu fechar bem os olhos, consigo me enxergar nele. Mas é meio que um cilindro com olhos e cabelo. Um ótimo palpite. — Entreguei o papel a ele. — É fascinante ver o que sua imaginação cria.

— Entendo formas, mas não sei cores. Não sei a diferença entre branco ou preto, azul ou vermelho ou qualquer outra cor. Todas são somente nomes para mim.

Caiu minha ficha que, no mundo de Ollie, não havia essa coisa de julgar alguém pela cor da pele. Se ao menos todo mundo pudesse viver desse jeito sem ter que perder a visão...

— Você faz filmes, certo? — ele indagou.

Sua pergunta me divertiu.

— Eu tento. Sim.

— Filmes de ação são ótimos para pessoas que conseguem ver e tal, mas alguém como eu? Preciso ouvir as coisas, escutar as pessoas conversarem. Se um filme é basicamente coisas que são para assistir e não ouvir, não consigo aproveitar. Você deveria fazer mais filmes que eu possa ouvir.

Absorvendo isso, tive um momento eureca.

— Acho que não pensamos muito nisso. Tem razão.

Eden gritou do outro lado da casa:

— As panquecas estão prontas!

Nos juntamos a ela para tomar café da manhã na cozinha, mas não consegui parar de pensar nas palavras de Ollie.

Depois de comermos, pedi licença para ir lá fora. Precisava ligar para o meu pai. Precisava contar a ele sobre minha percepção.

Ele atendeu.

— Filho, onde você está? Lorena falou que você saiu da cidade para o fim de semana. Não voltou para Utah, certo?

— Voltei, sim. — Cocei a cabeça. — Ouça, preciso conversar uma coisa com você.

— Certo...

— Já pensou como pode ser para alguém ter a experiência de um dos nossos filmes se não puder enxergar?

Após uma pausa, ele disse:

— Bem, filmes são visuais, então acho que realmente nunca pensei nisso, não.

Andando de um lado a outro na calçada, continuei:

— Essa é uma percepção incorreta. Filmes não são apenas visuais. São compostos de sons e bom diálogo, e estamos cometendo um erro quando começamos a minar o quanto outras coisas são importantes. Pense nisso. Se fechar os olhos no meio de uma cena em que não há nada além de elementos visuais, o que há? Nada! Alguém deveria poder curtir um filme mesmo que estivesse de olhos fechados. Como pudemos não levar isso em consideração? Para cada imagem atraente em um filme, precisamos combinar isso com diálogo e sons igualmente atraentes.

— De onde está vindo isso?

Nos minutos seguintes, contei ao meu pai sobre Ollie, sobre como eu tinha ficado próximo a ele e como me fizera olhar diferente para o mundo.

Meu pai ouviu com atenção. Ele sempre era muito inflexível, mas, surpreendentemente, pareceu aberto à minha sugestão.

— Interessante. Bom, você sabe, quando sua mãe estava perdendo a visão devido ao câncer, nunca pensei nisso. Talvez devesse ter pensado.

— Sim. Só uma coisa que precisamos ter em mente.

— Nunca te ouvi tão apaixonado por algo. Posso ver que realmente se apegou a esse garoto... e à irmã dele.

— Não sei o que vai acontecer, pai. Só estou levando um dia de cada vez. Mas, sim, gosto muito de estar aqui com eles.

Ele soltou um longo suspiro.

— Você é um bom homem, Ryder. Não te falo isso o suficiente. Sei que posso ser duro com você, e vejo o quanto tenta me agradar. Tenho orgulho de você, filho.

Uau. Bom, definitivamente, não estava esperando isso dessa ligação. Mas foi legal.

— Obrigado, pai.

— Agora, pense em um jeito de trazer essa moça para L.A.

Dei risada.

— Não é tão simples.

— Certo, bem, me mantenha informado de quando posso te esperar em casa. E vou levar o que falou em consideração. Talvez até coloque você para criar um time para analisar o quanto equilibramos o uso de elementos visuais e não visuais em nossos filmes.

— Eu adoraria assumir isso.

— Então muito bem. Tenha um bom resto de fim de semana.

— Você também, pai. Tente descansar um pouco.

— Te amo, filho.

— Também te amo.

Quando voltei para dentro da casa, Eden estava sozinha na cozinha. Ollie devia ter voltado para o quarto dele.

Meu humor, aparentemente, estava óbvio para ela.

— Por que está sorrindo? — ela perguntou.

— Acabei de ter uma boa conversa com meu pai. E isso é bem raro. — Sorrindo de orelha a orelha, eu disse: — Na verdade, teve muito a ver com Ollie.

— Own, sério?

— Sim, algumas coisas que ele me ajudou a perceber sobre filmes. Te conto depois. Agora, só quero te beijar.

Depois de devorar a boca de Eden por alguns minutos, eu a segurei e a girei. Estava me sentindo satisfeito, simplesmente muito feliz em estar ali em Utah com ela.

— Está tentando dançar comigo, sr. McNamara?

— Por que não? Acho que já passamos da hora de dançar, srta. Shortsleeve.

Envolvi o braço em suas costas, e Eden colocou a mão na minha conforme balançamos ao som de uma música inexistente. Não parecemos sentir falta nem precisar dela.

Mais tarde naquela noite, nós três nos sentamos e assistimos a um filme que eu havia escolhido de uma lista on-line de filmes que eram considerados pesados na narração — "favorável a deficientes visuais". Ollie tinha visto a maioria dos filmes da lista, exceto *Forrest Gump*, então foi a esse que assistimos.

O fato de *Forrest Gump* também ter sido o filme preferido da minha mãe não passou despercebido por mim.

CAPÍTULO 20

Eden

Aquela manhã de domingo começou como normalmente começava qualquer dia com Ryder na minha casa.

Tínhamos ficado até tarde da noite fazendo sexo incrível. Eu havia faltado ao trabalho da webcam para passar a noite toda com ele.

Acordamos antes de Ollie para ter um momento privado durante o café, e Ryder tinha resolvido ficar o fim de semana todo até segunda-feira. Ele não podia tirar mais tempo de folga do trabalho no momento, porém eu ficava feliz com qualquer tempo que conseguíamos com ele, mesmo que fossem somente alguns dias.

Ele estava colocando creme em sua xícara quando olhou para o celular.

Pegando-o e olhando para a tela, ele disse:

— Humm. Que estranho.

— O que foi?

— Tem umas chamadas perdidas de Lorena de quando estávamos dormindo. Meu celular estava no silencioso. E agora ela só me mandou mensagem para ligar para ela.

— Lorena é sua empregada, certo?

— É. — Ele pareceu preocupado. — Espere um pouco. Só vou ver se está tudo bem.

Observei conforme ele ligava para ela.

— Lorena, oi. Acabei de receber sua mensagem. — Depois de um tempo de pausa, ele disse: — Por que quer que eu me sente?

Meu coração bateu mais rápido enquanto Ryder se sentou lentamente em uma das cadeiras da cozinha.

Os minutos seguintes foram um borrão. Sua respiração se tornou ofegante enquanto ele ouvia a ligação.

A voz de Ryder estava trêmula.

— O quê? Como pode... como pode ser? — De repente, seu lábio tremeu. — Não — ele sussurrou, depois fechou os olhos com força.

Ai, meu Deus.

O que está acontecendo?

Em pânico, corri até ele e coloquei as mãos em seus ombros. Não sabia o que estava havendo, porém sabia que ele precisava do meu apoio.

— Tem certeza? — ele perguntou a ela.

Muitos minutos se passaram enquanto ele ouvia em silêncio. Então desligou o celular e o jogou para o lado. Colocou as mãos na cabeça e olhou para mim. Pareceu uma eternidade até as palavras saírem. E, quando saíram, foram como um golpe.

— Meu pai morreu.

Coloquei a mão acima do coração.

Ai, não.

Não.

Meus olhos se encheram de lágrimas. Sem saber mais o que fazer, eu o abracei.

— Ah, Ryder.

Ele olhou para mim em transe, como se não conseguisse acreditar que estava dizendo as palavras.

— Infarto. A empregada dele o encontrou nesta manhã. Ela ligou para Lorena entrar em contato comigo. Aconteceu enquanto ele dormia.

— Ai, meu Deus — sussurrei. — Sinto muito.

As palavras certas escaparam totalmente de mim. Eu sabia, melhor do que qualquer um, que a vida poderia mudar em um instante. Sabia como era devastador perder alguém tão de repente. Ryder era filho único. Sua mãe já tinha falecido. Seu pai era seu mundo inteiro. Eu nem conseguia começar a imaginar a dor que ele estava sentindo.

Ele se segurou em mim como se precisasse disso para viver.

— Não sei que porra vou fazer, Eden.

Queria saber como responder. A dor dele era palpável — tanto que meu próprio corpo doía.

— Tenho que embarcar no próximo avião — ele murmurou.

Ele se levantou e foi para o meu quarto.

Me sentindo completamente impotente, perguntei:

— Você está bem para dirigir até o aeroporto? Vou acordar Ollie, e podemos te levar lá no seu carro alugado.

— Não. Não faça isso. Não quero incomodá-lo. Vou ficar bem.

— Tem certeza?

Ele expirou.

— Fisicamente, de qualquer forma. Sim.

A dor no meu peito era quase demais para suportar.

— Eu faria qualquer coisa para fazer isso desaparecer agora. Por favor, me diga o que posso fazer por você.

Ryder não tinha trazido nada com ele, já que sua viagem fora impulsiva. Ele tinha ido ao mercado no dia anterior para comprar algumas roupas para o resto do fim de semana, junto com uma malinha.

Eu o segui pelo quarto como um cachorrinho perdido conforme ele pegava suas coisas.

Fomos até a porta juntos em silêncio. Eu sabia que nunca me esqueceria daquele momento. Foi extremamente triste.

Sem querer deixá-lo ir, eu o beijei mais forte do que nunca. As palavras *Eu te amo* estavam na ponta da minha língua. Eu queria muito dizê-las, mas tinha medo de tornar esse momento sobre mim ou qualquer outra coisa. Também não queria que ele associasse a primeira vez que falei com a morte do seu pai. Não era a hora nem o lugar para falar essas palavras.

Ele abriu a porta da frente, depois se demorou na soleira ao apoiar a testa na minha.

— Por favor, mantenha contato comigo — eu pedi. — Me ligue ou me mande mensagem se não estiver a fim de conversar. Só me avise que está bem.

Lágrimas escorreram por minhas bochechas e pelas dele. Ele as secou com o polegar antes de me beijar uma última vez. Parecia que um tornado de tristeza estava girando dentro de mim.

Então ele foi embora.

Eu estava encarando a xícara cheia do café agora frio de Ryder que ainda estava na minha mesa quando Ollie, enfim, acordou e entrou na cozinha.

— Não ouço Ryder — ele disse.

Parte de mim queria esconder dele o que tinha acontecido, porque tinha medo de isso ser familiar demais para ele. Mas não havia como eu fazer isso. Precisava contar.

— Venha aqui, Ollie.

— O que aconteceu? Você brigou com ele?

— Não. Venha aqui. Sente-se no meu colo. Tenho que te contar uma coisa.

Dava para ele identificar, pelo tom da minha voz, que havia algo errado.

— O que houve?

Simplesmente falei.

— O pai de Ryder morreu.

Sua respiração se agitou.

— O quê? Ah, não.

— Eu sei. Foi repentino. Aconteceu ontem à noite.

— Como?

— Ele teve um infarto.

Ele demorou alguns instantes para processar antes de perguntar:

— Ryder está triste?

— Sim. Acho que ainda está em choque.

— Ele estava chorando?

— Não — sussurrei.

Os olhos de Ollie se abriram. Ele os mantinha fechados por bastante tempo, mas, às vezes, quando estava estressado, ele os abria.

— O que podemos fazer, Eden?

— Só temos que fazer com que ele saiba que nos importamos e que estaremos aqui para ele se precisar de nós.

Ele parou antes de secar um olho rapidamente. Não queria que eu visse que estava chorando.

— Não tem problema chorar — eu disse. — Sei o quanto gosta de Ryder.

Esfregando suas costas, eu o deixei processar seus pensamentos.

Enfim, ele se virou para mim.

— Ele não tem ninguém. Nós perdemos a mamãe, mas eu tenho você e você tem a mim. Ryder não tem ninguém.

A preocupação genuína de Ollie partia meu coração e o aquecia. Eu sabia que Ryder tinha falado com meu irmão sobre ambos perderem a mãe.

— Não somos a família dele, mas podemos estar aqui para ele. Ele ficará bem, Ollie. Só vai levar tempo. Bastante tempo. Vai ser muito difícil para ele por um período.

Tanta coisa na vida de Ryder envolvia o pai. Eu sabia, no fundo, que ele nunca mais seria igual.

Ryder me enviou mensagem para avisar que tinha voltado para Los Angeles em segurança. Além disso, não tive notícia dele e não esperava que tivesse por um tempo. Eu havia lhe enviado um e-mail longo para avisá-lo de que estava pensando nele. Eu sabia que precisava lhe dar espaço enquanto ele lidava com tudo.

No dia seguinte no Ellerby's, eu mal conseguia completar tarefas básicas. Incapaz de parar de pensar em Ryder, em certo momento, desmoronei na cozinha.

Camille acabou me vendo secar as lágrimas.

— Eden, o que está havendo? Está tudo bem com Ollie?

— Sim. Está tudo certo com ele.

— O que foi, então?

Funguei e peguei um lenço.

— Você se lembra de Ryder?

— Sim. O jovem Paul Newman com os olhos lindos? Como poderia esquecer? Ele te magoou? Vou matá-lo.

— Não. Nada disso. — Respirei fundo e contei: — O pai dele morreu de repente.

Camille franziu o cenho.

— Ah, cara, sinto muito.

— Ele recebeu a ligação ontem enquanto estava me visitando no fim de semana. Ele era filho único e já perdeu a mãe para o câncer. Estou tão arrasada por ele que não consigo pensar direito, nem consigo fazer meu trabalho hoje.

Ela cobriu a boca com a mão.

— Ah, querida.

— Estou sofrendo por não poder estar lá com ele.

— Por que não pode?

Olhei-a como se ela fosse louca por sequer de perguntar.

— Não posso simplesmente voar para L.A.

— Por que não?

— Muitos motivos. Ollie nunca esteve em um avião. Ele tem medo de voar. E, mesmo que eu dirigisse, não posso arrastá-lo por uma cidade desconhecida, não posso levá-lo a um funeral.

— Tem que haver um jeito. — Ela franziu os lábios e pareceu estar pensando. — E se eu ficar na sua casa por uns dois dias e cuidar de Ollie para você?

— Não posso te pedir isso.

— Pode, sim. Está se esquecendo de que já cuidei dele uma vez? Ele sobreviveu, não foi?

Realmente *tinha* me esquecido disso. Ethan havia me feito uma surpresa com uma viagem de uma noite para o Arizona durante o primeiro ano de namoro. Ele tinha conversado com Camille sobre como era melhor para me surpreender, e ela havia se oferecido para cuidar de Ollie por uma noite. Tinha sido a primeira vez que eu deixara meu irmão com alguém, e me lembro de estar supernervosa quanto a isso. Mas tinha dado tudo certo no fim. Voltamos para casa, e Ollie ainda estava inteiro.

— Sim, me lembro de que você cuidou dele naquela noite... Mas, provavelmente, eu vou precisar ficar mais dias fora se fosse até lá. Não iria querer aparecer, depois deixá-lo.

— Olhe, tenho umas férias. Tenho certeza de que Bobby vai me deixar tirá-las em cima da hora se explicarmos a situação. — Ela olhou desafiadoramente para mim. — Eden, quando foi a última vez que você fez algo para si mesma? Sério. Sei que está fazendo isso para apoiar Ryder, mas está claro que *você* precisa estar com ele neste momento.

Minha voz tremeu.

— Quero tanto ir ficar com ele.

Ela segurou meus ombros.

— Então vá. Eu te ajudo. Vou cuidar muito bem do seu menino por uns dias para que você possa cuidar do seu homem.

Meu homem.

Ryder e eu nem sequer éramos oficialmente exclusivos, mas não importava. No momento, exceto por Ollie, ele era a pessoa mais importante da minha vida. E ele precisava de mim.

Eu sabia o que queria.

— Tem certeza?

— Sim. Me deixe fazer isso por você.

— Certo. — Só continuei assentindo, me perguntando se havia algum motivo que eu deveria reconsiderar. — Certo. Muito obrigada. Te devo essa para sempre.

Aparentemente, tenho um voo para pegar.

CAPÍTULO 21

Ryder

Só tinham se passado uns dois dias, mas parecia uma eternidade. As pessoas chegavam e saíam da minha casa. Era um borrão de "Sinto muito" e "Por favor, me avise se tiver qualquer coisa que eu possa fazer".

Não havia *nada* que ninguém pudesse fazer. Meu pai tinha morrido, minha vida virou de cabeça para baixo.

Havia bandejas com comida espalhadas por todo lugar, junto com uma explosão de flores. E eu estava totalmente perdido.

Lorena se sentou à minha frente à mesa da cozinha. Com uma dor de cabeça forte, eu estivera sentado com a cabeça nas mãos e nenhuma motivação de me mexer.

— *Mijo*, você comeu alguma coisa?

Balancei a cabeça.

— Não estou com fome.

Ela colocou a mão no meu ombro.

— Quer que eu fale para as pessoas pararem de vir?

— Não. Está tudo bem. É bom saber que se importam. Só estou tão dormente que nada está me afetando.

— Me avise se quiser que eu os expulse. É o que faço de melhor. Vou tocar o sino.

Abri um leve sorriso, meu primeiro desde que meu pai tinha morrido.

— Aviso, sim.

A campainha tocou e, quando a próxima pessoa entrou,

imediatamente, me arrependi de não dizer a Lorena para impedir os visitantes.

Era um dos membros do conselho do estúdio, Sam Shields. Por mais que eu não quisesse pensar no que a morte do meu pai significava para os negócios, eu sabia que havia centenas de investidores entrando em pânico no momento. Meu pai iria querer que eu lidasse com isso, então eu tinha que fazer exatamente isso.

Não saí do meu lugar à mesa conforme Sam se aproximou, com uma cesta enorme de vinho e queijos. Ele a colocou na ilha.

— Ryder, sinto muitíssimo — ele disse, sentando-se à minha frente. — Estamos todos muito devastados.

— Obrigado.

— Queria que soubesse que estamos aqui para te apoiar. Sei que provavelmente não está preparado para pensar no próximo passo na McNamara Studios, porém é algo que precisamos decidir muito em breve, e eu queria oferecer minha ajuda.

— Que tipo de ajuda? — perguntei.

Pode me deixar enterrar meu pai antes de conversarmos sobre isso?

— Bom, seu pai já te explicou o que aconteceria com o estúdio no caso da morte dele?

— Nunca entramos muito em detalhes, porque não era uma coisa que esperávamos. Meu pai era jovem demais para morrer. Mas sei que ele me deixou com direitos de voto suficientes para, basicamente, votar em mim mesmo para o cargo dele.

— Isso mesmo. Tecnicamente, você poderia, mas não é o que eu recomendaria, dada sua falta de experiência para o cargo. Sei que a intenção do seu pai era que você administrasse o estúdio um dia, mas acho que você concorda que ele estava contando com mais muitos anos para te preparar.

— Sim. Sei disso.

— De qualquer forma, sei que não é a melhor hora para falar do assunto. Então gostaria de propor que marquemos uma reunião na semana que vem.

— Certo.

— Vou te dar um pouco de privacidade. Cuide-se, Ryder. Avise Laura e a mim se pudermos fazer alguma coisa.

Saia. É isso que pode fazer.

— Obrigado. Agradeço.

Agora vá.

Felizmente, ele foi. Eu não conseguia pensar no estado da empresa acima de todo o resto no momento. Sabia o que ia acontecer: Sam iria reunir um monte de seus comparsas, e eles trabalhariam para me convencer a tomar a decisão que era do melhor interesse *deles*. Tentariam me fazer indicar um *deles* para o cargo do meu pai.

Assim que minha mente clareasse, eu precisaria decidir o que meu pai teria desejado. Isso não aconteceria em uma semana, independente do quanto eles fossem impacientes. Em toda a preparação que meu pai tinha feito comigo, nunca falamos sobre o que aconteceria se ele morresse prematuramente. Ninguém esperava que ele morresse aos cinquenta e oito anos. Eu não, certamente.

A casa se esvaziou, e me vi sozinho com meus pensamentos pela primeira vez em muito tempo. Tinha algumas horas até o velório naquela noite. Então, no dia seguinte, seria o funeral e o enterro.

Ainda não conseguia entender tudo. Olhando para cima, falei com meu pai, onde quer que ele estivesse.

— Não acredito que você se foi. Se pensou que eu estava pronto para sobreviver sem você neste mundo, pensou errado. Eu poderia colocar uma armadura pesada e resistir bastante ao que você tinha a dizer, mas, cara, não estou pronto para isto. — Balancei os punhos na direção do teto. — Você precisa me ajudar a compreender de onde estiver. Porque não sei viver sem você.

Implorei silenciosamente para meu pai por direcionamento antes de abrir uma caixa de itens que tinham sido trazidos da casa dele.

Mexendo em umas das fotos antigas que a empregada do meu pai tinha encontrado, me deparei com uma dos meus pais e eu quando eu tinha uns sete anos. Foi tirada na minha Primeira Comunhão. Domingo sempre foi o único dia que meu pai tirava de folga. Íamos à igreja e passávamos tempo em família. Eu não me importava com o mundo naquela época, nunca imaginei que viveria sem meus pais antes sequer de ter trinta anos.

Olhei para o celular, no qual não mexia há horas. Eden havia enviado muitas mensagens de texto naquela manhã para saber como eu estava. Rapidamente, escrevi que estava bem e me preparando para aquela noite, e que ligaria para ela depois do velório. Era difícil conversar com alguém no momento — mesmo Eden.

Alguém bateu à porta. Acho que minha dispensa de visitantes durou pouco. Eu precisava mesmo tomar banho e me aprontar para o velório, então esperava que, quem quer que fosse, não planejasse ficar muito tempo.

Quando abri a porta, encontrei a última pessoa que esperava ver. Ela parecia tão triste quanto eu.

— Mallory.

Ela começou a chorar.

— Por que você não ligou para mim?

Ela sequer precisa perguntar?

— Como não estamos mais juntos, não fazia sentido te ligar.

— Você e seu pai são como família para mim... sempre serão, independente do que aconteça entre nós. Sinto muitíssimo, Ryder. Sinto muito. — Ela deu alguns passos para mais perto. — Posso entrar?

Não percebi que não tinha me mexido da porta.

— Claro.

Não deveria ter me surpreendido por ela aparecer. Pelo tanto que vivemos juntos, ela conhecia bem meu pai e realmente entendia o que essa perda significava para mim. Meu pai sempre gostou muito dela e tinha ficado decepcionado quando terminamos. Ele a via como uma filha. Como Mallory tinha problemas com o pai — seu pai havia abandonado sua mãe e ela quando ela era jovem —, sempre respeitara meu pai por ser leal à família dele.

De repente, Mallory me abraçou. Meu corpo se enrijeceu. Mas respirei fundo, e me deixei ser consolado por ela sem julgamento por alguns segundos. Mallory tinha sido a pessoa mais importante da minha vida certa vez. Ela era importante para o meu pai. Falei para mim mesmo que não tinha problema aceitar conforto em um momento como esse.

— Estive pensando bastante em você ultimamente, e aí, quando soube da notícia, isso simplesmente me despedaçou. Deus, Ryder, estou sentindo tanta coisa no meu coração. — Ela colocou sua mão na minha. — Me deixe ficar aqui ao seu lado hoje?

Por mais que eu entendesse seu desejo de me apoiar em um momento como esse, ainda me sentia meio deslocado.

— O que Aaron vai achar disso? — perguntei.

Ela olhou para seus pés e pausou.

— Não ia falar disso porque não é a hora certa.

— Por quê? O que está havendo, Mal?

Ela encontrou meus olhos.

— Terminei o noivado.

O quê?

— O que aconteceu?

— Não quero falar disso agora, se não tiver problema. Não estou aqui para falar de mim.

Bem, essa com certeza era uma notícia interessante. Um sentimento de inquietação me tomou. Mas, independente disso, ela tinha razão. Agora não era a hora de falar sobre isso. Eu não poderia lidar com nada que me estressasse antes de ter que ver o corpo do meu pai.

Permitiria que Mallory fosse uma amiga para mim naquela noite e não pensaria excessivamente em nada mais do que isso.

CAPÍTULO 22

Eden

Parte da estrada tinha sido bloqueada a fim de ajudar a controlar o trânsito. O motorista do meu Uber não conseguia chegar nem perto do local do funeral, então teve que me deixar no fim da rua.

Havia uma fila em toda a calçada para entrar no velório de Sterling McNamara. Eu sabia que o pai de Ryder tinha sido um figurão da cidade, no entanto, acho que nunca realmente havia *entendido* até então.

Havia decidido não contar a Ryder que estava indo para Los Angeles. Não queria que ele sentisse que precisava fazer sala para mim ou se preocupar comigo de qualquer maneira. O prato dele estava cheio. Mas agora eu meio que me arrependia de não mencionar nada, e me preocupava que não conseguisse chegar antes do velório terminar. Seria, no mínimo, uma hora até eu entrar no lugar.

Pensei em enviar mensagem para ele, entretanto, não queria perturbar. Provavelmente, ele estava recebendo convidados, apertando mãos de pessoas e não poderia sair para me deixar entrar. Me lembrava de como foi quando minha mãe faleceu. Embora ela não tivesse uma multidão em seu velório, a responsabilidade do evento todo recaiu sobre mim. Tinha certeza de que não era diferente para Ryder.

Então, me conformei em aguardar junto com todo mundo. Eu poderia esperar. Isso não se tratava de mim; tratava-se de mostrar meu apoio a ele.

Olhando em volta para as pessoas chiques em suas roupas caras, me sentia deslocada. A mulher diante de mim estava segurando uma bolsinha que eu sabia que custava mais do que meu financiamento. Enquanto isso, eu havia colocado o único vestido preto que tinha, o mesmo simples que usara quatro anos antes no velório da minha mãe. Não houvera tempo para compras antes de ir para lá. Só tinha levado uma mala de mão com coisas que joguei apressadamente nela.

Olhei em volta para todos os carros de modelos que eu não conhecia e inspirei a nuvem de fragrância cara. Esse era o mundo de Ryder, bem diferente do meu. Essas diferenças ficaram ainda mais claras.

Após quase uma hora, enfim, consegui entrar. Um mar de pessoas vestidas de preto bloqueava minha visão do caixão, e de Ryder — ou pelo menos de onde eu presumia que ele estivesse.

Quando, finalmente, o avistei, ele quase tirou meu fôlego. Ryder de longe, tão alto em seu terno perfeitamente sob medida, era uma visão e tanto. Seu cabelo estava estilizado um pouco diferente, contudo, ele estava incrível todo arrumado. Estava apertando mãos e se inclinando no abraço das pessoas, uma por uma. Parecia meio aéreo, como se estivesse só fazendo movimentos automáticos. Me lembrava muito bem de como era. Queria abraçá-lo, estar lá para ele, protegê-lo de todas aquelas pessoas. Não conseguia chegar até ele muito rápido.

Então, meus olhos foram para a mulher parada ao lado dele. Eu já estava nervosa para mostrar a Ryder que tinha vindo, mas vê-la fez meu estômago se revirar. Porque ela não era qualquer mulher. Se minha memória não me falhava, era Mallory.

Não era?

Semicerrei os olhos para dar uma olhada melhor.

Definitivamente, Mallory.

Os olhos dela eram inconfundíveis, e seu cabelo longo e escuro ia até abaixo dos seios, os quais eram de tamanho médio, menores do que os meus. Ela era bem mais alta do que eu, porém mais baixa do que Ryder. Estava com as mãos cruzadas à frente do corpo e parecia estar assistindo a toda a interação que ele fazia como se fosse um tipo de guardiã.

Eu que queria protegê-lo, estar ao lado dele naquela noite, todavia, aparentemente, ela teve a mesma ideia.

Meu coração batia muito rápido.

O que ela está fazendo ali?

Eles terminaram.

Minha mente acelerou, cheia de situações malucas. E se eles sequer tivessem terminado? Ou talvez ela fora confortá-lo nos últimos dias e eles tivessem voltado. Talvez fosse por isso que ele estivera distante.

A fila diante de mim continuava diminuindo, e eu estava ficando sem tempo de decidir como iria lidar com isso. Era só uma questão de segundos até Ryder me ver.

Deveria agir como se ela não estivesse lá? Não poderia confrontá-lo sobre ela a uma hora dessa.

Respire, Eden.

No instante em que os olhos dele encontraram os meus, eu queria explodir em lágrimas. Sentia tantas emoções conflitantes. Então um sorriso se abriu no rosto dele, e seus olhos nunca deixaram os meus mesmo quando ele cumprimentou as últimas pessoas antes de mim.

Quando Ryder, enfim, me abraçou, foi como se eu caísse em seus braços e evaporasse em seu corpo. Mallory não parecia existir mais. Seu coração batia muito rápido contra o meu peito.

Ele me abraçou forte ao sussurrar no meu ouvido:

— Não acredito que você está aqui.

Fechei os olhos e respirei nele. Seu corpo estava quente contra a minha pele, a qual estivera coberta de arrepios instantes atrás. Era tão incrível estar nos braços dele — eu não fizera nada além de desejar isso por quarenta e oito horas direto.

— Como conseguiu viajar? — ele perguntou.

— Uma amiga está cuidando de Ollie.

Ele balançou a cabeça lentamente ao apertar minhas mãos.

— Estou tão feliz que esteja aqui. Tão feliz.

Nossa atenção pareceu se voltar para Mallory ao mesmo tempo. Ela ficou ali paralisada, parecendo tão surpresa quanto eu ficara quando a vi pela primeira vez. A expressão repentina de preocupação de Ryder me dizia que ele sabia que eu a identificara da foto.

— Mallory, esta é minha namorada, Eden.

O alívio me percorreu. *A namorada dele.* Ele ainda me chamava de namorada.

Pareceu que Mallory tinha levado um tapa no rosto. Ela pigarreou.

— Namorada... Ah, eu não sabia.

— Olá — eu cumprimentei.

— Oi. — Ela assentiu. — Com licença, um instante.

Eu a observei se apressar pela multidão e desaparecer em um corredor.

Voltei minha atenção para Ryder.

— É melhor eu me mexer. Estou segurando a fila.

Ele segurou meu braço.

— Não vá. Quero que fique comigo.

— Sério?

— Sim, se não se importa.

Fiquei honrada por ele me querer ao seu lado. No entanto, parecia que minha bexiga ia explodir. Eu tinha vindo direto do aeroporto e não usara o banheiro desde Utah.

— Deixe-me só achar um banheiro. Preciso muito ir. E já volto.

Ele assentiu.

— Certo.

Encontrei um banheiro do outro lado do corredor e me aliviei. Enquanto eu estava lavando as mãos, ficou claro para onde Mallory tinha desaparecido conforme ela, de repente, estava encarando meu reflexo no espelho. Estávamos completamente sozinhas.

— Desculpe por sair andando grosseiramente — ela disse.

Fechei a água e sequei as mãos.

— Ah, não enxerguei dessa forma.

Seus olhos estavam vermelhos. Eles não estavam assim antes.

Ela estivera chorando.

— Eu só... fui pega um pouco de surpresa. Não sabia que Ryder estava com alguém. — Ela expirou ao abrir a água. — Precisava de um momento para respirar.

Sem saber mais o que dizer, soltei:

— Você é a ex-namorada dele.

— Sim. Acredito que ele tenha falado de mim.

— Falou.

Uma expressão de tristeza tomou o rosto dela.

— Estou tão arrasada por ele.

— Eu também.

— Eu o amo — ela confessou. Começou a lavar as mãos e repetiu: — Ainda o amo.

Todos os músculos do meu corpo pareceram se apertar de uma vez quando engoli em seco.

— Certo...

— Desculpe. Sei que, provavelmente, não quer ouvir isso.

É. Não brinca? Não quero mesmo.

Quando não respondi, ela perguntou:

— Há quanto tempo estão juntos?

— Alguns meses...

Ela pegou um papel-toalha e começou a secar as mãos.

— É sério?

— Gosto muito dele.

Eu também o amo, mas ainda não falei isso para ele. Então, com certeza, não vou te contar.

Parecia que ela estava quase a ponto de chorar.

— Olhe, não sei o que está acontecendo aqui — disse a ela. — Pensei que estivesse noiva de outra pessoa.

— Aaron. — Ela balançou a cabeça. — Terminei com ele.

Aff. Claro.

Fingi ficar calma enquanto entrava em pânico por dentro.

— O que aconteceu?

— Em resumo, encontramos Ryder certa noite, e eu não fiz um trabalho muito bom em esconder meus sentimentos depois de chegarmos em casa. Aaron ficou insistindo, tentando me fazer admitir que ainda tinha sentimentos por ele. — Ela inspirou, depois expirou devagar. — Nas semanas depois disso, comecei a perceber que estivera em negação. Eu me apressara para entrar em um relacionamento a fim de esconder minha tristeza pela forma como as coisas terminaram com Ryder. Percebi que terminar tudo com ele foi o maior erro que cometi na minha vida.

Senti que estava me preparando para a guerra.

— O que está dizendo?

— Estou dizendo que ainda sou apaixonada por ele. Ryder é o amor da minha vida, e acho que ele também é apaixonado por mim.

Me senti enjoada.

— Você falou tudo isso para ele?

— Só nos vimos pela primeira vez em muito tempo hoje mais cedo. Contei que meu noivado tinha terminado, mas não contei como me sinto. Ele não sabe nada sobre meus sentimentos.

— Por que está *me* contando tudo isso agora?

— Porque acho que você deveria saber que planejo contar a ele. Não hoje. Não amanhã. Não durante este momento difícil. Não seria apropriado. Ele precisa de tempo para se curar. Mas vou contar em breve.

Quando alguém entrou, sua cabeça se virou na direção da porta.

— Por favor, não mencione que tivemos esta conversa. Vai estressá-lo, e não quero isso no momento. — Uma mulher veio entre nós para lavar as mãos. Quando ela saiu, Mallory perguntou: — Você conhecia o pai de Ryder?

— Não.

— O pai era o mundo inteiro dele. Vai demorar bastante para Ryder conseguir lidar com qualquer outra coisa. Então, de novo, por favor, não mencione que tivemos esta conversa.

Antes de eu poder responder, ela saiu. Demorei alguns minutos para me recompor o suficiente a fim de retornar para o salão principal onde Ryder estava esperando.

— Estava começando a ficar preocupado que você não voltava — ele disse. — Pensei que, talvez, tivesse alucinado que você tinha vindo.

— Desculpe. Tinha fila.

— Não se preocupe. Ainda não consigo acreditar que está aqui.

Mallory havia nos dado espaço, escolhendo se sentar com os outros que já tinham passado pela fila e dado os pêsames.

Meus sentimentos eram bastante reveladores. Sempre falara para mim mesma que iria perder Ryder, que nossas vidas eram diferentes demais para as coisas darem certo. Ainda assim, naquele instante, me sentia completamente sem chão, devastada, como se toda a esperança tivesse sido sugada de mim — a esperança na qual nem sabia que estivera me segurando. Então, talvez, eu tivesse pensado que as coisas poderiam dar certo conosco.

Até agora. Agora eu estava aterrorizada em perdê-lo, e minhas mãos estavam atadas. Falar disso com ele teria sido uma atitude idiota, dadas as circunstâncias.

— Já te falei como estou feliz por estar aqui? — Ryder sussurrou no meu ouvido antes de cumprimentar outra pessoa da fila.

Fiquei ao lado dele por um tempo. Em certo momento, Mallory se aproximou de nós e deu um abraço de despedida em Ryder. Cada segundo desse abraço foi doloroso para mim.

Então ela foi embora, e senti que conseguia respirar — por enquanto.

O responsável pelo velório veio e falou para Ryder que tinha fechado a porta para impedir que mais gente entrasse.

Meia hora depois, finalmente, a fila chegou ao fim.

Ryder me segurou pela mão e me levou para fora por uma porta lateral, onde um motorista estava nos aguardando. Parecia que estávamos entrando em um carro de fuga.

No segundo em que a porta do carro se fechou, Ryder enterrou o rosto no meu peito e começou a chorar copiosamente. Era a primeira vez que eu o vira chorar a noite toda. Aparentemente, ele estivera segurando e aguardando esse momento — quando as pessoas não mais o estavam observando — para desabafar. Minhas próprias lágrimas caíram enquanto eu o abraçava, seus ombros balançando em meus braços.

Em certo momento, o choro dele diminuiu para respirações pesadas. Ele sussurrou na minha pele:

— Nada nem ninguém consegue me fazer sentir melhor, mas, quando você entrou, foi a primeira vez em que me senti vivo de novo. — Ryder beijou meu pescoço delicadamente. — Por quanto tempo pode ficar?

— Ficarei para o funeral amanhã. Meu voo é no dia seguinte.

— Então, quem exatamente está cuidando de Ollie? Você falou que era uma amiga?

— Minha amiga Camille. Ela se ofereceu. Trabalha comigo no Ellerby's.

— Ela é responsável?

Eu sorri com a preocupação dele.

— Sim. Ela já cuidou dele uma vez.

— Quem quer que ela seja, me lembre de lhe dar um grande beijo por permitir que você viesse para L.A. Nunca poderei recompensá-la por me deixar ficar com você neste momento.

— Fico muito grata por me querer aqui.

De novo, ele me aproximou de si.

— Como poderia *não* querer você aqui?

— Eu só não tinha certeza se seria... demais.

— Só há uma coisa de que preciso esta noite, Eden.

— Do quê?

— Quero tomar um banho quente com você, me enterrar em você e esquecer todo o resto. Preciso só de *você*.

Por enquanto, ouvir isso era tudo de que *eu* precisava.

— Podemos fazer isso. — Eu o abracei com mais força. — Você está bem?

Parecia uma pergunta idiota, considerando as circunstâncias, mas escapou antes de eu pensar melhor nisso.

— Não — ele respondeu. — Vai demorar um tempo para eu ficar bem. Ainda não caiu a ficha.

— Eu sei.

— Mas estou o melhor que poderia neste momento com você aqui. — Ele se endireitou para olhar para mim. — Sei que, provavelmente, está se perguntando por que Mallory estava comigo quando você chegou.

Você nem sabe a metade.

— Não precisa explicar.

— Claro que preciso, te devo uma explicação. — O tom dele foi insistente. — Ela apareceu na minha casa do nada esta tarde antes do velório. Ela era próxima ao meu pai. Eu nem tinha contado a ela sobre a morte dele. Imaginei que descobriria porque estava em toda a imprensa. Ela falou que queria me apoiar esta noite. Sinceramente, não tive energia para questionar nada. — Ele pausou. — Ela também me contou que terminou o noivado, porém não tivemos tempo de conversar sobre isso. Para ser honesto, tê-la ali estava me estressando, na verdade. Aí você apareceu, e parei de pensar nisso.

Fiquei feliz por ele estar sendo sincero. Fiquei tentada a confessar o que ela tinha me dito no banheiro, porém escolhi não o fazer. Não passaria o pouco tempo que tinha com ele falando sobre sua ex-namorada, que, aparentemente, o queria de volta. Se ele soubesse que ela ainda o amava, será que se sentiria diferente quanto a ela? Essa pergunta me assombraria silenciosamente. Meu estômago estava revirado enquanto eu pensava nisso, porém eu tinha ido até lá para ficar com ele. Não deixaria que ninguém tirasse esse tempo de nós.

O motorista interrompeu meus pensamentos.

— Chegamos.

Saímos do carro, e olhei para a estrutura gigante que, aparentemente, era a casa de Ryder.

Tudo que consegui pensar foi: *puta merda*.

CAPÍTULO 23

Eden

Era um lugar que eu só tinha visto em filmes.

Rodeada por pisos luxuosos, cheia de jardim e um portão enorme de ferro forjado, a casa de Ryder era de tirar o fôlego.

Após entrarmos pelas portas da frente suntuosas e altas, meus sapatos ecoaram conforme pisava no piso de mármore.

Não estou mais em Utah.

— Bem-vinda à minha humilde moradia — ele disse de forma sarcástica.

— Ryder, nunca imaginei...

— Sei que não, porque você não é materialista. Como eu vivo não é algo em que você pensa. Sei disso.

Ele pegou um controle remoto e ligou a lareira da sala de estar.

— Mas sabe de uma coisa?

— O quê?

— Eu escolheria sua casinha aconchegante em St. George em vez deste lugar vazio e frio. Fico aqui sentado à noite e penso no quanto me sinto muito mais confortável lá.

— Isso é meio maluco.

— É. — Ele abriu um sorriso discreto. — Podemos concordar em discordar.

Ryder me mostrou um pouco da casa. Logo do lado de fora das portas francesas, havia uma piscina linda e um pátio, iluminado com luzes azuis. Havia um cinema de última geração com assentos macios e aveludados, uma adega e uma academia.

Na grande cozinha, buquês enormes de flores cobriam a ilha de granito. Ryder os encarou como se vê-los o tivesse levado de volta para a realidade.

Ele se virou para mim e sussurrou:

— Só quero esquecer.

Estendi a mão.

— Então vamos esquecer.

Ryder a pegou e me levou por um corredor, depois para cima por uma escada em espiral.

O cheiro do seu perfume saturava o ar no quarto dele. Com madeira escura e muitos detalhes em preto, o quarto de Ryder era sexy e masculino. Uma cabeceira acolchoada e acinzentada que eu sabia que já tinha visto antes ocupava a maior parte da parede atrás da cama. Ele apertou um botão, e as cortinas começaram a se fechar.

— Então era daqui que você me assistia, hein? Reconheço a cabeceira.

— Era daqui, sim. A cena do crime.

Ele desafivelou seu cinto antes de me virar e abrir o zíper do meu vestido, que caiu no chão, e saí dele. Ryder continuou me despindo até eu estar totalmente nua. Ele ficou atrás de mim conforme cobria minhas costas com beijos lentos e firmes, fazendo meu corpo todo se arrepiar. Eu adorava o quanto ele parecia ansioso e desesperado por mim. Sua ereção se pressionou contra minha bunda, muito excitante e dura através do tecido da calça social.

Ele beijou minha nuca.

— Minha linda Eden. Nunca vou me esquecer de que você veio para ficar comigo. — Ele me virou e me analisou por muitos segundos.

Tantas emoções me percorreram conforme eu desabotoava sua camisa. Sabia disso mais claramente do que nunca naquela noite e, ainda assim, nunca estivera com tanto medo.

Ele tirou a calça. Só de boxer, ele me puxou para seu peito duro e me envolveu em seus braços e descansou a boca no meu cabelo.

Ele me balançou gentilmente para a frente e para trás. Fechando os olhos, apreciei a sensação. Ele nunca tinha me falado que me amava, porém, se isso não era amor, eu não saberia o que era. Percebi que nunca ninguém tinha me abraçado assim em toda a minha vida — certamente, nenhum homem. Gostava de pensar que eu era uma pessoa bem forte, alguém que não precisava ser mimada ou embalada. Mas, caramba, era muito bom ser abraçada assim. Ele tinha passado por tanta coisa hoje, mesmo assim, ali estava ele *me* embalando.

Queria gritar: "Por favor, não me deixe. Ela vai voltar para você. Você pode ficar confuso e não saber o que fazer. Mas eu te amo, Ryder. Por favor, acredite nisso".

Mas claro que permaneci em silêncio, jurando trazer minha mente de volta para o presente e não remoer o futuro incerto, o qual sempre atormentou nosso relacionamento.

Ryder me levou para um banheiro gigantesco ao lado da suíte master.

Santa mãe de todos os chuveiros — era como um quarto e tinha lindos azulejos.

Entramos nele, depois ele tirou a boxer e virou um registro. Ambos estávamos totalmente nus agora. Eu nunca o vira assim, e percebi o quanto ele era perfeito conforme a água cascateava por seu corpo como uma cachoeira na pedra esculpida. O V na base do seu abdome alinhado com uma trilha fina de pelos levava até seu pau — seu pau maravilhoso e grosso que era tão perfeitamente intimidador, mas que eu sabia que conseguia receber.

Ryder me puxou para perto enquanto a água saía de três chuveiros enormes. Ele colocou a testa na minha enquanto a água caía sobre nós.

Quando ele começou a me beijar, pronto. Estávamos em nosso

próprio mundo debaixo do chuveiro dele. Nada mais importava, e eu tinha certeza de que não deixaria meus pensamentos assustadores destruírem o momento sagrado. Tudo que eu queria era fazer amor com ele, confortá-lo e fazê-lo não sentir nada além de mim por um tempo.

Coloquei as mãos no rosto dele e o puxei para mais perto enquanto ele me beijava, sua língua explorando minha boca como se ele precisasse das minhas respirações para sobreviver, como se não conseguisse me beijar forte o bastante. Esse momento parecia diferente de qualquer outro que tinha vivido com ele.

Ele inclinou seu peso em mim, depois me ergueu no colo como se eu não pesasse nada. Envolvi as pernas nele quando me segurou contra a parede de azulejo.

Imediatamente, senti a cabeça do seu pau na minha abertura.

Ele começou a entrar em mim sem avisar.

— Desculpe. Não consegui evitar — ele murmurou.

— Não pare. Está tudo bem.

Não precisou de mais nenhum convencimento. Em um segundo, Ryder tinha entrado inteiro em mim. Seus olhos se reviraram conforme seu corpo embalava o meu enquanto ele me fodia. Sua mão agarrou minha nuca, e o som da nossa pele molhada se batendo ressoou pelo banheiro, junto com os ecos do nosso prazer. Era selvagem e primitivo e, pela primeira vez na vida, eu não estava preocupada com minha própria coreografia durante o sexo. Ele estava no banco do motorista, e estava fazendo um trabalho bom pra caramba dirigindo. Só deixei fluir, fechando os olhos e sentindo a pura força do seu corpo entrando em mim.

Eu não conseguia me lembrar da última vez em que tivera a liberdade de gemer tão alto quanto quisesse. E não havia nada mais excitante do que os sons guturais que Ryder fazia quando me fodia.

Seus braços me envolveram com firmeza enquanto ele continuava estocando em mim, suas respirações frenéticas em sincronia com suas investidas. Todo o resto do universo desapareceu.

— Estou te machucando? — ele perguntou, tirando-me do transe. Diminuiu por um instante, e essa pequena pausa pareceu uma tortura.

Balancei a cabeça negando, depois arqueei as costas e rebolei, apertando mais forte seu corpo para mostrar a ele. Quando apertei meus músculos em volta do seu pau, a respiração dele se tornou ainda mais superficial. Gentilmente, ele mordeu meu pescoço ao continuar me fodendo sem parar.

— Bom pra caralho — ele disse, rouco. — Me sinto um animal com você... não consigo me saciar.

Apesar de isso ser bruto, me sentia cem por cento segura. Tinha me entregado por completo, e isso, definitivamente, nunca havia acontecido comigo.

Minhas pálpebras estavam pesadas conforme joguei a cabeça para trás. Ele colocou a mão no meu queixo e enfiou seu polegar na minha boca. Eu o chupei enquanto ele assistiu intensamente.

De repente, meu orgasmo me percorreu. Quando gemi, o corpo dele começou a tremer. Ele gemeu em êxtase, e senti uma onda de calor conforme ele gozou forte, quase com as bolas dentro de mim.

Ryder entrou e saiu de mim devagar por muito tempo depois de nós dois termos gozado. Eu conseguia me sentir ficando excitada de novo, querendo mais.

Após alguns minutos me segurando contra a parede enquanto sua respiração se acalmava, enfim, ele saiu e me colocou no chão.

— Foi... uau.

Ainda respirando pesadamente, assenti, incapaz de encontrar palavras.

Ryder pegou uma esponja e derramou um pouco de sabonete líquido nela. Ele começou a me lavar delicadamente. Quando a colocou entre minhas pernas, pude sentir seu sêmen escorrendo de mim, acumulando-se em minhas coxas.

Me provocando com a esponja, ele sussurrou no meu ouvido:

— Adoro ver meu gozo escorrendo de você.

Suas palavras fizeram meus mamilos se enrijecerem. Definitivamente, eu estava pronta para uma segunda rodada.

Ele apertou a esponja algumas vezes antes de reaplicar o sabonete e entregá-la para mim.

— Pode me lavar?

— Eu adoraria.

Do topo até embaixo, passei a esponja por todo o seu corpo lindo, apreciando cada músculo, cada sulco daquele homem lindo. Coloquei um pouco de xampu na palma e esfreguei as mãos na cabeça dele. Ele fechou os olhos para curtir a sensação. Quando eu tinha terminado, ele os abriu e colocou xampu na própria mão a fim de retornar o favor.

Ryder massageou minha cabeça com suas mãos enormes. Eu poderia tê-lo deixado fazer isso a noite inteira; era muito bom. Depois que enxaguou meu cabelo, ele me abraçou debaixo da água de novo, beijando repetidamente minha cabeça. Eu nunca tinha me sentido tão cuidada, e me vi em lágrimas.

— Você está bem? — ele perguntou.

— Sim, só estou bem emotiva agora.

— Posso te contar uma coisa? — ele indagou, segurando meu rosto.

— Sim.

— Minha mente esteve em círculos nos últimos dias, pensando em um monte de merda... coisas que eu teria feito diferente com meu pai, outros pensamentos aleatórios. Quando me vi lamentando minha perda, pensei em você... em como seu pai nunca esteve na sua vida, como nós dois estamos no mesmo lugar agora, sem ter os pais por perto. Eu tive sorte de ter meu pai o quanto pude. Mas você vive com a morte de um homem que ainda está andando pela Terra. E, apesar de você não falar sobre isso, sei que isso te magoa. No momento em que percebi o significado por trás do seu nome no site, descobri isso. Você é forte e não demonstra seu lado vulnerável.

Ele acariciou meu rosto.

— De qualquer forma, tenho um raciocínio com tudo isto. — Ele me beijou suavemente. — Meu raciocínio é que, onde quer que esteja, seu pai não faz ideia do ser humano lindo, gentil e precioso que criou. E isso é uma vergonha para ele. Porque você é, sem dúvida, a maior conquista dele, e ele nem sabe disso.

A água escorreu por nós, lavando minhas lágrimas quando ele continuou.

— Você me trouxe tanta felicidade, e o fato de vir para L.A. é, literalmente, o que está me mantendo são no momento. Você é preciosa para mim, Eden. Espero que saiba disso.

Ele tinha me deixado sem palavras. Estava certo. Por mais que eu nunca tivesse deixado o abandono do meu pai definir meu valor, havia uma sombra de mágoa que nunca desapareceu realmente.

O desejo de dizer a Ryder que o amava era forte, mas eu não seria a primeira a declarar, apesar de querer.

Então decidir não falar.

— Você também é precioso para mim.

Amor On-line

CAPÍTULO 24

Eden

O funeral foi ainda mais difícil do que eu imaginara. A força que Ryder tinha mostrado no dia anterior parecia inexistente agora. Pareceu cair sua ficha do fim de tudo.

Ele berrou quando abaixaram o caixão no chão, e foi muito difícil de assistir. Tudo que eu podia fazer era esfregar suas costas, mas nenhuma palavra o confortaria.

Após o enterro, Ryder tinha organizado um almoço em um restaurante chique no centro de L.A. para família, amigos e os sócios mais próximos. Ele não tinha muitos parentes porque seu pai também era filho único. Alguns primos do lado da sua mãe estavam lá, junto com seus bons amigos, incluindo Mallory, que tinha ficado para a refeição, para minha consternação. Com exceção de sussurrar algumas coisas para Ryder aqui e ali, ela havia mantido distância. Mas seus olhos sempre estavam firmemente focados nele. Dava para ver que ela estava sofrendo por não ser a mulher ao lado dele.

Pensar em ter que deixá-lo no dia seguinte enquanto havia tantas coisas no ar era doloroso.

O restaurante era superchique — o tipo de lugar em que o garçom serve um pouco de vinho e o gira antes de descartá-lo para limpar qualquer gosto residual da taça. Eu tinha escolhido medalhões de porco refogados em uma cama de risoto de cogumelos. Mas, por mais delicioso que estivesse, eu não tinha apetite.

Conforme Ryder se movimentava para conversar com as pessoas, fiquei sentada à mesa, mexendo minha comida intacta no prato. Bebi uma segunda taça de vinho, com certeza apreciando o álcool — particularmente quando o amigo de Ryder, Benny, veio na minha direção.

Com cabelo bagunçado e barba comprida, seu estilo *grunge* se destacava do grupo. Eu não tinha encontrado Benny no velório na noite anterior; ele devia ter chegado e saído antes de eu chegar. Por mais que Ryder tivesse apontado para ele no funeral, não tivera a chance de nos apresentar formalmente.

Benny cheirava a maconha quando se aproximou da mesa.

— Oi. Não acredito que não nos conhecemos.

— Você é Benny — eu disse. — Ouvi muita coisa sobre você.

Eu o notei silenciosamente repetindo minhas palavras antes de perguntar:

— Qual é o seu nome?

Surpresa, estendi a mão.

— Eden.

Ryder nunca tinha falado sobre mim?

Ele a pegou.

— E como conhece meu garoto Ryder? Te vi com ele o dia todo.

Temendo a resposta, indaguei:

— Ele... não falou de mim?

Ele apertou os olhos.

— Não. Não posso dizer que falou. Desculpe.

Alguns segundos se passaram conforme eu absorvia o que isso poderia significar.

— Estamos namorando... há alguns meses.

Benny pareceu genuinamente surpreso.

— Sério? Bem, vou ter que dar bronca nele. Acho que esteve escondendo de mim.

Fingindo um sorriso, eu disse:

— É. Acho que sim.

— Como se conheceram?

Dei a única resposta que me veio à mente.

— Na internet...

— Mesmo? — Ele encarou Ryder e falou: — Huh.

— O que foi?

— Ah, nada. É só que Ryder, normalmente, não recorre a isso. — Ele deve ter percebido minha expressão não-muito-feliz quando balançou a cabeça e adicionou: — Não quis dizer isso. É que ele sempre tem a mulher que quer aonde quer que vá.

Isso não me fez sentir muito melhor.

— Certo.

— Desculpe. Não quis ser grosseiro. Só estou surpreso por ele ter marcado encontro pela internet. Você, obviamente, é um bom partido. E, *obviamente*, eu não sei quando parar de falar. Jesus, não deveria ter acabado de fumar um. — Ele secou a testa.

— Está tudo bem. — *Só sei muita coisa sobre você, e você não sabe nada sobre mim, nem sequer que eu existia, só isso.*

Ele bebeu água de uma taça aleatória da mesa.

— Você mora por aqui?

— Não, moro em Utah.

— Utah?

— Sim.

— Você é mórmon?

Internamente revirando os olhos, respondi:

— Não sou, não.

— Ah, certo. Sei que há muitos mórmons lá.

— Sim. Então, claro que *devo* ser mórmon.

— Tá bom, me sinto um idiota agora. Estraguei completamente esta conversa. Desculpe. Às vezes sou péssimo. Não sou bom com merdas sociais.

— Está tudo bem. Também não sou exatamente boa. Sem contar que não combino nada com este lugar.

— O que a faz dizer isso?

— Olhe para essas pessoas. Não tenho dinheiro nem influência. Sou só uma garota de St. George.

— Bom, eu também não combino, e moro aqui minha vida toda. Então...

Isso me fez sorrir um pouco.

— Ryder me contou que você tem uma distribuidora de maconha.

— É. Amo o que faço.

Dá para sentir o cheiro.

— Dá para ver.

— Então você voou para cá só para isto? — ele perguntou.

— Sim.

Ele olhou para onde Ryder estava parado.

— Estou muito preocupado com ele... em como vai lidar com tudo que será jogado nele agora.

— O que acha que vai acontecer com a empresa?

Ele pareceu reflexivo.

— Não sei. Meu pai costumava ajudar a administrar o estúdio. Ele sempre quis que eu entrasse nisso, mas nunca foi minha praia. Enfim, sei de quanto trabalho precisa só de vê-lo, e acho que Ryder não vai conseguir lidar com tudo.

Ficamos sentados em silêncio conforme nossos olhares se fixaram em Ryder por um tempo.

Então, Benny se virou para mim e pediu licença.

Amor On-line

— Bom, estou quase pronto para outro cigarro. Você parece bem legal. Foi um prazer te conhecer.

— Também foi um prazer te conhecer.

Por mais que Benny tenha me insultado sem querer, ele era muito mais descontraído do que qualquer um ali. Ele não se encaixava muito bem, e isso meio que nos tornava espíritos afins.

Mas, depois que ele foi embora, a realidade da nossa conversa bateu. Ryder nunca tinha falado de mim para ele — um dos seus melhores amigos. Será que ele tinha vergonha de mim? Nunca pensara nisso, mas que outra explicação poderia haver? Senti que estava perdendo a fé.

Após Ryder terminar de conversar, ele seguiu na minha direção.

Ele se sentou antes de segurar minha mão e beijá-la.

— Ei. Desculpe por deixá-la por tanto tempo.

— Não tem problema.

Queria tanto perguntar por que nunca tinha falado de mim para Benny, mas me contive. Essa não era a hora de colocar culpa nele ou começar uma conversa sobre o nosso relacionamento. Ele tinha acabado de enterrar o pai, pelo amor de Deus. Eu teria que conter meus sentimentos.

Mas, silenciosamente, saber que ele estivera nos mantendo em segredo me colocou em um estado mental diferente. Eu precisava manter a guarda alta, para não aumentar as esperanças de nada. Com certeza, Ryder iria precisar de espaço nas semanas seguintes para lidar com as coisas do estúdio. Mallory também se aproximaria dele, e planejava confessar seu amor eterno por ele — um segredo que estava me matando, mas não era meu para contar.

Mais tarde, Ryder e eu ficamos deitados juntos na sala de estar. Ele tinha ligado a lareira elétrica, e estávamos relaxando dos eventos do dia. Eu estava deitada entre as pernas dele com as costas em seu peito na *chaise*. Dava para sentir a subida e a descida do seu peito.

Ele ficara quieto por um tempo e então disse:

— Na última vez que meu pai e eu conversamos, ele me falou que me amava e que tinha orgulho de mim. Isso não era algo que acontecia com frequência.

Virando para olhar para ele, eu falei:

— A gente quase se pergunta se a alma dele pôde sentir alguma coisa.

Ele apertou seu abraço em mim.

— Sim. É estranho.

— E lindo ao mesmo tempo.

— O único motivo pelo qual liguei para ele foi por causa da minha conversa com Ollie.

— É verdade. Me lembro de você dizer.

— Então, sou grato por Ollie ter colocado essa sugestão de filmes na minha cabeça, porque, do contrário, eu não teria conversado com meu pai, nunca teria tido esse último momento com ele.

— Fico muito feliz por isso. — Após um instante, eu disse: — Ollie está preocupado com você.

— Merda. Sério? — Ele se endireitou um pouco. — Posso ligar para ele? É muito tarde?

— Nem um pouco. — Peguei meu celular da mesa de centro. — Ele só vai dormir daqui a uma hora.

Liguei para meu número de casa e coloquei no viva-voz.

Camille atendeu:

— Oi! Como está indo?

— Foi um longo dia. Estou com Ryder aqui. Está no viva-voz... só para você saber.

— Obrigada pelo alerta. — Ela deu risada. — Eu poderia ter falado alguma coisa idiota. — Seu tom suavizou. — Sinto muito por sua perda, Ryder.

— Obrigado, Camille. Agradeço por isso. E obrigado por cuidar de Ollie para eu poder ter Eden aqui comigo.

— É um prazer.

— Cadê o meninão? — Ryder perguntou.

— Está no quarto, mas vou dar o telefone para ele. Espere um pouco.

Deu para ouvir os sons abafados de Camille conversando com Ollie antes do meu irmão aparecer na linha.

— Ryder?

— Oi, amigão.

— Você está bem? — Ollie perguntou.

— Sim. É por isso que estou ligando. Queria que você soubesse que não precisa se preocupar comigo. Vou ficar bem. — Ryder olhou para mim e sorriu antes de dizer: — Obrigado por me deixar pegar sua irmã emprestada por alguns dias. Tê-la aqui ajudou bastante.

— Ãh, sem problema. Nem senti tanta falta dela.

Dei risada.

— Muito obrigada, Ollie.

— Certo, talvez esteja com um pouco de saudade.

— Sei que está com saudade de mim, bobinho. Estarei de volta amanhã à tarde, ok? Seja um bom garoto para Camille.

— Ryder? — Ollie chamou.

— Sim?

— Talvez seus pais possam conhecer minha mãe agora.

Ryder sorriu.

— Seria muito legal, não seria?

— Você acredita em Paraíso, certo?

Ryder inspirou fundo, parecendo refletir sobre a pergunta de Ollie.

— Acredito que nossos entes queridos ainda ficam conosco depois que falecem. Não sei se há outro lugar em que se reúnem ou se tornam parte de nós de algum outro jeito, mas acredito que há mais do que esta vida, que eles ainda estão por aí. Na verdade, conversei bastante com meu pai nos últimos dias.

— Ele respondeu?

Ryder fechou os olhos e sorriu.

— Não. Mas sinto que ele consegue me ouvir.

— Legal. Vou tentar conversar com minha mãe.

— Deveria mesmo. Aposto que ela gostaria de ter notícias suas.

— Obrigado pela dica, Ryder.

— Por nada, amigão. Conversamos mais em breve, ok?

— Ok.

Depois que ele desligou, Ryder se deitou e disse:

— Foi bom ouvir a voz dele.

— Sei que ele estava morrendo de vontade de conversar com você.

Ryder me puxou para perto do seu corpo de novo.

— Que horas é o seu voo amanhã?

— Ao meio-dia.

— Vamos tomar café da manhã juntos antes de eu te levar para o aeroporto.

— Certo. Vai ser legal.

Ficamos deitados em silêncio por mais um tempo até ele falar:

— Eu te vi conversando com Benny no restaurante.

Lambi meus lábios.

— É. Me apresentei. Ele não sabia quem eu era, não sabia que você estava namorando alguém. — Não consegui evitar admitir isso.

— Desculpe, nunca tive a oportunidade de contar para ele sobre nós.

— Tudo bem. Entendo por que você pode ter um pouco de vergonha de como nos conhecemos.

— Espera aí. — Ryder me virou para encará-lo. — Não é nada disso. *Não* tenho vergonha de você, Eden. Porra. *Nunca* pense isso. — Ele apertou seu abraço. — Benny é muito cínico e um engraçadinho. Não estava a fim de lidar com as piadas de mau gosto dele, que seriam inevitáveis se contasse toda a história. E não queria mentir para ele sobre como nos conhecemos. Então estava pensando em como lidar com isso. Ele é um velho amigo, mas pode ser bastante idiota às vezes. Adiei contar só porque queria fazer isso certo. Sinceramente, o principal motivo de ele não saber é por não termos conversado muito nos últimos meses. Ele está fazendo as coisas dele. Me sinto muito mal por ter pensado que tenho vergonha de você.

Me sentia ridícula por ter deixado isso me chatear. Afinal de contas, ele tinha me apresentado para Mallory como sua namorada, e sua empregada, Lorena, já sabia quem eu era. Acho que eu só estava sendo sensível.

— Está tudo bem. Eu entendo. Falei para ele que nos conhecemos na internet.

— Isso deve tê-lo confundido. Ele sabe que nunca gostei de marcar encontros on-line.

— É, ele ficou *completamente* confuso.

Olhei para o relógio do meu celular. Estava ficando tarde. Meu tempo ali estava quase acabando, e isso me deixou em pânico por dentro. Aparentemente, Ryder conseguiu ver isso na minha cara.

— O que houve? Tem mais alguma coisa te incomodando. Sei disso.

— Não — menti.

— Eden...

Não poderia falar de Mallory. Era exagero. Então dei meu máximo para falar sobre meus sentimentos sem entrar numa conversa esquisita sobre a ex dele.

— Sei que os próximos meses serão difíceis. Só quero que saiba que estarei aqui para você do jeito que precisar. Não espero nada em troca. Você precisa de tempo para pensar que direção sua vida vai seguir, e isso inclui como me encaixo nela. Também significa que preciso continuar com cautela, sabendo que...

— Está tentando terminar comigo ou algo assim?

A expressão de preocupação dele estava piorando a cada segundo.

Como se eu conseguisse te deixar ir voluntariamente.

— Não. Gosto muito de você... e é por isso que quero te dar tempo sem pressão para pensar no que realmente quer.

— Eu quero *você*. — Ele segurou minha mão e entrelaçou os dedos com os meus. — De onde isso está vindo?

— Da minha mente lógica? Desculpe. Disse para mim mesma que não iria falar sobre nosso relacionamento enquanto eu estivesse aqui. Não é apropriado, devido ao que você está passando. Acho que não deveríamos estar falando disso agora.

— Não se preocupe. Posso lidar com isso. E nunca se desculpe por me dizer o que está pensando. Só estou tentando entender exatamente aonde você está querendo chegar. — Ryder se sentou, depois me ergueu para montar nele.

Olhei profundamente nos olhos dele e disse:

— Depois de todo esse tempo que estamos juntos, não estamos mais perto de saber o que vai acontecer entre nós a longo prazo. Estou com muito medo de perder você, mas, ao mesmo tempo, quero ser realista. Não podemos viver com a cabeça enfiada na areia. Em certo ponto, alguém precisava ceder. Estar aqui me fez perceber o quanto perco da sua vida... praticamente toda ela. Simplesmente não é possível continuar assim para sempre.

A expressão dele ficou menos rígida conforme pareceu entender.

— Tem razão. Não é muito justo, certo? Nunca te prometi nada... porque parte de mim tem medo de não conseguir suprir o que você precisa. E, com o falecimento do meu pai, isso só deixou meu futuro ainda mais incerto. A única constante é o que sinto por você. E quero que isso seja suficiente, mais do que qualquer coisa.

Se ao menos fosse suficiente...

— Não tenho dúvida de que você quer ficar comigo — esclareci. — Acho que o que estou tentando dizer é que sei que precisa de tempo para pensar na sua vida. E quero te dar isso sem você ter que se preocupar em me perder. Estarei aqui até você descobrir o que quer. Não espero que seja amanhã nem no próximo mês. Mas *precisamos* pensar nisso. Não podemos viver no limbo para sempre.

Além disso, quanto mais tempo eu tenho você, mais difícil será de perder você.

Ele colocou a mão no meu queixo e o acariciou com o polegar.

— É verdade. Não é justo. Juro pensar nisso. Só queria saber o que isso envolve. Obrigado por me dar tempo.

Abri os olhos às 5h30. Ryder teve muita dificuldade para dormir na noite anterior. Ele havia, finalmente, caído no sono lá pelas três da manhã, e agora estava totalmente apagado.

Eu não conseguia tirar nossa conversa da cabeça. Ele havia jurado fazer um esforço para pensar no ponto em que as coisas estavam entre nós. E eu acreditava nele. Mas isso significava que o tempo estava passando. E me aterrorizava, porque não conseguia enxergar nenhuma conclusão que não significasse me magoar. Parecia que o fim estava perto para nós.

Como eu não estava conseguindo dormir, saí da cama e desci as escadas. Não tinha ido do lado de fora da propriedade de Ryder, e pensei que poderia ser legal assistir ao nascer do sol acima da cidade. Como a casa era no alto, dava para ver o horizonte de Los Angeles.

Depois de fazer café, eu fui para fora e me sentei na colina gramada do fundo. Fechei os olhos e deixei a brisa da manhã soprar meu rosto. Era tão silencioso e tranquilo. Ryder tinha um jardim lindo com roseiras e flores exóticas, junto com algumas esculturas. Se eu morasse ali, ficaria do lado de fora todos os dias, meditando e absorvendo a paisagem linda.

Uma onda de emoções me tomou. Mais do que qualquer coisa, queria poder ficar. Acabava comigo o fato de não poder continuar ao lado de Ryder quando ele precisava de mim — principalmente naquela semana em que ele seria bombardeado no trabalho. Eu sabia que ele ainda estava muito confuso e estressado quanto ao que fazer com o estúdio.

Incapaz de me controlar, comecei a chorar. Colocando a cabeça entre os joelhos, me deixei desabafar todos os sentimentos que estivera guardando nos últimos dois dias.

Alguns instantes depois, uma voz me assustou.

— Está tudo bem aqui fora?

Me virei e vi Lorena vindo na minha direção. Vestida com um uniforme todo branco, ela era pequena com cabelo escuro de médio comprimento, e provavelmente tinha uns cinquenta e muitos anos. Eu sabia que ela era muito importante para ele, então sua presença me deixava meio nervosa. Parecia a coisa mais próxima de conhecer a mãe dele.

— Eu te assustei? Tenho o hábito de fazer isso com hóspedes da casa. — Ela deu uma risadinha.

— Fiquei sabendo do seu sininho — eu disse, conseguindo sorrir.

— Ah... ele te contou sobre isso, é?

— Sim. — Sequei os olhos e estendi a mão ao me levantar. — Não tivemos a oportunidade de conversar no funeral.

— Sei sobre você há bastante tempo. — Ela apontou para a grama. — Por favor, sente-se.

Ela se sentou ao meu lado.

Me virei para ela.

— Ele fala de mim para você?

— Fala, sim.

Isso me fez sentir ainda mais tola por ficar chateada quanto a Benny.

— Quanto ele te contou?

— Sei que você trabalha mostrando os peitos e sua *cha-cha*.

— Ok. — Dei risada, nervosa. — Então tudo.

— É. Eu costumava zombar dele por isso, até ele voltar daquela primeira viagem. Aí pude ver o quanto estava falando sério sobre você. Depois que me contou tudo, percebi por que você faz o que faz. Então parei de ser uma engraçadinha julgadora.

Sua sinceridade era revigorante.

— Entendo por que você estava cética. Alguns dias, nem eu acredito que trabalho com isso. Mas, felizmente, não será para sempre. — Peguei um pouco de grama. — Então como percebeu que ele estava falando sério sobre mim?

— Porque Ryder voltou daquela viagem um homem mudado. Nem consigo identificar o que foi. Acho que pude ver na expressão dele. Era como se uma nova vida tivesse sido dada a ele. E isso falou alto sobre você. Além do mais, ele me contou sobre seu irmãozinho fofo. Sinto muito por um dia ter te julgado. Você está sustentando sua família.

Gostei muito daquela mulher.

— Bem, obrigada por dizer isso.

Nós duas olhamos para o horizonte.

— Ele mencionou que você está com ele desde a infância.

— Sim. Ele é como um filho para mim. Gosto muito dele. E posso ver que você também.

— Acho que está óbvio...

— Suas lágrimas não mentem.

Ela conseguia enxergar o que eu realmente sentia.

— Estou apaixonada por ele. — Admirada com minha própria admissão, adicionei: — É a primeira vez que falo isso em voz alta.

— Ele sabe disso?

— Não falei em palavras. Não quero dizê-las até ter certeza de que ele se sente igual. E este não foi exatamente o momento oportuno para mencionar.

— Por que não me conta o que está realmente acontecendo?

— Como assim?

— O motivo pelo qual estava chorando.

Olhei para baixo por um instante.

— Tenho medo de perdê-lo.

— Por quê?

— Posso te confessar uma coisa?

— Depende do que é, se afeta Ryder.

— É sobre a ex dele... Mallory. Deve conhecê-la.

— Sim. Ela morou aqui uns dois anos.

Isso mesmo.

— Então você a conhecia bem, certo?

— Não tão bem quanto pode achar. Nunca fomos próximas. Ela me respeitava, mas acho que não *gostava* muito de mim.

— O que a faz dizer isso?

— Acho que ela não gostava que eu ficasse por perto. Acho que achava meio intrometida uma empregada que vem todo dia. Ela me olhava esquisito quando eu estava dobrando as cuecas de Ryder, essas coisas. Não parecia entender que eu tinha trocado as *fraldas* dele, que dirá dobrar as cuecas dele. Nunca me senti totalmente confortável quando ela morava aqui. Mas, depois de um tempo, percebi que não era necessário me sentir confortável, contanto que Ryder estivesse feliz. Ele parecia estar, até que terminaram. Mas nunca senti que ela era a certa para ele. — Ela arqueou uma sobrancelha. — Enfim, o que tem ela?

Eu precisava desabafar.

— Mallory me encurralou no velório... no banheiro. Queria questionar sobre qual a seriedade do nosso relacionamento. Ela falou que achava que eu deveria saber que ela planejava dizer a ele que ainda estava apaixonada. Ela o quer de volta e me pediu para não falar nada, devido a todo o estresse pelo qual ele está passando. Concordei que era melhor não tocar no assunto, mas isso está me matando por dentro, estou sentindo que estou prestes a perdê-lo.

Lorena arregalou os olhos.

— Merda. Ela teve a audácia de te puxar de lado desse jeito.

— Sim. Mas estou preocupada. Não confio que ele não tenha mais sentimentos por ela.

Ela assentiu.

— Deixe-me te contar uma coisa sobre Ryder. Tudo que esse menino sempre quis foi ser amado. Ele amava Mallory, mas ela partiu o coração dele. Não tenho tanta certeza de que ele conseguirá esquecer isso, independente do quanto ela diga para ele. E não seja tão rápida ao desacreditar dos sentimentos dele por você. Você não existia na vida dele quando tudo isso aconteceu.

— Certo, mas a questão é a seguinte... seria muito mais fácil para ele ficar com ela. Ela não tem nenhuma bagagem.

— O caramba que não tem. Ela o deixou e ficou noiva de outra pessoa. Isso é bagagem emocional.

— Ok. É, isso é verdade.

— Eu gosto de você por ele, Eden. Sabe por quê? Porque nunca o vi tão feliz. Já desisti há muito tempo de Ryder se casar com uma das minhas sobrinhas. — Ela deu risada. — Então vou torcer por você. E vou te dar um conselho.

— Ok...

— Não seja reativa aos seus medos. Não se distancie ou mude a forma como o trata porque tem medo de perdê-lo. Não deixe outra pessoa invadir o que vocês dois têm. Esteja lá para ele, e seja sempre a garota pela qual ele se apaixonou. Se for para ser, será. Sem a única família dele, mais do que qualquer coisa agora, Ryder precisa de pessoas em volta em quem possa confiar. E, acredite em mim, não existem muitas. — Ela deu de ombros. — E, ei, se ele voltar a ficar com ela, ele não é o certo para você, de qualquer forma.

Suas palavras me deram confiança.

— Você está certa, Lorena. É muito sábia.

— Bem, tem que haver algum benefício em envelhecer, certo? — Ela sorriu. — Você se parece muito comigo... uma mulher forte e independente que faz o que precisa para sustentar a família. Meu ex-marido... me abandonou e me deixou criando meu filho sozinha. Eu estava determinada a encontrar um trabalho. Continuava sendo recusada, mas fui atrás de qualquer coisa que pudesse encontrar. De alguma forma, acabei na porta dos pais de Ryder. Isso mudou minha vida. A mãe dele me contratou porque falou que sua intuição lhe dizia para fazê-lo. Eu não tinha experiência e não merecia o emprego. Mas, trinta anos depois, aqui estou. Eles cuidaram muito bem de mim. E tento retornar o favor. — Lorena suspirou. — Enfim, sempre vou ter respeito por mulheres que fazem o que precisam para se defender e defender a família. E essa é você.

Eu queria abraçá-la.

— Obrigada. Agradeço por dizer isso.

De repente, a voz grossa matinal de Ryder soou por trás de nós.

— Na única manhã que resolvo dormir um pouco mais, as duas mulheres da minha vida estão conspirando contra mim?

— Eu só estava falando para Eden que ela precisa te tratar bem ou vai ter que se ver comigo. — Lorena deu uma piscadinha para mim.

— Tenho praticamente certeza de que é o oposto. Será a primeira a me bater se um dia estragar as coisas com ela.

— Você me conhece tão bem, *mijo*.

Lorena se levantou e esfregou a calça branca.

— Vou fazer café da manhã para vocês.

Ryder balançou a cabeça.

— Não precisa. Eu faço, Lorena.

— Fique com sua namorada. Vocês só têm algumas horas até ela ter que partir. Pode deixar.

Ela já estava a caminho da porta quando ele gritou para as costas dela:

— Obrigado.

Eu a observei desaparecer lá para dentro.

— Ela é tão legal.

Ele estreitou os olhos.

— Sério?

— Por que parece tão surpreso?

Sentando-se ao meu lado, ele disse:

— Lorena normalmente não é descrita como *legal*. Ela é bem dura com a maioria das pessoas, mas acho que gosta mesmo de você. Ela te respeita.

— Ela só me respeita porque você fala bem de mim, porque *você* me respeita.

— Respeito, sim. — Ele sorriu. — Sabe, procurei você na cama quando acordei e surtei por um segundo por você não estar lá.

Isso fez meu peito doer, porque eu sabia que ele ainda precisava muito de mim, e eu não estaria ao seu lado quando ele acordasse no dia seguinte.

— Fiquei aqui fora assistindo ao nascer do sol.

— Eu adoraria ter feito isso com você. Deveria ter me acordado para me juntar a você.

— Você precisava dormir.

— Eu nunca escolheria dormir... nem outra coisa... em vez de assistir ao nascer do sol com você.

Peguei a mão dele.

— Queria que tivéssemos mais tempo juntos. Odeio me ressentir da minha vida, mas é exatamente o que estou fazendo agora. Não quero ter que partir. Não estou pronta.

— Com certeza também não estou pronto para deixar você ir. — Ele se inclinou para perto. — Preciso fazer amor com você antes de ir embora.

— Então é melhor voltarmos para o quarto depois do café da manhã. — Encarei meu reflexo nos olhos dele. — Desculpe por estar meio tensa ontem à noite. Não quis colocar mais pressão em você.

— Você falou o que precisava ser dito. Não se desculpe por isso. — Ele veio para trás de mim e me levou ao seu peito conforme me embalou. — Deixe-me te abraçar — ele disse antes de me manter no lugar com ambas as pernas. — Você precisa trabalhar esta noite?

— Sim.

— Podemos conversar no horário normal? À meia-noite?

— Claro, se você estiver a fim.

— Estarei mais ansioso para isso do que nunca. Preciso disso antes de ter que encarar o trabalho amanhã.

— Você não vai tirar nenhuma folga antes de voltar ao escritório?

Ele suspirou.

— Não posso. Preciso começar a pensar nas coisas. Meu pai teria desejado que eu agisse logo, então é isso que preciso fazer. Então, de volta aos negócios de manhã. Mas cancelei a viagem para a China.

Esfreguei as mãos nos braços dele em volta de mim.

— Estou tão orgulhosa de você. Estava querendo te dizer isso.

Ele me segurou mais apertado.

— De repente, quero muito pular o café da manhã. A única coisa que quero comer agora é você.

Lorena colocou a cabeça para fora da porta e gritou:

— Espero que estejam com fome!

Ele me virou, então falou nos meus lábios.

— Estou faminto pra caralho.

Mais tarde naquela manhã, Ryder insistiu em pagar para estacionar no aeroporto a fim de me acompanhar até lá dentro. Quando ele tinha me levado o mais longe que era permitido, paramos e nos olhamos.

— Sabe o que eu queria? — ele perguntou.

— O quê?

— Queria que pudéssemos voar para Catalina Island agora mesmo e fugir de tudo, ter uns dias tranquilos juntos. Quero isso mais do que qualquer coisa.

— Parece um sonho.

Ele tinha estrelas nos olhos.

— Um dia, iremos para lá. Vamos encontrar um jeito, mesmo que eu tenha que pagar uma fortuna para Camille cuidar de Ollie. — Ele segurou meu rosto e levou meus lábios para os dele. — Porra. Não quero te deixar ir.

Ele me puxou para perto e me abraçou. Balançamos para a frente e para trás por um tempo.

Por mais esperançosas que ele estivesse fazendo as coisas parecerem com fantasias de viagens para Catalina, eu ainda estava aterrorizada pelas semanas seguintes.

E se esta for a última vez que ele me abraça desse jeito?

Era tecnicamente possível. Eu o abracei mais forte, aproveitando seu cheiro e o calor do seu corpo.

— Tchau, Ryder.

— Tchau, linda. Vá com cuidado.

Meu coração se afundou um pouco, desejando que ele tivesse dito as três palavras que eu desejava ouvir. Mas não falou.

Conforme eu tentava me afastar, ele continuou segurando minha mão e não queria soltar. De repente, ele me puxou de volta e deu um beijo intenso na minha boca. Minha mala caiu no chão enquanto passei os dedos em seu cabelo e aceitei tudo que ele me dava com cada centímetro da minha alma.

Tive que me arrancar dele, secando as lágrimas dos meus olhos enquanto me afastava, torcendo para viver esse tipo de beijo de novo com ele.

CAPÍTULO 25

Ryder

Uma semana depois do funeral, eu ainda não estava mais perto de determinar o futuro da empresa.

Havia apenas duas coisas me fazendo continuar: conversas noturnas com Eden e e-mails diários de Ollie. Eu não conseguia imaginar como me sentiria solitário sem eles na minha vida.

E meio que fiz... uma coisa.

Sabia que Eden não ficava confortável se soubesse que eu a estava assistindo durante seu show. Então criei um perfil falso para poder entrar e "passar mais tempo" com ela sem deixá-la nervosa. Meu novo nome na tela era *AssLover433*.

Não apenas a assistiria enquanto estava com esse nome, mas, quando queria me divertir, interagia com ela e lhe fazia as perguntas mais idiotas. O melhor era quando ela reclamava durante nossas conversas da madrugada sobre como esse AssLover era irritante. Nesses momentos, eu precisava de toda a minha força de vontade para não cair na gargalhada. Contaria a ela algum dia, e tinha certeza de que riríamos disso. Enquanto isso, estava me divertindo bastante.

Enquanto estava sentado em outra reunião do conselho — desta vez, em um sábado — para conversar sobre o destino do estúdio, resolvi ver meu e-mail.

Uma mensagem de Ollie Shortsleeve usando Voice-Text300:

Querido Ryder,

Pode me ligar? Preciso da sua ajuda. É importante, mas não soe estranho se Eden atender. Por favor, me ligue logo.

Ollie

Isso era esquisito. Ele nunca me pedia para ligar para ele. Meu coração acelerou.

Saindo da reunião, desci o corredor e fui para o lado de fora no fundo do prédio. O sol estava brilhando conforme liguei para o número da casa de Eden.

Depois de uns dois toques, ela atendeu.

— Ryder?

— Oi — eu disse.

— E aí? Não estava esperando você me ligar.

— Bom, tecnicamente, não estou ligando para você. Ollie me pediu para ligar para ele.

— Sério? Certo. Ele está no quarto dele. Espere um pouco.

Depois de uma pausa, eu a ouvi falar:

— Ollie? Ryder ligou para você.

— Pode voltar para a cozinha? — ele perguntou a ela.

— Por quê? Não quer que eu escute?

— Só... por favor? — ele implorou.

Eden suspirou, então eu o ouvi entrar na linha.

Ele sussurrou:

— Ryder?

— Oi, amigão. Está tudo bem?

— Não.

— O que foi?

— Tem alguma coisa errada comigo.

— Como assim?

— Aconteceu... uma coisa. E não sei o que é. Quero saber se *você* sabe o que é. E não posso contar para Eden.

Minha pulsação acelerou, pensando que, talvez, alguém tivesse tentado tocar nele.

— Ok. Fale comigo.

— Estou meio envergonhado de contar a você.

A adrenalina me percorreu.

— Não fique. Pode me contar qualquer coisa.

— Jura que não vai contar para Eden.

— Bom, depende do que é.

— *Não pode* contar para Eden — ele insistiu.

— Certo. Certo. O que está acontecendo?

— Acho que estou sangrando.

— Sangrando? Bom, então precisa contar para sua irmã.

— Não posso!

— Por que não?

— Eu estava... me tocando. Meu, hum, pênis. Porque estava bom. Faço isso às vezes. E acho que fui longe demais. Senti uma coisa sair de lá. Acho que é sangue. Tinha bastante. Era meio que... quente.

Ah, merda.

Precisei sentar em um banco.

Caramba.

Ele não é muito novo para isso?

Não. Eu tinha uns doze anos quando aconteceu comigo.

Ollie tem onze e meio.

Merda.

Tá bom.

Só para confirmar, perguntei:

— Essa coisa saiu quando você terminou de fazer o que estava fazendo?

— Sim. Bem no fim.

Respirei fundo e esfreguei os olhos, rindo um pouco em silêncio.

— Ollie, escute, você está bem, ok? Não há absolutamente nada de errado com você.

Naquele momento, um dos membros do conselho saiu pela porta giratória. Ele devia estar me procurando.

— Aí está você. Estamos todos te esperando. Tenho um compromisso às quatro, então...

— Preciso de um minuto — bradei. — Já vou entrar.

Ele pareceu irritado ao assentir e voltar para dentro.

— Desculpe por isso. Certo, então, como estava dizendo, o que você fez está totalmente ok. É *completamente* normal.

— Por que eu estava sangrando, então?

— Não era sangue. Era outra coisa chamada sêmen.

— Germe?

— *Sêmen.* É uma coisa que sai do seu pênis depois de terminar de fazer o que estava fazendo.

— Mas *não* é normal. Nunca aconteceu comigo. E faço isso, tipo, há seis meses.

— Depois que acontece a primeira vez, acontece toda vez. Começa na puberdade. Então essa só foi sua primeira vez ou talvez a primeira vez que você percebeu ou algo assim. Significa que está ficando mais velho.

— Você sangra toda vez que faz isso?

— Sim. Bem, não exatamente. De novo, sêmen não é sangue. É diferente... é de uma cor meio branca. Sangue é vermelho. Sei que você não sabe a diferença, mas são substâncias diferentes. E não significa que haja algo errado com você. Exatamente o oposto. Significa que seu corpo está trabalhando do jeito que é para trabalhar.

— Então o que faço?

— Não tem que fazer nada. Mas, quando for... você sabe, *terminar* da próxima vez, garanta que tenha uma toalha perto. E saiba que, provavelmente, Eden vai perceber se lavar sua roupa.

— Fiquei com muito medo — ele disse. — Pensei que estivesse morrendo.

Dei risada.

— Não, amigão. Você está bem. — Então caiu minha ficha. — Eles não dão aula de saúde na sua escola? Deveriam te ensinar essas coisas.

— No ano que vem.

— Certo. Bem, se tiver alguma pergunta, pode me procurar.

— Pesquisei pênis sangrando e fiquei com medo.

— Ah, cara. É. Não faça isso. Posso imaginar as coisas que apareceram.

— Enfim, obrigado, Ryder.

— Sem problema. Você me tirou de uma reunião de trabalho estressante. Precisava dar uma pausa dos meus problemas, de qualquer forma.

Se as pessoas da reunião ao menos soubessem sobre o que estávamos conversando...

Eu estava prestes a falar tchau quando ele perguntou:

— Posso te ajudar com seu problema, já que você me ajudou com o meu.

Isso me fez sorrir.

— Queria que pudesse.

— Tem a ver com seu pai?

Olhei para o céu.

— É, amigão, tem. Quando meu pai morreu, ele me deixou com o poder de tomar algumas decisões sobre como a empresa dele deveria continuar. E, sem ele aqui, não tenho certeza do que fazer, não sei o que ele iria querer que eu fizesse.

— Peça ajuda para um adulto.

— O quê?

— É isso que minha professora sempre fala. Quando não souber o que fazer, peça ajuda a um adulto.

— Você sabe que *eu* sou adulto, certo?

— Sim, mas deve ter alguém que saiba mais do que você, que possa *te* ajudar. Tipo, um adulto maior.

Passaram alguns segundos, então algo clicou no meu cérebro. Suas palavras me deram uma ideia.

Claro.

Claro!

Por que eu não tinha pensado nisso? Não poderia fazer isto sozinho. Nunca. A resposta sobre como proceder não viria de mim nem de nenhum daqueles tolos lá em cima; eles só estavam lá por si mesmos. Só havia uma pessoa que poderia me ajudar. E eu teria que implorar para ele.

Peça a um adulto.

— Ollie, você é brilhante, sabe disso?

— Às vezes, sou. Mas pensei que meu pipi estivesse sangrando. Então, não o tempo todo.

— Obrigado por se reunir comigo — eu disse.

O pai de Benny, Benjamin Eckelstein, me levou para fora em seu quintal onde havia uma jarra de limonada na mesa. Ele usava traje branco de tênis. Tinha ligado para ele logo depois de desligar com Ollie e perguntei se poderia me encontrar com ele na casa dele naquela tarde.

— Claro, filho. Estava esperando notícias suas.

Isso me deixou surpreso.

— Sério?

Ele colocou a mão no meu ombro.

— Sim, mas não queria ser presunçoso ao presumir que você precisava da minha ajuda. Se não pedisse, eu não iria oferecer. Imaginei que estivesse esperando a poeira baixar um pouco.

Certa vez, Benjamin fora o braço direito do meu pai e sócio. Ele tinha se aposentado há algum tempo aos sessenta e seis anos e, talvez, fosse a única pessoa que tinha o conhecimento para me aconselhar nos próximos passos na McNamara. Silenciosamente, agradeci Ollie, de novo, por me fazer lembrar dele.

O sr. Eckelstein serviu a limonada. Observei conforme algumas fatias de limão caíam no copo dele junto com o líquido.

— Me conte o que está havendo, filho.

Esfreguei as mãos para me preparar para minha proposta.

— Bom, obviamente, o senhor sabe que meu pai me deixou com direitos de voto suficientes para tomar a decisão de como a empresa deveria continuar sem ele. Por mais que eu adorasse assumir de onde ele parou, a realidade é que não sou qualificado. Estávamos trabalhando para eu chegar lá. Mas diria que faltavam uns cinco anos para eu estar pronto para assumir.

Ele chacoalhou o gelo em seu copo.

— Bem, precisa ser uma pessoa forte para admitir isso. Acho que muitos, no seu lugar, só assumiriam o poder e seguiriam. Respeito você por querer colocar a empresa em primeiro lugar.

— Meu pai estaria surtando agora. Sei que ele não confiava em nenhuma outra pessoa para assumir o cargo dele. O único motivo de eu ter ficado tentado a isso é para que não seja outra pessoa. A única pessoa em quem meu pai teria confiado... é você.

Ele assentiu.

— Ok, estou ouvindo.

— Preciso da sua experiência. Não sei se estaria disposto a sair da aposentadoria por um tempo enquanto me ajuda a manter a empresa viva, mas acho que é disso que preciso. Sei que é muita coisa para pedir e...

— Com certeza, estaria.

Pisquei, surpreso.

— Sério?

— Cem por cento. Pensei que nunca pediria. A verdade é que a aposentadoria não é tudo que parece ser. Estaria mentindo se dissesse que não sinto falta dos negócios de vez em quando. Nunca pensei que teria um motivo para voltar... ou, bem francamente, que alguém iria me querer de volta depois de sair. Estou velho, mas não *tão* velho. Ainda sou mais jovem do que o presidente dos Estados Unidos. Não há motivo para não voltar a trabalhar.

— Então estaria disposto a voltar por um tempo?

— Sim, mas eu seria copresidente ao seu lado. Acho que é importante continuar o que seu pai começou, que é treinar você para o cargo. Esse era o sonho dele. A menos que não seja o que *você* quer.

Sempre foi difícil, para mim, admitir que eu tinha dúvidas sobre isso.

— Posso ser duramente sincero, Bem?

— Claro que pode.

— Não sei o que eu quero. Há dias em que fantasio sobre vender minhas ações e fazer algo totalmente diferente. Mas sempre quis deixar meu pai orgulhoso. Essa é a força motriz por trás de tudo que já fiz. Agora que ele se foi, acho que tenho decisões sérias a tomar. A vida é curta. E preciso ter certeza de que administrar a empresa é o que quero fazer a longo prazo.

Benjamin finalizou sua bebida e colocou o copo na mesa.

— Como pai, deixe-me te dar minha perspectiva. — Ele serviu limonada em outro copo e o deslizou para mim. — Todos nós queremos o que é melhor para nossos filhos. Por fim, o melhor é o que os faz feliz, apesar dos nossos próprios sonhos. Nesse caso, em vez de fazer filmes como eu queria que ele fizesse, meu filho é um distribuidor legal de maconha, pelo amor de Deus. Isso não me faz amá-lo menos. Talvez, no próximo ano, um dos nossos objetivos possa ser ajudar você a descobrir o que quer... independente se for administrar o estúdio ou outra coisa. Mas, por enquanto, não vamos desperdiçar tempo, vamos logo reerguer o local e mantê-lo funcionando.

Eu poderia tê-lo beijado. Talvez isso soasse estranho, mas eu estava feliz demais para me importar.

— Tem certeza quanto a isto?

— Seu pai foi um bom amigo para mim. É o mínimo que posso fazer por ele.

— Ben, você não faz ideia da paz que isso me traz. Nem sei como te agradecer.

Ele se levantou da cadeira.

— Não há tempo para agradecer. Vamos para o meu escritório para começarmos a trabalhar.

Amor On-line

CAPÍTULO 26

Eden

Eu tinha acabado de colocar Ollie para dormir quando uma ligação de Ryder acendeu meu celular.

Atendi.

— Como sabia que eu estava pensando em você?

— Oi, linda — ele disse.

— É mais cedo do que você normalmente me liga.

— Eu sei. Só estava com saudade. Não consegui esperar até meia-noite. — A voz dele estava baixa e suave... ele soava como sexo.

Desde que eu fora embora da Califórnia, tinha aproveitado cada conversa com Ryder mais do que a última. Naquela noite, meu coração estava particularmente cheio, e eu não conseguia identificar por quê. Era tão bom ouvir a voz dele.

— Onde você está? — perguntei.

— Em casa. Fazendo nada. Mas, hoje mais cedo, fui correr pelo Runyon Canyon e fiquei pensando no quanto queria que você estivesse comigo.

— Também queria poder ter ido com você.

— Benjamin me disse para tirar a tarde de folga. Estamos trabalhando horas extras com a reorganização ultimamente. Ele achou que eu precisasse de uma pausa. Acredita nisso? Essa é a grande diferença entre ele e meu pai. Meu pai nunca tirava folga. Benjamin as encoraja.

— Aposto que seu pai está feliz por você estar trabalhando junto com o velho amigo dele. Como está indo tudo?

— Ele tem sido uma dádiva de Deus. Sério. Benjamin é muito inteligente. Esteve fora da indústria por poucos anos, então pegou logo o ritmo de volta. Ninguém nunca diria que ele saiu.

— Estou muito feliz por ele ter concordado em voltar.

As coisas ficaram em silêncio por um tempo até Ryder gemer.

— Estou com muito tesão. Daria tudo para te foder agora mesmo.

— Não fale essas coisas para mim. Não consigo aguentar. Sinto tanta falta do seu corpo — eu disse.

— É muito difícil ficar longe de você. Mas planejo ir para aí daqui a umas duas semanas. Então não vai demorar muito.

Meu corpo vibrava com a ideia de vê-lo em breve.

— Vou contar os dias, então.

— Minha mão está ficando cansada — ele resmungou. — Nunca me masturbei tanto na vida.

— Bom, sua mão deveria encontrar a minha. Elas podem se lamentar.

Ryder deu risada antes de eu ouvir o som de uma campainha ao fundo.

— Merda — ele falou.

— O que foi?

— Tem alguém na porta. Não estou a fim de conversar com ninguém esta noite.

— Quer que eu desligue? — perguntei.

— Não. Não. Espere um pouco. Só vou ver quem é.

Alguns segundos depois, consegui ouvi-lo conversando com uma mulher.

Então Ryder disse para ela:

— Com licença um minuto.

Uma sensação inquieta me tomou.

— Quem é?

— É, hum, Mallory.

Meu coração martelou no peito.

— Mallory?

Ele sussurrou:

— Sim. Não sei o que ela quer.

— Essa é a primeira vez que ela vai te visitar?

— Sim. Não a vejo desde o funeral.

Merda.

Merda.

Merda.

Pronto.

— Entendi.

Depois de soltar uma longa e tensa respiração no telefone, ele perguntou:

— Você está bem?

Eu estava muito agitada para me incomodar em fingir.

— Na verdade, não.

— Quer que eu fale para ela ir embora?

Senti que minha garganta estava se fechando.

— Como vai fazer isso?

— Posso inventar qualquer desculpa se o fato de ela estar aqui te chateia.

Minha respiração ficou acelerada.

— Não. Converse com ela. Acabe com isso.

— Acabar com o quê?

Não respondi sua pergunta.

— Estou atrasada para a apresentação, de qualquer forma.

Ele soltou uma longa respiração no telefone.

— Ok... mesma hora esta noite? Meia-noite?

— É. Mesma hora. — Respirei, puxando meu cabelo enquanto andava de um lado a outro.

Mal conseguia respirar quando desliguei o telefone.

Parecia que o quarto estava girando. *Pronto*. Esse era o momento que estivera temendo. Mallory iria contar para ele que o amava. Ele seria pego desprevenido e ficaria confuso. Antigos sentimentos voltariam com tudo. Eu conseguiria ouvir na voz dele mais tarde, então começaria a morte gradual do nosso relacionamento. Que, claro, era meu maior medo em uma frase.

Por favor, seja sincero comigo, Ryder.

Verificando a hora no celular, percebi que realmente estava atrasada para trabalhar. Eu não fazia ideia de como fingiria naquela noite.

Precisava desabafar, então fiz uma coisa que quase nunca fazia. Olhei para o teto e pensei na minha mãe.

Uni a palma das mãos.

— Oi, mãe. Sou eu, Eden. Sei que faz um tempo que não falo com você. Só preciso muito de você agora. Queria que estivesse aqui para me aconselhar. Sei que me diria para agir como adulta. Me garantiria que não preciso de homem para me fazer feliz porque você nunca precisou.

Comecei a trocar de roupa enquanto continuava falando com ela.

— Por muito tempo, pensei que minha vida fosse ser sempre solitária, principalmente depois de Ethan ir embora. Mas conhecer Ryder me fez perceber por que Ethan precisava ir... porque meus sentimentos por Ryder são mais fortes do que já senti na minha vida toda. Nunca vou me arrepender do que ele e eu tivemos, mesmo que acabe amanhã.

Me sentei à penteadeira e comecei a pentear o cabelo.

— Estou pedindo sua ajuda. Neste momento, estou com muito medo de perdê-lo. Só me mande força. Sei que vou ficar bem, não importa o que aconteça, porque herdei sua força independente. Mas estar bem com o fato de ficar sozinha não significa que eu não possa *querer* o que você nunca teve... estabilidade e amor verdadeiro de um homem. Passei os últimos quatro anos cuidando de Ollie e nunca, nenhuma vez, pensei que precisasse de alguém para cuidar de *mim*. Não preciso financeiramente. Mas emocionalmente? É muito bom ser cuidada. É difícil perder isso uma vez que experimentou.

Olhei para cima de novo.

— Enfim... sei que Ollie tem falado na sua orelha ultimamente, desde quando Ryder lhe deu a ideia. Eu o escuto às vezes. Ele não sabe que ouço. Espero que você esteja tão orgulhosa do nosso menininho como eu estou. Estou me esforçando pra caramba, mãe. Espero que também a deixe orgulhosa. — Soprando um beijo, eu disse: — Eu te amo.

Meu coração pareceu preenchido totalmente com amor por Ryder e não tinha mais para onde ir. Esperava que não tivesse que guardá-lo para sempre. Queria muito libertá-lo.

Enfiei a mão na minha caixa de bijuterias para procurar um dos antigos colares da minha mãe. O pingente era um símbolo celta que significava força. Colocando-o no meu pescoço, prendi o fecho e endireitei a corrente.

Era hora de ir trabalhar.

Amor On-line

CAPÍTULO 27

Ryder

Mallory se sentou no meu sofá. Ela parecia extremamente nervosa conforme bebia seu chá verde gelado até acabar.

— O que a traz aqui, Mallory?

— Estava no meio de uma ligação importante?

— Estava falando com Eden.

Parecia que doía nela perguntar:

— Como ela está?

Ela estava se preparando para alguma coisa.

— O que está havendo, Mal?

— Muita coisa. — Ela deu um tapinha no lugar ao seu lado. — Vai se sentar ao meu lado para podermos conversar?

Me sentei no sofá, mantendo distância.

Ela passou a mão pelo tecido de microfibra do sofá.

— Senti falta de estar nesta casa. Este foi o meu lar por tanto tempo. E ainda o sinto como um lar para mim. — Ela olhou em volta como se estivesse lembrando. Em certo momento, fechou os olhos.

Ela estava se aproximando, sua perna quase encostando na minha. Meu corpo ficou rígido. Sua proximidade era inquietante, e eu não conseguia entender se era por causa de uma consciência física instintiva ou medo.

Ela respirou de forma trêmula.

— Tenho tanto a dizer. Não sei por onde começar.

— Só comece de qualquer lugar, então.

Esfregando as mãos nos joelhos, ela assentiu.

— A noite em que te encontrei no The Grove foi bastante reveladora. Lá estava eu com o homem com quem ia me casar, e no instante em que você se despediu e se afastou de mim, me vi querendo você. Ver você depois de tanto tempo me fez enxergar o fato de que eu não o tinha superado, nem um pouquinho. Percebi que ter pulado para outro relacionamento foi uma tentativa de esquecer toda a dor que causei. A verdade é que nunca te esqueci.

Meu estômago estava agitado. Agora eu sabia exatamente para onde isso iria.

— Naquela noite, Aaron ficou me pressionando. Queria saber por que eu estava agindo tão estranho, tão preocupada. Admiti que ver você tinha causado efeito em mim. Todos os dias, depois desse, foram um pior do que o outro. Enfim, admiti que não o amava do jeito que eu precisava. — Ela parou para olhar para mim. — Aaron e eu terminamos porque ainda sou apaixonada por você.

Em certo momento, eu tinha desejado ouvir essas palavras. Isso era agridoce — mas tarde demais.

Não pude deixar de me sentir meio na defensiva também.

— Desculpe... Só estou bastante perplexo. Com certeza, pode entender minha confusão, dadas algumas coisas que você falou antes de se mudar daqui.

— Sei o que falei... culpando você por coisas que nunca foram sua culpa, pelo que aconteceu com nosso filho. Precisei de muita terapia e o equilíbrio dos meus hormônios malucos para enxergar com clareza de novo.

O fato de ela ter feito terapia era novidade para mim. Com certeza, ela não procurou ajuda quando estávamos juntos, apesar de eu incentivá-la.

— Fico feliz de saber que, enfim, se consulta com alguém.

— Minha terapeuta me fez perceber que meus sentimentos

negativos foram mal direcionados para você. Sinto muitíssimo por te culpar. E sinto muito pelas palavras que usei como armas. Não poderia continuar vivendo minha vida sem você pelo menos saber o quanto estou arrependida.

— Foi por isso que veio aqui? Para se desculpar?

Mallory se ajoelhou diante de mim — uma visão bizarra e desesperada que partiu um pouco meu coração. Porque, por mais que ela tivesse me magoado, eu sabia que também estava magoada. E acreditava que estava sendo sincera. Acreditava que ainda me amava e se arrependia de me afastar.

— Vim te pedir uma segunda chance... para *nos* dar uma segunda chance antes que seja tarde demais. Ainda te amo muito. Não consigo imaginar passar minha vida com mais ninguém.

Isso era incrivelmente surreal. Nunca imaginara que Mallory voltaria, implorando por outra chance. E, com certeza, nunca teria imaginado que me sentiria tão... *dormente* em relação a ela. Entretanto, o que mais me surpreendeu foi o fato de eu só conseguir pensar em Eden naquele momento — no quanto *amava* Eden e no quanto ela ficaria magoada se eu a deixasse.

Ouvir Mallory dizer aquelas coisas me obrigou a encarar meus verdadeiros sentimentos. Nunca poderia ter dado certo com ela nem com mais ninguém enquanto eu amasse Eden.

Eu amo Eden.

Caralho.

Amo mesmo Eden.

Isso nunca ficou tão claro para mim como naquele momento. Como era irônico o fato de precisar que Mallory voltasse para eu perceber exatamente onde meu coração estava. Talvez fosse assim que funcionasse às vezes. Só quando me era dado o que eu *pensava* que queria por tanto tempo foi que percebi o que *realmente* tinha passado a querer, tão pura e organicamente nos últimos meses. Meu amor por Eden estivera fervilhando por muito tempo, mas, no momento, parecia que ia explodir de mim.

Pensei muito antes de falar para Mallory. Contudo, não havia nada a fazer além de ser sincero.

— Sinto muito pelo que perdemos, principalmente *sua* perda como mãe. Claro que sei que você não estava em sã consciência logo depois do aborto. E não há necessidade de se desculpar por nada que falou para mim. Não a culpo por nada disso. — Puxando-a do chão, eu disse: — Por favor, sente-se. Preciso que escute isto.

Esperei que ela voltasse a se sentar no sofá para continuar:

— Esperei você voltar para mim por bastante tempo... dois anos. Havia muitas noites em que rezava para Deus para você falar as exatas palavras que acabaram de sair da sua boca. — Pegando sua mão na minha, eu falei: — Chorei por perder você e fiquei de luto pela perda do nosso bebê e do nosso relacionamento, perguntando repetidamente por que e nunca obtendo resposta. Perder você foi, sem dúvida, o maior coração partido da minha vida, e parte de mim sempre vai te amar.

Aqui vem a parte difícil.

— Mas a questão é... agora sei por que as coisas tiveram que terminar entre nós. Não era para ficarmos juntos, Mal. Quando é para as pessoas ficarem juntas não terminam com tanta facilidade como terminamos. Mas, mais do que isso, encontrei a pessoa que é para ficar comigo... e não é você. Desculpe.

Simplesmente não havia jeito fácil de falar isso. E senti um misto de emoções — tristeza por Mallory e paz em saber que meu coração agora entendia verdadeiramente do que ele precisava.

Escorreu uma lágrima do olho dela.

— Você ama mesmo esta garota... Eden? — Ela a secou.

Não precisei pensar na resposta.

— Sim. Muito.

— Ela me falou que também gosta de você. Só não pensei que as coisas estivessem tão...

— O quê? — *Mallory falou com Eden?* — Ela te falou? Como?

— Conversei com ela no banheiro no velório do seu pai. Falei para ela que tinha planejado voltar com você e que ainda o amava. Pedi que ela não te contasse sobre nossa conversa.

— Ela *sabia* que isto ia acontecer?

— Sim.

Agora fazia sentido o humor estranho de Eden na última noite em que ela esteve na Califórnia.

E o comentário dela no telefone naquela noite: "Acabe com isso".

Porra.

Ela pensava que iria me perder para Mallory.

Eu tinha tanta explicação para dar, tanta coisa que precisava dizer para Eden. E não poderia esperar mais.

— Sinto muito mesmo, Mallory. Como falei, não posso te dizer que não te amo mais, porque não seria verdade. Parte de mim sempre vai amar você e guardar no coração o tempo que ficamos juntos. Mas sei que a pessoa certa para você está por aí em algum lugar.

Demorou muitos minutos para Mallory se recompor. Enfim, ela se levantou e disse:

— É melhor essa garota te tratar bem. Ela não faz ideia do quanto tem sorte. Não faz ideia mesmo.

Depois de um instante, ela se mexeu de seu lugar.

— Cuide-se — eu disse a ela.

Eu a acompanhei até a porta e observei enquanto ela entrava no carro e saía.

Quando tinha passado algumas horas, meu coração estava explodindo com a necessidade de falar com Eden, de dizer a ela que a amava. Já tinha passado da hora.

Mallory havia me obrigado a procurar dentro de mim mesmo. Eu estivera tão consumido pelas consequências da morte do meu pai que não tinha conseguido prestar atenção no que estava sentindo.

Caralho, eu *precisava* contar a ela. Imediatamente. Mas ela estava bem no meio da apresentação, então eu *não podia* conversar com ela.

Mas o desejo de vê-la estava insuportável, principalmente quando ela poderia estar pensando que estava prestes a me perder. Eu precisava garantir que ela estava bem. Então resolvi abrir seu show e assisti-la por um tempo.

Quando abri a página dela, Eden estava sentada com as pernas cruzadas, só conversando e respondendo perguntas. Ela parecia bem, nem triste nem nada, então isso me acalmou um pouco. E minha pulsação, definitivamente, diminuía a qualquer momento em que eu entrava e a via *não* nua. Graças a Deus ela estava de roupas.

Uma das perguntas que alguém digitou para ela chamou minha atenção.

Luke893: Já se apaixonou, Montana? E como sabe se está realmente apaixonada por alguém?

Ela ainda estava respondendo uma pergunta diferente, então eu não sabia se tinha visto essa. Mas esperei ansiosamente que respondesse.

Após um minuto, mais ou menos, ela disse:

— Se já me apaixonei, Luke quer saber.

Meu coração martelava conforme Eden inspirou e fechou os olhos.

Diga que sim.

— Com certeza já me apaixonei, Luke. Só posso dizer que... você simplesmente sabe quando ama alguém. Mas o sinal mais indicativo é que pensar em perder a pessoa te assusta mais do que qualquer coisa. Você passa anos muito bem sozinha e então... bum. Alguém aparece, e você percebe que não consegue mais respirar sem a pessoa. É... aterrorizante.

E, se eu tivesse alguma dúvida de que estava se referindo a mim, ela adicionou:

— Vamos só dizer que sua pergunta é bem oportuna esta noite.

Eu não poderia deixar que ela continuasse pensando que estava prestes a me perder. Precisava que ela soubesse o quanto a amava, o quanto ela me tinha.

Digitei freneticamente.

Te amo muito, Eden. Sinto muito por não ter dito essas palavras antes esta noite, mas me sinto assim há muito tempo. Você é a minha pessoa. E não vai me perder... nem para nenhum trabalho, nem para nenhuma outra mulher, nem para nada neste mundo. Você é um presente de Deus que entrou na minha vida bem quando eu mais precisava. Quero passar o resto da minha vida te mostrando exatamente o quanto me importo com você. Por favor, me perdoe por demorar tanto para perceber que não consigo viver sem você.

Quando ela, enfim, viu o comentário, sua expressão não foi a que eu estava esperando. Foi uma expressão de choque... confusão... talvez desgosto?

Então caiu minha ficha.

Porra.

Porra!

Porra!

Eu tinha acabado de declarar meu amor por ela logado como *AssLover433*!

Ela não tinha como saber que era eu — provavelmente pensou que eu fosse um louco.

Boa, Ryder.

Boa!

Esfreguei as mãos no rosto. *Certo, pense.*

Digitei.

> **Eden, é o Ryder. Por favor, não me odeie, mas criei esta conta para poder te assistir sem você ficar nervosa por isso. Sou eu — fui eu o tempo todo, brincando com você desta conta. (Ia te contar em algum momento para podermos rir. Nunca consegui. Oops!) Me empolguei um pouco e me esqueci de que não estava logado como ScreenGod. Estou enlouquecendo porque precisava contar para você o quanto te amo antes de você passar mais um segundo pensando que estávamos com problemas. Sei por que ficou preocupada. E você se enganou, Eden. Não é ela. É você. Sempre foi você. Amo você. Quis dizer cada palavra que acabei de dizer. Te amo muito. Pra caralho, linda. Você não faz ideia.**

Imediatamente comprei mil moedas e as coloquei no pote que pedia uma conversa particular.

As mãos de Eden estavam tremendo quando ela cobriu a boca. A voz dela tremeu.

— Já volto, pessoal.

CAPÍTULO 28

Eden

O que foi isso?

Não fui rápida o bastante para mudar para a conversa particular. Meu corpo inteiro estava tremendo.

Quando o belo rosto de Ryder iluminou minha tela, o brilho dos seus olhos combinava com os sentimentos lindos que ele tinha acabado de digitar.

Mal podia esperar para dizer as palavras.

— Também amo você. Ai, meu Deus, Ryder. Te amo tanto.

— Eu amo você — ele ecoou. — Amo você. Amo você. Amo você. Nunca vou conseguir falar isso o suficiente.

— Fale de novo.

Os olhos dele estavam brilhando.

— Amo você, Eden Shortsleeve.

Sequei as lágrimas dos meus olhos.

— Você realmente me chocou esta noite.

— Mallory me contou o que falou para você no velório, e agora entendi o que estava te incomodando. Você esteve prendendo a respiração, esperando a outra bomba cair. Também percebi agora que você não tinha motivo para confiar em mim, porque nunca te dei um motivo concreto para acreditar nos meus sentimentos.

Eu precisava saber.

— O que aconteceu com ela esta noite?

— Ela veio e me contou que me queria de volta, que me amava... tudo que você estava esperando. Senti quase nada enquanto ela estava abrindo sua alma para mim. Fiquei dormente, e isso é porque cada centímetro do meu coração está preenchido por você. Tem sido lentamente preenchido desde que coloquei os olhos em você.

Comecei a chorar muito.

— Você está bem?

Funguei.

— Sim. Só estou muito feliz.

— Sei que sua mente provavelmente está acelerada, ainda se perguntando como vamos fazer dar certo. Mas nós *vamos* fazer dar certo. Quando vale a pena lutar por algo, você não espera para entender a logística. Você diz sim, aceita o presente que lhe foi dado e entende o resto depois, porque a vida é curta demais para ser infeliz.

— O que está dizendo?

— Estou dizendo foda-se o trabalho, foda-se todo o resto... Quero ficar com você. Essa é a minha prioridade. E quero fazer parte da vida de Ollie. Não só de longe, mas todos os dias. E não só como amigo, mas como família. Porque é assim que me sinto com você... com vocês dois. Vocês são minha família, a única família que tenho.

Sequei os olhos de novo, sobrecarregada com a emoção. Depois comecei a rir quando entendi a realidade do que ele estava dizendo.

— Como assim? Você virá morar nesta casa minúscula?

— É, talvez. Foda-se. Nós três vamos pensar nisso. Não vai acontecer da noite para o dia. Mas, enquanto isso, vou visitá-los com mais frequência, e o objetivo será decidir onde vamos morar, se em L.A. ou St. George. Talvez ambos. Sei que você não quer que Ollie saia da escola dele. Vamos pensar nisso, mesmo que eu tenha que viajar todo fim de semana por um tempo ou indefinidamente... valerá a pena. Não há nada que importe mais para mim do que vocês, Eden. Nada.

Senti que poderia, enfim, soltar o ar. Olhando para o teto, fiz uma prece silenciosa para minha mãe, agradecendo, no caso de ela ter algo a ver com isso.

Obrigada.

— Não acredito que você era o AssLover esse tempo todo. Nem consigo ficar brava com você por isso.

— Me diverti bastante.

— Oh, eu sei. Eu estava lá!

Tínhamos decidido que não iríamos falar nada para Ollie sobre a visita iminente de Ryder. Essa seria especificamente épica porque Ryder e eu planejávamos contar a Ollie sobre nosso compromisso um com o outro.

Ollie e eu estávamos relaxando em casa depois do jantar. Eu sabia que era para Ryder chegar a qualquer minuto, então estava me sentindo bem ansiosa.

Em um momento, vi Ollie carregando uma pilha enorme de toalhas para a lavanderia. Ele estivera acumulando toalhas? Isso era estranho. Ele nunca cuidou da própria roupa suja. Apesar de estar perplexa, fiquei feliz ao pensar que ele estava tomando iniciativa com a casa.

Meu coração pulou de alegria quando Ryder me enviou mensagem falando que estava do lado de fora.

Ollie tinha voltado para seu quarto, então abri silenciosamente a porta da frente e pulei nos braços de Ryder.

Seu beijo parecia mais caloroso, mais intenso do que nunca, e eu sabia que era porque, pela primeira vez, eu estava provando o homem que eu sabia que pertencia verdadeiramente a mim.

— Como foi o voo? — sussurrei.

— Longo demais. Mal podia esperar para chegar aqui. — Ele olhou para trás do meu ombro. — Cadê o Ollie?

— No quarto.

Quando chegou à porta do quarto de Ollie, Ryder começou a fazer o som de grilo.

Ollie pulou.

— Não pode ser!

— Oi, amigão. — Ryder o abraçou.

— Você não me contou que viria!

— Esse foi o objetivo... te fazer surpresa.

Aquecia meu coração ver a expressão de Ollie enquanto eles se abraçavam. Ele ficava tão tranquilo quando Ryder estava por perto.

— Quanto tempo pode ficar?

— Quanto tempo quer que eu fique? — Ryder perguntou.

— É uma pegadinha?

Ele deu risada.

— E se não fosse?

— Como assim?

— Se não fosse uma pegadinha, como você responderia? Se pudesse escolher, por quanto tempo eu ficaria?

Sem hesitação, Ollie respondeu:

— Eu diria para sempre.

— Bom, vou ficar mais tempo do que normalmente fico desta vez. E vou encontrar um jeito de ficar mais com vocês, e não tenho planos de parar de voltar. Então isso parece para sempre para mim.

— Está falando sério?

— Muito sério. Amo demais sua irmã. E também amo você. Quero que saiba disso.

Os olhos de Ollie se abriram, algo que ele só fazia quando estava estressado ou realmente empolgado. Isso me fez querer chorar.

— Está falando sério mesmo? — ele questionou.

Antes de Ryder, meu irmão só tinha conhecido os homens que desapareciam da sua vida. Significava muito para mim que Ryder estaria dando um exemplo diferente.

Ryder colocou a mão no ombro de Ollie.

— Se há uma coisa que você já sabe sobre mim, espero que seja que não falo coisas que não quero dizer.

Ollie assentiu.

— É.

— Sabe, Ollie, as pessoas que conseguem enxergar, às vezes, podem olhar nos olhos uma da outra e dizer quando alguém está sendo sincero. Sei que você não pode fazer isso, mas posso te mostrar outra coisa. — Ryder pegou a mão de Ollie e a colocou em seu coração. — Sente isso?

— Seu coração. Está batendo bem rápido.

— Está batendo assim porque eu estava esperando para dizer essas coisas há um bom tempo, mas estava com medo. Estava tão nervoso em admitir isso para você... não porque estou inseguro, mas porque estava com medo de você não acreditar em mim. Estou nesta para o longo prazo, se quiser que eu esteja.

— Quero, sim. — Ollie esticou o braço para ele. — Também amo você, Ryder. Tipo, mais do que qualquer coisa... além de Eden.

Eles se abraçaram, e Ryder fechou os olhos com força como se para absorver aquelas palavras.

— Você me ama mais do que a Gilbert Gottfried?

Ollie fingiu ter que pensar.

— É, acho que sim.

— Vou aceitar esse um por cento de dúvida.

Depois que pararam de se abraçar, Ollie perguntou:

— Isso significa que vai se mudar para cá?

— Ainda não posso me mudar totalmente, porque tenho muita

coisa para fazer no trabalho. Mas vou tentar vir todo fim de semana, se não tiver problema para você.

— Se morássemos na Califórnia, você não precisaria fazer isso.

— Eu sei, mas sua escola é aqui, e isso é mais importante.

Ollie deu de ombros.

— Quem falou?

— Sua irmã. E você também acha isso, certo?

Surpresa pela pergunta de Ollie, me dirigi a ele.

— Você costumava dizer que nunca queria se mudar de St. George.

— Isso foi antes de Ryder. Adoro minha escola, mas se tivesse que escolher entre os dois, preferiria ter Ryder por perto todos os dias. Nem tem comparação.

Uau. Acho que subestimei os sentimentos dele.

— Há muito a se considerar — eu disse. — Você conhece esta casa de cabo a rabo e, se nos mudássemos, teria que se acostumar com um layout totalmente novo. Teríamos que encontrar uma escola que se adequasse bem a você. Isso demora.

Ryder conseguia ver minha expressão de preocupação. Eu tinha certeza de que ele sabia que essa conversa da mudança estava começando a me estressar. Não era que eu não quisesse me mudar para a Califórnia. Queria isso mais do que qualquer coisa.

Como se pudesse ler minha mente, Ryder veio por trás de mim e esfregou meus ombros.

— Temos todo o tempo do mundo. Mas podemos começar a ficar de olho nas escolas da Califórnia.

— Ou ficar de *ouvido* — Ollie corrigiu.

Ryder deu um tapa na testa.

— Você me pegou, garoto. Vamos manter nossos ouvidos e nariz atentos. Se aparecer a opção certa, vamos tomar a decisão juntos quanto à mudança. E mesmo se encontrarmos uma boa escola, você pode mudar de ideia. Tudo bem também.

— Será uma decisão em equipe — eu disse.

Ryder olhou para mim.

— Sim, uma decisão em família.

Depois de Ollie ir dormir naquela noite, Ryder parecia agitado conforme fomos para o meu quarto. Não havíamos conversado se eu ia ou não trabalhar naquela noite, apesar do meu plano ser faltar.

— Você está bem? — perguntei.

Ele parecia muito tenso.

— Na verdade, há uma coisa que quero conversar com você.

Meu coração acelerou.

— Ok...

— Isto é difícil para mim, porque, normalmente, me considero uma pessoa forte, mas, quando se trata de você, tudo vai por água abaixo. Sou ciumento, descontrolado e meio louco.

— O que está havendo?

Ryder me pegou pela mão.

— Venha aqui. Vamos sentar. — Ele se sentou na cama com as costas na cabeceira e me puxou para montar nele. Seu rosto ficou vermelho conforme ele respirou fundo. — Não quero mais te compartilhar, Eden.

Não precisava ser um gênio para saber do que ele estava falando.

— Você quer que eu pare de trabalhar com webcam...

— A questão é a seguinte. Não quero que pare se isso realmente te deixa feliz. Mas se não deixa? Então, sim. Quero que pare. — Ele passou a mão pelo meu corpo. — Porque isto é meu, e não quero que mais ninguém tenha... nem virtualmente.

Claramente, não era fácil para ele falar disso.

— Você queria falar isso há um tempo, não queria?

— Que direito tenho de te dizer o que fazer? Nenhum. Tudo que posso dizer é como me sinto. Sei que isso soa hipócrita, porque nos conhecemos por causa do seu trabalho, mas quanto mais te amo, mais difícil fica aceitar compartilhar você.

Queria parar com esse trabalho mais do que qualquer coisa, porém não se tratava de não tirar mais a roupa. Esse trabalho era meu meio de sobrevivência, e desistir dele significava me tornar dependente de Ryder, algo que jurara nunca fazer.

— Quero muito poder dizer sim.

— Qual é a sua hesitação?

— Não quero ter que depender de você. E, sem esse dinheiro, vou depender.

— Qual é o problema de se apoiar em outra pessoa por um tempo... principalmente alguém que tem os meios para te sustentar? Você tem sido independente há tanto tempo. Não tem problema deixar outra pessoa te ajudar, principalmente se ela te ama. Não é caridade, Eden. Encontrar uma carreira diferente iria beneficiar tanto a mim quanto a você. De certa forma, sou eu sendo egoísta e usando meu dinheiro para meu próprio benefício... minha própria sanidade. Veja dessa forma, se quiser. Deixe-me comprar um pouco de sanidade.

Isso me ajudou a enxergar a situação de forma um pouco diferente.

— Amor se trata de sacrifício, não é? Acho que ainda estou me acostumando não apenas a esse conceito, mas também à ideia de que alguém me amaria o suficiente para querer cuidar de mim.

— Eu não te sustentaria para sempre, porque sei que você não me deixaria fazer isso, embora eu queira. Então me deixe te ajudar, assim você pode fazer algo que queira, que te faz feliz e que não me faz querer matar metade da população masculina do mundo.

Eu ri, entretanto, sabia que ele não estava brincando. E eu tinha decidido; não iria continuar a fazer uma coisa que o deixava triste. Era diferente antes de termos nos comprometido de verdade, mas estar em um relacionamento se tratava de sacrifícios. Ryder já estava sacrificando muito tempo para estar comigo, e eu precisava dar esse passo, apesar do quanto parecesse assustador.

Só havia mais uma coisa a dizer.

— Ok.

Ryder pareceu surpreso em como foi fácil me fazer ceder.

— Ok? Tipo, parou? Simples assim?

— Sim. Exatamente. Vou postar uma mensagem na minha página amanhã e cancelar a conta.

Ele enterrou o rosto no meu peito.

— Obrigado. Obrigado. Obrigado.

— Sabe, foi uma coisa e tanto o que você fez mais cedo, usando a palavra *família* perto de Ollie. Sei que não faria isso a menos que, com certeza, planejasse ficar. Isso ajudou a entender o quanto está falando sério. Então, isto é uma via de mão dupla. Eu não teria a coragem de parar de trabalhar com a webcam se não tivesse certeza de que você veio para ficar.

— Sim, linda. Te amo muito.

Olhei em volta para todos os acessórios.

— O que vou fazer com toda essa porcaria?

Ele suspirou.

— Acho que devemos queimar alguns. Outros, como o lubrificante, podemos pôr em uso.

A cada segundo que passava, eu ficava mais aliviada em parar de trabalhar.

— Ai, meu Deus, nunca mais quero ver outro vibrador enquanto eu viver.

— Não vai mais sacrificar bananas — ele brincou.

Gargalhei.

— Não vou mais falar para os homens como devem se vestir. Não vou mais falar como um bebê para homens usando fraldas.

Ele arregalou os olhos.

— Espere aí. O quê?

— Ah, sim. Não te contei essa?

— Não! — Ryder balançou a cabeça e deu risada. — Também não vai mais receber perguntas idiotas do AssLover.

— Own, eu adorava o AssLover. Ele era tão... *especial*.

— Até ele se declarar... foi aí que ultrapassou o limite. Você deveria ter visto sua expressão horrorizada quando pensou que fosse ele dizendo todas aquelas coisas.

— Nem posso ficar brava com nada que aconteceu naquela noite. Fiquei tão aliviada ao descobrir que eu não tinha um perseguidor lunático *e* que nossos sentimentos são mútuos.

Ryder focou nos meus olhos.

— Sabe, passei muito tempo sentindo que eu não pertencia ao meu próprio corpo. Tinha o emprego perfeito, a vida aparentemente perfeita, ainda assim, nunca estava feliz. A felicidade não pode ser encontrada em *coisas*. Sei disso agora. Nunca me senti feliz de verdade até te conhecer. E Ollie só adicionar uma camada a isso... uma que eu nem sabia que era possível. Percebi que fazê-lo feliz *me* faz feliz. E não precisa de muito, porque ele aprecia as pequenas coisas. Estou aprendendo que as pequenas coisas *são* as grandes coisas. Ele me ensinou muito sobre o que realmente importa. Tudo que preciso é desta pequena família que temos. Obrigado por me deixar fazer parte dela.

Não consegui beijá-lo com tanta intensidade quando coloquei meus lábios nos dele.

— Não sei se sentia que éramos uma família completa até você entrar em nossa vida, Ryder. Sempre pareceu que éramos Ollie e eu contra o mundo. Agora somos nós três, e sinto que está completo.

Seus olhos buscaram os meus.

— Quero que se sinta segura comigo. Sei que não está acostumada a confiar em homens. Gostaria que houvesse um jeito de eu provar o quanto falo sério sobre isso. Mas só o tempo vai mostrar meu comprometimento. E estou ansioso para provar todos os dias o quanto te amo. Não há nada que eu não faria por você ou por aquele menino. Moveria montanhas por vocês.

Quando se tratava das promessas de Ryder, logo eu descobriria que mover montanhas poderia ser visto tanto no sentido figurado quanto literal.

Amor On-line

CAPÍTULO 29

Ryder

Esperava que ela não pensasse que eu era maluco. Estivera vasculhando meu cérebro nos últimos meses, tentando descobrir como trazer Eden e Ollie para Los Angeles sem atrapalhar tanto a vida de Ollie.

Eu havia resolvido a questão do colégio. Havia uma escola prestigiada para deficientes visuais, a The Larchmont School, a uns vinte minutos de onde eu morava. Eu havia falado com a diretora, contado a ela um pouco sobre Ollie, e ela parecia achar que a escola era adequada. Eles ofereciam serviços similares ao que ele estava acostumado em St. George, assim como outros programas que ele poderia nunca ter acesso em Utah. Claro que havia uma lista de espera para entrar, mas, se havia um momento para usar o nome McNamara, era esse. Ela parecia disposta a burlar as regras e dar uma vaga a ele se quiséssemos.

No entanto, ainda havia a questão da situação diária de Ollie em casa. Tinha demorado a vida toda dele para conhecer sua casa o suficiente para ser bem independente. Não queria que ele tivesse que começar do zero na minha casa gigantesca.

Só havia uma solução que fazia sentido para mim, e resolvi jogá-la no ar durante o jantar em um fim de semana em St. George. Ollie estava no quarto dele. Não queria falar disso na frente dele e aumentar suas esperanças se Eden acabasse sendo contra.

Colocando meu prato de lado, pigarreei.

— Então, eu estava pensando... e se *mudássemos* fisicamente esta casa para L.A.?

Eden, que estava bebendo água, parou no meio.

— O quê? *Mudar* esta casa?

— Você ouviu certo.

Os olhos dela praticamente saltaram do rosto.

— Dá para fazer isso?

— Sim. As pessoas fazem isso o tempo todo. É pequena o bastante para mudá-la. Eu a medi e fiz umas ligações. Já tenho um terreno vazio que seria perfeito. Originalmente, estava pensando em colocá-la na minha propriedade principal, mas é muito montanhosa, e a empresa não conseguiria colocar a casa lá em cima.

Eden ficou boquiaberta.

— Não sei o que dizer. Nunca teria pensado que sequer isso era uma possibilidade. Deve custar uma fortuna.

— Não se preocupe com isso. A paz de espírito vai valer a pena. Não consigo colocar um preço para ter vocês comigo, não ter que viajar para lá e para cá.

— Isso é realmente possível?

— Sim. Estive conversando com muita gente esta semana sobre isso. Se você concordar, vou pedir para a empresa de mudança vir em alguns dias para tirar as medidas e confirmar antes de contar para Ollie. Mas preciso do seu aceite primeiro. Você teria que realmente *querer* se mudar. Falar sobre isso é uma coisa, mas fazer é outra.

— Tem certeza de que seria garantida uma vaga para Ollie na The Larchmont School?

— Sim. A diretora me deu a palavra dela. Mas você também vai precisar conversar com ela... certificar-se de que aprova antes de confirmarmos.

Ela pensou por um instante, depois sorriu.

— Isso parece meio louco, mas amo a ideia de mudar a casa. É a última coisa que está nos mantendo aqui.

Meu corpo se encheu de empolgação com a ideia de ter tudo que eu precisava e queria em um lugar.

— Estava esperando que dissesse isso.

Eden sorriu.

— Você falou que moveria montanhas por mim. Acho que essa é a prova.

Seis meses depois, nosso sonho se tornou realidade. Acabamos esperando o ano escolar terminar em St. George antes de arriscarmos e mudarmos nossa casa até a Califórnia.

Foi uma jornada e tanto e demorou muitos dias porque o caminhão tinha que ir muito devagar na rodovia.

Aparentemente, tínhamos sido o assunto do bairro, com espectadores fazendo fila para assistir enquanto os trabalhadores colocavam a estrutura em sua nova fundação.

Depois disso, tinha demorado um tempo até podermos realmente morar lá.

Agora que estávamos dentro, Ollie ficava comentando como às vezes esquecia que tínhamos nos mudado, porque tudo era igual, com exceção da escola.

Felizmente, ele estava amando seus professores novos e fazendo amigos devagar. Eden e Ollie se mudarem foi a melhor decisão que poderíamos ter tomado para nós — não somente porque Ollie estava se adaptando bem, mas porque Eden, finalmente, estava seguindo sua vida, tendo acabado de se matricular no programa de música em Cal State. Ela havia decidido o que queria fazer, que era seguir os passos da mãe e se tornar professora de música. E, por mais que eu a estivesse ajudando com a mensalidade, ela insistiu em contribuir, arranjando um emprego de garçonete em um restaurante chique. Ela tinha orgulho de tê-lo conseguido sozinha, sem minhas conexões.

Eu ainda estava administrando o estúdio junto com Benjamin, e não tínhamos planos de mudar logo. Ele tinha feito um compromisso de, no mínimo, mais um ano. Eu ainda estava decidindo se queria vender minhas ações ou cuidar da empresa em certo momento. Era muito grato por Benjamin ter me dado tempo para tomar essa decisão.

Talvez a maior diferença desde a mudança de Eden foi a mudança de papel de Lorena na minha vida diária. Tínhamos determinado que não havia pessoa melhor para nos ajudar com Ollie enquanto trabalhávamos — ou, no caso de Eden, frequentar as aulas. Vamos combinar, não havia muito para uma empregada fazer em nossa casinha, de qualquer forma, então Lorena se tornou um par de olhos confiáveis do qual precisávamos tão desesperadamente. Ela e Ollie se davam bem. Ele gostava do humor dela, assim como eu, e ela estava até ensinando espanhol a ele.

Ter a ajuda de Lorena também possibilitou que Eden e eu tivéssemos uma ilusão de um relacionamento normal — um que envolvia transar tranquilamente e sair em encontros de verdade. Ainda mantinha minha casa maior, embora o plano de longo prazo era vendê-la e construir outra casa baseada no layout com o qual Ollie era familiar, porém maior. Então teríamos paciência, permitindo que ele se acostumasse com ela antes de nos mudarmos.

No entanto, ficar com a casa grande era útil, porque Eden e eu íamos para lá à noite enquanto Lorena ficava com Ollie quando ele dormia. Tínhamos preliminares na piscina, transávamos no chuveiro, podendo fazer o barulho que quiséssemos, e fazíamos o que bem quiséssemos. Depois, tínhamos que ir para casa a fim de estar lá quando Ollie acordasse de manhã.

Um pouco depois da mudança, uma das nossas formas preferidas de passar um fim de semana ensolarado se tornou ir para Malibu com um cooler cheio de comida e bebidas.

Eden e eu estávamos sozinhos em nosso quarto, nos preparando para passar o dia na praia com Ollie em certa tarde quando toquei em um assunto que estava na minha cabeça.

— Já pensou mais no que o médico disse? — perguntei.

Eden baixou a canga que estivera dobrando e mordeu o lábio inferior.

— Podemos tocar no assunto hoje, se você quiser. Sabe o que acho. Sempre acreditei que qualquer coisa assim deveria ser escolha dele sem pressão.

— Tem razão. Não faz sentido nem sequer pensar em ir adiante se não tivermos conversado com ele.

Ela abraçou meu pescoço.

— Amo você por querer procurar isso.

— Faria qualquer coisa por você e por ele. Sabe disso. Nunca quero que ele sinta que não fiz o bastante quando poderia tê-lo ajudado.

Quando chegamos em Malibu, parecia que seria um dia perfeito de praia — nenhuma nuvem no céu e a maré na intensidade certa. O oceano havia se tornado o lugar preferido de Ollie — os sons relaxantes das ondas, a sensação da água e a textura da areia. Era uma sobrecarga sensorial. Portanto, era um lugar irônico para falar sobre o assunto que queríamos.

Ollie e eu tínhamos acabado de voltar para a orla a fim de almoçar. Quando nos sentamos na canga, olhei para Eden antes de me dirigir a ele:

— Posso conversar com você sobre uma coisa?

— Normalmente, você não pede permissão.

— Tem razão. Mas isto é importante.

Ele deu de ombros.

— Ok.

Eden se aproximou mais para se sentar ao lado dele e colocou a mão na perna dele. Absorvi um pouco do ar salgado antes de começar a falar.

— Às vezes, me sinto culpado por você não conseguir enxergar coisas que nós conseguimos, apesar de saber que você não sente que está perdendo algo porque não enxergar é o que você conhece. Às vezes, preciso parar e entender que suas experiências, apesar de não serem iguais às nossas, não são necessariamente *menos*. Elas só são diferentes. Mas, porque nos importamos muito com você, quero me certificar de fazer tudo que posso para ajudar você a ter a melhor vida. Sinto que é minha responsabilidade, meu chamado.

Eden desembrulhou um sanduíche e o entregou para ele. Ele deu uma mordida e comeu em silêncio enquanto continuei.

— Então, fui conversar com um médico, um oftalmologista renomado, que minha mãe costumava consultar, na verdade. Eden foi comigo, e levamos todos os seus exames médicos. Ele nos disse que há algumas cirurgias experimentais disponíveis agora que não existiam quando você era mais jovem. E que talvez consigamos fazer uma delas se você estiver interessado. Nada seria garantido, mas elas poderiam te ajudar a enxergar, pelo menos um pouco...

A brisa sobrou o cabelo meio comprido de Ollie. Ele parou de mastigar e abriu os olhos. Desconfiei que estivesse estressado.

— Não precisamos falar desse assunto se você não quiser, Ollie.

— Não, estou ouvindo — ele respondeu.

— Nunca quero que interprete mal por que procurei isto. Não há absolutamente nada errado com o jeito que você é. Quero deixar bem claro. Não estou procurando te *consertar* de nenhuma forma. Só quero que saiba que eu faria qualquer coisa e pagaria qualquer quantia de dinheiro para tentar te ajudar a enxergar se decidir que quer arriscar.

Depois de um silêncio, ele perguntou:

— O que mais o médico falou?

— Falou que acha que não seria possível você enxergar completamente, mas que uma dessas cirurgias experimentais poderia permitir que você tivesse uma visão limitada... como ver sombras e movimentos, essas coisas. Ele falou que não poderíamos esperar um milagre e que também havia uma chance de, mesmo que você se qualificasse para as cirurgias e fizesse uma ou mais delas, não funcionarem. Então havia muito a se considerar. De jeito nenhum você precisa tomar qualquer decisão neste momento. Só estou abordando o assunto.

— Ok — ele disse.

— Não vou falar mais nada, porque hoje é para relaxar e aproveitar a praia. Sempre vou cuidar de você de todo jeito que puder.

Ele assentiu.

— Porque você é meu parmão.

Parmão?

— Seu o quê?

— Tipo meu pai e meu irmão. Pai-irmão... parmão.

Minha boca se curvou em um sorriso.

— Nunca tinha ouvido essa. É assim que você me chama?

— É agora... se você quiser.

Pude sentir meus olhos começarem a lacrimejar.

— Claro que quero ser seu parmão. Adorei. Acho que é o nome perfeito.

Ele deu outra mordida, então falou de boca cheia.

— Também acho.

Amor On-line

CAPÍTULO 30

Eden

Ryder parecia muito ansioso naquela noite, e eu não conseguia identificar por quê. Eu havia tirado uma noite rara de folga do trabalho, e ele havia me levado a um de seus restaurantes preferidos no centro de L.A., porém ficou bastante irritado quando a mesa que tinha reservado não estava pronta quando chegamos.

— Qual é o benefício de ligar antes se preciso esperar?

— Está tudo bem, querido — eu disse, esfregando suas costas.

Nada o acalmava.

— Não está, não.

Estávamos particularmente ocupados ultimamente, e fazia um tempo que não saímos para comer sozinhos. Com o curso e o trabalho, a maioria do nosso tempo livre era passado com Ollie.

Por mais frustrado que ele estivesse, não pude deixar de pensar no quanto ele ficava lindo com sua blusa justa azul-marinho e jeans escuros que abraçavam sua bunda. Seu cheiro era delicioso, e a verdade era que eu preferiria passar este tempo sozinhos na casa grande, transando pra caramba com ele. Mas ele tinha insistido em sairmos naquela noite.

Se pensei que o humor de Ryder não pudesse piorar, estava enganada.

Um homem e uma mulher se aproximaram de nós.

— Oi, Ryder.

— Phil... é bom te ver.

Eles apertaram as mãos, e a mulher ficou parada atrás dele, sorrindo.

O homem gesticulou para ela.

— Esta é minha esposa, Helena.

Ela assentiu uma vez e olhou para mim.

— É um prazer conhecer vocês.

Ryder me puxou para perto.

— Esta é minha namorada, Eden.

Phil semicerrou os olhos e inclinou a cabeça para o lado quando me olhou.

— Você é atriz?

— Não sou, não.

— Sério? Parece extremamente familiar.

— Não, nunca fui atriz. — Minha pulsação acelerou enquanto eu ficava meio paranoica.

Phil insistiu.

— Tem certeza? Eu poderia jurar que já te vi nas telas.

Os olhos de Ryder o desafiaram e se demoraram em um olhar assassino.

Merda.

Não.

Será que ele me reconheceu?

Qualquer coisa era possível. Eu tinha trabalhado por dois anos como *cam girl* em um site popular que tinha milhões de acessos. Esse cara ter visto um dos meus shows era bem possível.

— Tenha uma boa noite — de repente Ryder disse, me afastando deles.

— O que está fazendo? — perguntei ao ir na direção da porta.

— Vamos sair daqui.

Quando o ar frio da noite nos encontrou, me virei para ele.

— Acha que ele me reconheceu do site?

— Não faço ideia. Mas não gostei do jeito que ele estava te olhando.

Agarrando a blusa dele, eu o trouxe para mim.

— Está tudo bem.

— Não está, não. — Ele olhou para mim intensamente. — Nada disso está. Esperar a noite toda por uma mesa, o jeito que ele estava transando com você com os olhos... nada disso.

Ele está puto.

— Nada dessas coisas importa para mim — eu disse baixo. — Só estou feliz de sair com você, muito feliz de, finalmente, estar em L.A. e pela vida que tem me dado aqui. Estou muito feliz, Ryder, que nenhuma dessas complicações importa. Então, por favor, fique feliz comigo esta noite.

— *Estou* feliz. Estou tão feliz que nem sei se mereço isso às vezes.

Ele se ajoelhou e olhou para mim.

Meu coração tamborilou.

— O que está fazendo?

— Eu queria que esta noite fosse perfeita. Queria mesmo. Tinha um plano elaborado, e isso envolvia o jantar perfeito e a noite perfeita. O *timing* perfeito. Tudo estava indo perfeito. Mas, você sabe, nada nunca sai perfeitamente de primeira quando se trata de nós. Mas não importa, porque, droga, nós somos *perfeitos juntos*. As coisas não precisam ser perfeitas, contanto que eu tenha você. Você e Ollie são o motivo de eu levantar toda manhã. Você me fez perceber que eu nunca consegui ser feliz antes porque estava procurando felicidade em todos os lugares errados: na minha carreira, no meu status social. Nada dessa merda importa. Tudo que importa é ter pessoas no seu mundo que você ama mais do que qualquer coisa, que te dão um motivo para viver. Quero passar o resto da minha vida com você, Eden. Casa comigo?

Cobri a boca e saltitei de empolgação.

— Sim! Claro! Sim! Sim!

Os sons da cidade pareceram desaparecer quando Ryder se levantou e colocou um anel de diamante maravilhoso no meu dedo antes de me pegar no colo.

Ele falou no meu ouvido.

— Sinto que estraguei completamente esse pedido, mas nem me importo porque você disse sim.

— Poderia ter sido muito pior.

— Ah, é?

— É, você poderia ter feito isso logado como AssLover ou algo assim.

— Verdade. Verdade mesmo.

Ollie sempre teve medo de voar. Então, quando Ryder sugeriu que viajássemos para Nova York para casar, fiquei hesitante, sabendo quanta ansiedade isso criaria para o meu irmão.

Mas Ollie concordou, em certo momento, porque, francamente, Ryder conseguia convencê-lo a fazer qualquer coisa.

Quando chegou a hora do voo, observei Ryder segurar a mão do meu irmão e dizer a ele parte por parte do que ia acontecer. Conforme o avião decolou, Ollie ficou aterrorizado, sentindo o balanço. No entanto, no fim, ele estava com um sorriso enorme. Eu estava orgulhosa de ele superar seu medo.

Lorena tinha nos acompanhado até Nova York, e nós quatro passamos muitos dias turistando e comendo pra caramba nos bairros com as melhores comidas.

A semana acabou em uma cerimônia de casamento privada no City Hall, seguida de jantar no Tavern on the Green. Foi exatamente o tipo de evento que queríamos — íntimo, ainda assim, cheio de amor e risada de pessoas que amávamos muito.

Ryder tinha uma surpresa especial na manga para Ollie no último dia da viagem. Ele havia alugado um carro e tínhamos acabado de deixar Lorena no aeroporto. Ela precisava voltar um dia mais cedo para um chá de bebê.

Estávamos dirigindo pela via expressa quando Ollie perguntou:

— Por que estamos saindo da cidade, e por que você não me conta aonde estamos indo?

Me virei no banco do passageiro.

— É surpresa.

— Não gosto de surpresas.

— Acho que você vai gostar dessa — eu disse.

Ryder olhou para mim e sorriu. Estranhamente, o *timing* todo do nosso casamento e da viagem a Nova York tinha sido planejado em torno dessa última coisa.

Finalmente, chegamos em Long Island. Ryder parou em um estacionamento do clube de comédia e desligou o carro.

Quando entramos no prédio, Ryder pediu no balcão de ingressos:

— Três ingressos para Gilbert Gottfried, por favor.

Ollie pulou.

— Não brinca! O quê?

A mulher no balcão rapidamente jogou um balde de água fria em nossa empolgação.

— Não podemos deixá-lo entrar. Este é um clube para maiores de dezoito anos.

Ryder a puxou de lado.

— Escute, meu filho é deficiente visual, e ele ama ouvir Gilbert mais do que qualquer coisa. Essa era para ser uma surpresa para ele. Sabemos que algumas coisas não são apropriadas para a idade dele, porém ensinamos a ele o que é certo e errado, e ouvir Gilbert simplesmente dá muita alegria para ele. Eu...

— Sinto muito, senhor. Mas não posso quebrar essa regra. Vou perder meu emprego. E gosto de ter como pagar minhas contas.

Ryder assentiu. Eu sabia que ele estava arrasado por dar falsa esperança a Ollie.

Apesar de Ryder ter ficado quieto, Ollie pôde sentir que ele estava chateado.

— Está tudo bem, Ryder. Sei que você teve boa intenção.

Estávamos de volta ao meio do estacionamento, porém Ryder se recusava a entrar no carro. Meu instinto me disse que ele não tinha intenção de recuar.

— Fiquem aqui — ele pediu.

Eu sabia que ele não queria desistir, mas tinha a sensação de que ficaria dolorosamente decepcionado se tentasse voltar lá para dentro e convencê-los de novo.

Ele ficou fora por muitos minutos antes de voltar e pegar a mão de Ollie.

— Venha.

A empolgação na expressão de Ollie não tinha preço. Ryder nos colocou para dentro por uma porta lateral antes de entregar um bolo de dinheiro para um homem misterioso. Estávamos em algum lugar atrás do palco em um corredor.

Nós três nos sentamos no chão e nos amontoamos conforme o show começou. Estava preparada para sair correndo se necessário, no entanto, ninguém veio para nos expulsar.

O som de onde estávamos sentados era muito nítido, e Ryder e eu observamos a expressão de Ollie quando ele ria de todas as piadas. A invasão valeu a pena. Não conseguimos ver Gilbert, mas não tinha problema. Vivenciamos o show exatamente igual a Ollie.

Quando voltamos para a cidade naquela noite, Ollie estava nas nuvens. Eu o deixei se sentar na frente ao lado de Ryder enquanto fui atrás.

— Esta foi a melhor semana da minha vida — ele disse.

Eu não tinha dúvida de que ele falava sério. Essa era sua primeira grande viagem para longe de casa. Não apenas ele conseguira ouvir seu ídolo se apresentar ao vivo, mas também fez parte da minha união com Ryder, o que, em troca, nos fez oficialmente uma família.

Ryder se virou para ele.

— Fico feliz, amigo. Tenho praticamente certeza de que também foi a semana em que você ficou acordado até tão tarde em toda a sua vida.

O comentário seguinte de Ollie pareceu vindo do nada.

— Não quero a cirurgia.

Ryder diminuiu a velocidade do carro e olhou para ele.

— O que te fez pensar isso agora?

— Estive pensando muito nisso ultimamente... não somente agora. Pensei em te contar.

Ryder olhou para mim pelo espelho retrovisor.

— Certo...

— Não quero que pense que não sou grato.

— Claro que não, Ollie.

— Não é que eu não queira *enxergar* vocês. Mas os médicos nem sabem se a cirurgia vai funcionar. Tenho medo de piorar alguma coisa quando estou feliz do jeito que estou.

Após alguns segundos de silêncio, Ryder esticou o braço e colocou a mão na perna de Ollie.

— Essa é toda a explicação que você precisa dar na vida.

De volta ao hotel, Ollie estava dormindo na suíte ao lado do nosso quarto quando Ryder se juntou a mim na cama.

— Hoje foi incrível demais — ele disse.

— Por muitos motivos.

— Sim. Estou muito orgulhoso de Ollie pela sinceridade. Aprendo muito da vida com ele... e com você.

A vida era muito estranha. Um instante poderia mudar tudo.

— Imagine se você não tivesse clicado na minha foto do violino. Me pergunto como nossas vidas seriam diferentes.

Ryder me puxou para perto.

— Eu nunca poderia ter imaginado como minha vida mudaria com o clique de um botão, que eu poderia encontrar esse tipo de amor on-line.

— Céu azul. — Eu sorri. — Como a música que eu estava cantando quando você me encontrou... só tem tido céu azul desde aquele dia. Acho que, finalmente, estou vivendo aquela letra.

Ele sorriu amplamente.

— Isso mesmo, linda. Somos dois.

EPÍLOGO

Ryder

— Ela é tão linda.

Nunca pensei que fosse olhar para uma garota em uma tela com tanta admiração de novo. Mas tinha acontecido duas vezes em uma vida.

Quero dizer, afinal de contas, de um jeito estranho, não foi assim que tudo havia começado? Maravilhado, eu a via se mover graciosamente. Seus olhos grandes e lindos eram claros como o dia, e seus lábios tinham um arco perfeito.

Puta merda. Isto está mesmo acontecendo?

— Me diga como ela é — Ollie pediu. Ele quase nunca perguntava isso, nunca realmente se importava com essas coisas. Mas, aparentemente, isso era a exceção.

— Bom, acho que ela tem o seu nariz. O nariz de Eden também.

A boca dele se curvou em um sorriso satisfeito.

— Sério?

— Sim. — Eu sorri.

— O que mais? — ele perguntou.

— É difícil dizer agora — Eden disse, sua barriga enorme coberta de gosma. — Mas, em dois meses, você vai poder segurá-la e traçar esse narizinho com os dedos.

De repente, ela começou a mexer os braços e as pernas mais rápido. Parecia que minha filha estava tentando dançar. Era incrível o que se podia ver em 4D.

— Parece que ela está se apresentando para um público — o técnico de ultrassom comentou.

Eden olhou para mim e apertou minha mão.

Dei uma piscadinha.

— Ela herdou isso da mãe.

AGRADECIMENTOS

Sempre falo que os agradecimentos são a parte mais difícil de escrever e ainda é assim! É difícil colocar em palavras o quanto sou grata por cada leitor que continua a apoiar e promover meus livros. Seu entusiasmo e fome por minhas histórias são o que me motiva todos os dias. E para todos os blogueiros que me apoiam, eu simplesmente não estaria aqui sem vocês.

À Vi. Sempre falo isso, e estou falando de novo porque fica cada vez mais verdadeiro conforme o tempo passa. Você é a melhor amiga e parceira de crime que eu poderia pedir. Não conseguiria fazer isto sem você. Nossos livros coescritos são um presente, porém a benção maior sempre foi nossa amizade, que veio antes das histórias e vai continuar depois delas. O ano passado nos desafiou, mas tenho orgulho de dizer que ainda estamos criando para passar para o "próximo"!

À Julie. Obrigada por sua amizade e por sempre me inspirar com sua escrita, atitude e força incríveis. Este ano será arrasador!

À Luna. Obrigada por seu amor e apoio, dia sim, dia também, e por sempre estar a apenas uma mensagem de distância. A muito mais visitas a Flórida com sangria e tostones!

À Erika. Sempre será uma coisa de E. Sou muito grata por seu amor, amizade, apoio e ao nosso tempo especial em julho. Obrigada por sempre iluminar meus dias com sua perspectiva positiva.

Ao meu fã-clube do Facebook, Penelope's Peeps. Amo todos vocês. Sua empolgação me motiva todos os dias. E a Queen Peep, Amy. Obrigada por começar o grupo há muito tempo.

À Mia. Obrigada, minha amiga, por sempre me fazer rir. Sei que vai nos trazer palavras fenomenais este ano.

À minha assistente, Mindy Guerreiros. Obrigada por ser tão maravilhosa e lidar com tanta coisa do dia a dia de Vi e de mim. Gostamos muito de você!

À minha editora, Jessica Royer Ocken. Foi um prazer imenso trabalhar com você pela primeira vez neste livro. Estou ansiosa para mais experiências que virão.

À Elaine, de Allusion Book Formatting and Publishing. Obrigada por ser a melhor preparadora, formatadora e amiga que uma garota poderia pedir.

À Letitia, de RBA Designs. A melhor designer de capa que existe! Obrigada por sempre trabalhar comigo até a capa ficar exatamente como quero.

À minha agente extraordinária, Kimberly Brower. Obrigada por todo o trabalho duro em colocar meus livros no mercado internacional e por acreditar em mim bem antes de ser minha agente, na época em que você era uma blogueira e eu, uma autora iniciante.

Ao meu marido. Obrigada por sempre assumir muito mais coisa do que deveria para que eu possa escrever. Te amo muito.

Aos melhores pais do mundo. Tenho muita sorte em ter vocês! Obrigada por tudo que já fizeram por mim e por sempre estarem presentes.

Às minhas melhores amigas: Allison, Angela, Tarah e Sonia. Obrigada por aguentar aquela amiga que, de repente, tornou-se uma escritora maluca.

Por último, mas não menos importante, à minha filha e ao meu filho. Mamãe ama vocês. Vocês são minha motivação e inspiração!

Entre em nosso site e viaje no nosso mundo literário.
Lá você vai encontrar todos os nossos
títulos, autores, lançamentos e novidades.
Acesse www.editoracharme.com.br

Você pode adquirir os nossos livros na loja virtual:
loja.editoracharme.com.br

Além do site, você pode nos encontrar em nossas redes sociais.

https://www.facebook.com/editoracharme

https://twitter.com/editoracharme

http://instagram.com/editoracharme

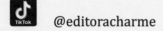
@editoracharme